历代
名词
鉴赏

宋词 下

上海辞书出版社文学鉴赏辞典编纂中心 编

上海辞书出版社

目录

1

目录

目录

八声甘州

寿阳楼八公山作

故都迷岸草，望长淮、依然绕孤城。想乌衣年少，芝兰秀发，戈戟云横。坐看骄兵南渡，沸浪骇奔鲸。转盼东流水，一顾功成。　　千载八公山下，尚断崖草木，遥拥峥嵘。漫云涛吞吐，无处问豪英。信劳生、空成今古，笑我来、何事怆遗情①。东山老②，可堪岁晚，独听桓筝③。

〔注〕 ① 遗情：指思念往事。曹植《洛神赋》"遗情想象"，李善注："思旧故而想象。" ② 东山老：指谢安，他曾隐居东山。 ③ 桓筝：《晋书·桓伊传》记载，谢安晚年为晋孝武帝疏远。一次，谢安陪孝武帝饮酒，桓伊弹筝助兴，并歌曹植《怨歌行》："为君既不易，为臣良独难。忠信事不显，乃有见疑患。"孝武帝听后"甚有愧色"。

　　这首词大约写于绍兴三年(1133)前后，当时作者被排挤出朝，任江东安抚大使，兼知建康府并寿春等六州宣抚使。寿春，今安徽寿县，东晋改名寿阳。八公山在寿县城北，淝水流经其下。公元383年，东晋谢安命谢石、谢玄在这里以八万兵力巧胜号称百万的前秦苻坚大军，使"淝水之战"成为中国历史上以少胜多的著名战例，赢得了文人墨客的不断吟咏。叶梦得在宋室南渡之后积极从事防务和军饷供应，是主战派人物之一。因此在遭受打击之后登临八公山,他便自然想起谢安的故事来了。

词的上半阕是对淝水之战的回想。"故都",有人认为系指建康,但寿春在公元前241年也作过楚国的首都,如今作者又是在此怀古,所以说是寿春更恰当。"长淮"即淮河,这里指淮河的支流淝水。开头三句从眼前的城和水写起,似乎是吊古诗文的老调。然而作者下一"迷"字,则给全篇罩上了一层不可解脱的阴影:透过迷岸的野草,约略感受得到乱糟糟的社会和词人如麻的心绪。再者第三句说"依然"绕孤城,也就预示了"物是人非"的主题。这种开头,庶几可免"泛写景"之弊。以下七句,集中写淝水之役。"乌衣",巷名,故址在今南京市东南,在晋代曾是王、谢等名门贵族居住的地方。淝水之战中,谢安的弟弟谢石、侄儿谢玄、儿子谢琰等年轻将领显示了出色的军事才能,所以词中说"乌衣年少"。"芝兰秀发"用《世说新语》中谢玄的话"譬如芝兰玉树,欲使其生于阶庭耳",比喻年轻有为的子弟。"戈戟云横",字面的意思是:戈戟等武器像阵云一样横列开去,在这里有双关作用,一是借指东晋部队的军容、军威,一是暗用《世说新语》中"见钟士季(会)如观武库,但睹戈戟"的典故,赞誉谢安等人满腹韬略、足智多谋。"骄兵"指符坚的军队。"奔鲸",谢朓《和王著作融八公山诗》:"长蛇固能剪,奔鲸自此曝。"《文选》李善注说:"奔鲸,喻坚也。"从写法上看,上半阕先用渲染法,在"想乌衣年少"等三句中树立起谢家子弟的英武形象;然后改用对比和反衬之法:因为对手是"骄兵",是"奔鲸",所以胜利者的功业便更见辉煌,"坐看""转盼""一顾功成"的从容风采也就更为鲜明。这种写法突出了淝水之战以少胜多、驱逐异族(符坚为氐族)的主题,为下文"抚今"打下了坚实的基础。

下半阕写作者的感触。面对陈迹,回首往事,联系当权者的不抵抗政策,再考虑到词这种文体的特殊性,词人既有满腹心事,但又不好直说,因之这半阕故意使用了曲笔、逆笔。"千载"三句仍从眼前落墨,在上下两阕之间起着过渡作用:把这三句同"望长淮、依然绕孤城"对看,那么词人分明是在喟叹"山河依旧,古人不再";把这几句同"漫云涛吞吐,无处问豪英"对看,则一说草木皆兵,一说朝中无人,作者怀古的用意差不多全在其中了。"漫云涛吞吐,无处问豪英"正面写对英雄的仰慕;"信劳生、空成今古"却从反面说谢氏子侄劳碌为国,也不过空成过去。"笑我来何事怆遗情"从反面说"我"不必为往事悲伤,好像是作者的自我否定;"东山老,可堪岁晚,独听桓筝",却又明明在诉说豪情受到冷落后的强烈不满(句中那个"独"字,反映了比与孝武帝"共"听桓筝的谢安更加寂寞的处境)。——这四层意思中,正说、反说、直笔、曲笔交替使用,每变一次笔法,词意便被推进一步。刘熙载说:"一转一深,一深一妙,此骚人之三昧。倚声家得之,便自超出常境。"(《艺概·词曲概》)这种写法,不仅易于表达作者复杂的情绪,而且词篇也因之更加摇曳多姿了。   (李济阻)

朱敦儒

好事近

渔父词

摇首出红尘，醒醉更无时节。活计绿蓑青笠，惯披霜冲雪。　　晚来风定钓丝闲，上下是新月。千里水天一色，看孤鸿明灭。

朱敦儒于高宗绍兴十九年(1149)离开朝廷后，长期寓居嘉禾(今浙江嘉兴)。周密《澄怀录》载："陆放翁云：'朱希真居嘉禾，与朋侪诣之。闻笛声自烟波间起，顷之，棹小舟而至，则与俱归。室中悬琴、筑、阮咸之类。檐间有珍禽，皆目所未睹。室中篮缶贮果实脯醢，客至，挑取以奉客。'"可见作者当时全然过着一种世外桃源式的生活。他前后写了六首渔父词(均调寄《好事近》)来歌咏这种闲适生活的情趣。这是其中的一首。

开头一句表明自己放弃官场生活的坚决。"摇首"二字很形象，既对"红尘"(尘世，这里指官场)否定，又不置一辞，这是一种轻蔑不屑的态度，亦如杜甫《送孔巢父谢病归游江东》诗所云"巢父掉头不肯住，东将入海随烟雾"之意。何以如此，词人未说，只好让读者自去体味，紧接的一句只把原因推到自己的志趣与官场格格不入。晋时嵇康就数过官场之种种"不堪"："卧喜晚起，而当关呼之不置，一不堪也；抱琴行吟，弋钓草野，而吏卒守之，不得妄动,二不堪也……"(《与山巨源绝交书》)总之,披红着紫,就必须严守官场制度,醒醉都要受节制的。这对于"天姿旷远,有神仙风致"(《花庵词选》赞作者语)的人物是一种难忍的束缚! 一旦"摇首出红尘",做了个烟波钓徒,才能"醒醉更无时节"。这两句语言明快质朴,同时又极传情,一种超脱尘世的轻快感溢于言表。

三、四句则进而写渔父生活,能使人想起两首著名的唐人诗词——张志和《渔父》词和柳宗元《江雪》诗。其实,渔父生涯既不全然像"青箬笠,绿蓑衣,斜风细雨不须归"写的那样浪漫,又不全像"孤舟蓑笠翁,独钓寒江雪"写的那样苦寒。"绿蓑青笠",白鹭桃花,固然可悦;"披霜冲雪",独钓寒江,也很习惯。总是恬淡自适。这样写来,实兼张词、柳诗的境界而有之,颇具概括之妙。

渔父的志趣和生活概貌有了一个总的交代,后片便切取一个断面,进一步表现闲适生活的可爱。江湖上也有风浪,"已佩水仙宫印,恶风波不怕"(同调词)等句,都表明这一点。但与官场风波比较,则"江头未是风波恶"(辛弃疾)。而到"晚来风定"时候,更有一番景致:新月当空,钓丝不动,水平如镜,上下天光,表里澄澈。作者用洗练的笔墨勾勒出一幅清雅的图画。这境界是静的,所有的景物都表现着这一特点:"钓丝"是静的("闲");"上下是新月",可见水也是静的,静得连縠纹也没有……而在这幅静态的画面上,作者最后加上奇妙的一笔:一只缥缈的孤鸿,明灭于远空。那是静的背景上的一个动点,而它的动感不是来自位置的移动而是来自光线的变化。这小小一点便使如画的诗境更其安静、清丽、美妙。

仅说后片如画还不够,这画境还具有一种象征的意义。那风平浪静的江景,显然是词人"澄怀"的反映;那"缥缈孤鸿影",也是一个自由出没于江上的幽人的写照。

  总之,全词用清丽晓畅的语言,由渔父生活的粗线勾勒,到一个生活断面的精妙描画;上片以抒情起,下片以写景结;写实与象征手法结合,意境完整高远,在艺术表现上颇有可资借鉴之处。

(周啸天)

渔家傲

天接云涛连晓雾,星河欲转千帆舞。仿佛梦魂归帝所。闻天语,殷勤问我归何处。 我报路长嗟日暮,学诗谩有惊人句。九万里风鹏正举。风休住,蓬舟吹取三山去!

这首《渔家傲》是易安词中表现了特殊风格的一首名作。一般说来,唐宋词中所写的景物情事大多是现实中之所实有者,而这首词从整体来看,却表现有一种非现实的理想之意味。以前王国维在《人间词话》中曾经提出过"造境"与"写境"之说,谓"有造境,有写境,此理想与写实二派之所由分"。又说,"然二者颇难分别,因大诗人所造之境,必合乎自然,所写之境,亦必邻于理想故也"。李氏此词佳处之所在,还不仅只是在于其所象喻的理想意味为向来唐宋词中所未曾有而已,而且更在其所表现之意境有一种极为寥阔而高远之气象。

先看上半阕。"天接云涛连晓雾,星河欲转千帆舞",真是写得高远广阔气象万千! 一开端便显示了一种从天上直到人间的一片无际的混茫。在此天地混茫之中,自然可以使人引生无限的遐思。天上既布满了如波涛般的云影,则在云影流移之际,那一条横亘于高空上的星河自然就随之也有了一种流转之势。至于

"千帆舞"则似乎有两种可能,其一是天上流移的白云在飘过星河之际本可以有如"千帆舞"的可能;其二是地面上的许多船,在迷茫之海雾中,亦可以使人有"千帆舞"的想象。在此二种可能中,我比较倾向于两者的结合,因为此词前半阕之意象固全在天上,但李清照所乘之舟船则固应本在人间也。而下一句的"仿佛梦魂归帝所",则正是将天上之云帆与地上之舟船相结合起来的词人之一种想象,仿佛自己所乘之舟船亦随天上飞舞转动的云帆一起翔入了高空中的天帝之所了。于是乃有下一句的"闻天语",表面上写的是我仿佛听见了天帝之询问,其实正表现了我想要向天帝究问的一种情怀。屈原岂不是就曾将其所有欲向天究问的困惑总结之曰"天问"吗?于是李清照最后乃郑重地写出了天帝之问语曰:"殷勤问我归何处。"而这实在也就正是作者对人生终极之目的与意义的一种郑重的反思,所以形容此一大问曰"殷勤问"。昔况周颐之论晏几道词,曾对其《阮郎归》中的"殷勤理旧狂"一句极致赞赏,就正因为"殷勤"二字原蕴含有无限郑重关怀之意。李清照此处写天帝之问而曰"殷勤问",亦足可见此一问之关系重大而并非等闲矣。那就正因为其所欲究诘者,固原为作者本人内心中之最大的困惑。

以上前半阕既然从天地混茫的追寻中提出了对我之终"归何处"的困惑与疑问,所以下半阕李清照乃努力尝试着要对此一人生大问作出反省和答复。"我报路长嗟日暮",这是作者首先反思自己一生之经历,其"路长"二字,表面似只说路途之长,但若就个人之一生言,则当指自我生命之经历。虽然此一阕《渔家傲》词写作之年代不可确考,但词中既有"路长""日暮"之言,则该词大抵为其晚年之作。是所谓"路长"者依本意固当指生命经历之长,而若就李清照之经历国破家亡的种种颠沛流离之苦言之,则此所谓"路长"者,固应亦隐有所经历的患难痛苦之多的含义。而如今"日暮",是其自知已经来日无多,然则一生遍历此忧患苦难若果无任何意义与价值,岂不弥堪叹息,故曰"嗟日暮"也。若于此而做一最后之反思,则李氏固尝以才慧文采拔人而自许,故继之乃曰"学诗谩有惊人句"也。曰"惊人句",足见李清照虽在暮年,其争强好胜的自诩之心固依然尚在也。但再一深思则立即便会发现,纵然有"惊人"之"句",又更有何种意义与价值乎?故乃于"有惊人句"四字之上加一"谩"字,表示一种徒然无益的口气。然则就李清照之反思而言,则是尽管其自诩曾写有"惊人句",亦复徒然有何意义乎?

关于此种对人生终极意义之究诘,在古代并无一种固定的宗教信仰之时,其下焉者固是蒙昧而生蒙昧而死,至于上智者如孔子则是以"尽己"及"反求诸己"为先,故曰:"未知生,焉知死?"又曰:"不怨天,不尤人,下学而上达,知我者其天乎!"陶渊明兼有儒道之修养,故于死生之际能有"聊乘化以归尽,乐夫天命复奚疑"之旷观。若夫一般才人志士则往往不甘于生命之落空,所以杜甫失意在秦州时,就曾写有"老去才难尽,秋来兴甚长"之句,陆游晚年也曾写有"形骸已共流年老,诗句犹争日月光"之句。至于天才诗人李白则不仅于生命之落空有所不甘,而且甚至以为其天才可以战胜一切,故曾以大鹏自喻,写有"大鹏一日同风起,扶摇直上九万里。假令风歇时下来,犹能簸却沧溟水"(李白《上李邕》)的豪壮之句。但同时,李白也有对于现实失败的考量,所以在另一首诗中,他仍以大鹏自喻而写道:"大鹏飞兮振八裔,中天摧兮力不济。"这自然是已经自知其"力不济"以后的更深一层的悲哀。但才人李白于此仍有不甘,故乃寄望于后世曰:"余风激兮万世。"但毕竟此生已矣,所以在"后人得之传此"的遥远之期待一句以后,最终还是落到了此生之寂寞哀伤,而结之曰:"仲尼亡兮谁为出涕。"(李白《临路歌》)

至于李清照这首词,虽然未能达到如孔子之圣者的知命与达道,也未能像渊明之能有乘化归尽的旷观,但她所表现的既不像杜甫之伤感,也不似放翁之逞气,而是颇具太白之健笔豪情,却又未落入太白之对现实失败的考量。她是全以想象之笔,在"谩有惊人句"之后,突然翻起,而写下了"九万里风鹏正举。风休住,蓬舟吹取三山去"三句,表现了一片鹏飞高举的飞扬的气势。这种想象和理想,实在已突破了现实中一切性别文化的拘限,而是对普世的人生究诘的反思,作出了一种飞扬的超越。清黄蓼园《蓼园词选》谓其"无一毫钗粉气,自是北宋风格"。因为在传统社会中,男子可以有现世之修、齐、治、平以及身后之"三不朽"的理想,而一般女子则大多以持家事亲、相夫教子为人生唯一的意义,极少有人想到个人一己之生命的意义与价值。但李清照这首词,却写出一个有才慧的好胜争强的女子在生命面临终尽之时对于自己之生命的终极价值与意义的最后的究诘与反思,而且写出如此高远飞扬的意境,这是该词不同于一般女性之作的一个重要特点。

而且,如果结合上文所引王国维关于"造境"与"写境"的理论来看,李清照此词中的景物情事自非现实中之所能实有,不过,如其在《金石录后序》中自叙的那样,她曾经因为要追随行朝而"雇舟入海",既曾经有过行舟海上的生活体验,则当其欲表达自己的某种理想时,自然可以取之于现实生活体验之所得,将之转化为非现实之理想的喻象。所以私意以为李清照此词,颇具"邻于理想"的象喻意味。

总之,这首词中所表现的境界和美感,是易安词中极可注意的一种特殊成就。

(叶嘉莹)

如梦令

常记溪亭日暮,沉醉不知归路。兴尽晚回舟,误入藕花深处。争渡,争渡,惊起一滩鸥鹭。

　　现存李清照《如梦令》词有两阕,一是广为传诵的"昨夜雨疏风骤",一即此篇。两相对照,颇多相似之处:都是记游赏之作,都写了酒醉、花美,都是那样的清新别致。后者虽然没有出现"绿肥红瘦"那样清奇的名句,但它同样以李清照特有的方式表达了她早期生活的情趣和心境,把读者带进了一个同样美好的文学天地。

　　"常记"两句起得仿佛平了些,然而却又自然、和谐,似乎面对着一位知己娓娓地叙述,让人觉得作者完全忘记了是在填词,而不过是日常的述事,可正是在似乎无意填词中,作者早已把读者引到了她所创造的词境。"常记"明确表示追述,地点在"溪亭",时间是"日暮",作者饮宴以后,已经醉得连回去的路径都辨识不出了。是同情人的缱绻? 还是与亲朋的同游? 作者没有交代,读者倒也无意深究,可"沉醉"二字却透露了作者心底的欢愉,"不知归路"也曲折传出作者流连忘返的情致,看起来,这是一次给作者留下了深刻印象的十分愉快的游赏。果然,接写的"兴尽"两句,就把这种意兴递进了一层,兴尽方才回舟,那么,兴未尽呢? 恰恰表明兴致之高，不想回舟。而"误入"一句，从行文上看，流畅自然，毫无斧凿痕迹；从结构看，正同前面的"不知归路"相呼应，而且更加显示了主人公的忘情心态；从艺术造景看，盛放的荷花丛中扁舟摇荡的美景，早已呈现到了读者的面前。一连两个"争渡"，自然不含竞赛的意思，它固然是词格的需要，可也同时表达了主人公急于从迷途中找到正确路径的焦灼心情。正是由于"争渡"的快捷，所以又"惊起一滩鸥鹭"，把停栖在洲渚上的水鸟都吓飞了。

此后呢？作者没有说，也似乎不想说。她只是择要叙述了这次游赏活动的几个片断，侧重在写景，融情于景，让读者去分享她对自然美的感受！

诚然，这阕小词的容量不大，它不过写了几幅移动着的风景和作者的一种心情，向它索取更多的内容不但是不现实的也是过分苛刻的。尺幅不一定非有千里之势不可，只要它能给予读者以健康的美的享受，那就够了。　　　　　　　　　（魏同贤）

如梦令

昨夜雨疏风骤，浓睡不消残酒。试问卷帘人，却道"海棠依旧"。知否，知否？应是绿肥红瘦！

　　一篇小令，才共六句，好似一幅图画，并且还有对话，并且还交代了事情的来龙去脉，——这可能是现代的电影艺术才能胜任的一种"镜头"表现法，然而它却实实在在是九百年前的一位女词人自"编"自"演"的作品，不谓之奇迹，又将谓之何哉？

　　她上来先交代原委，或者叫"背景"，说是昨宵雨狂风猛。疏，正写疏放疏狂，而非通常的稀疏义。当此芳春，名花正好，偏那风雨就来逼迫了，心绪如潮，不得入睡，只有借酒消忧一法，赖以排遣。酒吃得多了，觉也睡得浓了。——一觉醒来，天已大亮。但昨夜之心情，未为梦隔，拥衾未起，便要询问意中悬悬之事。这时，她已听得外间的侍女收拾房屋，启户卷帘，一日之计已在开始。便急忙问她：海棠花怎么样了？侍女看了一看，笑回道："还好还好，一夜又是风又是雨，可海棠一点儿没动！"女主人听了，叹道："傻瓜孩子，你可知道什么！你再细看——难道看不出那红的见少，绿的见多了吗!?"

　　以上我先作了"今译"。今译的目的只为看清词人用了多少字，写了多少句，说了多少事，而我为说清同样的内容，又是用了多少字,写了多少句!

《蓼园词选》对易安此篇下过几句评语,他说:"短幅中藏无数曲折,自是圣于词者。"这话极是。所谓曲折,我则叫它做层次。一首六句的小令,竟有如许多的层次,句句折,笔笔换,如游名园,一步一境,真是奇绝! 说是如图如画,而神情口吻,又画所难到,——不得已,我仍然只好将它来与电影比喻。

她写自夜及晓,没有一个字呆写"经历",只用浓睡残酒以为搭桥渡水之妙着。然后一个"卷帘",即便点破日曙天明,何等巧妙? 然而,问她卷帘之人,所问何事? 一字不言,却于答话中"透露"出海棠的"问题"。我不禁联想到,晚唐杜牧之,写"借问酒家何处有? 牧童遥指杏花村",一不说问道于何人,二不言答者有何语,却只于下句才"透露"出被问者是牧童小友,而答话的内容是以"遥指"的姿式来表达的! 两者异曲而同工,何其巧妙神似乃尔?

末后,还须体会:词人如此惜花,为花悲喜,为花醒醉,为花憎风恨雨,所以者何? 风雨葬花,如葬美人,如葬芳春,凡一切美的事物年华,都在此一痛惜情怀之内。倘不如此,又何以识得古代闺秀文学家李易安? 又何以识得中华民族的诗词文学乎?

(周汝昌)

一剪梅

红藕香残玉簟秋。轻解罗裳,独上兰舟。云中谁寄锦书来? 雁字回时,月满西楼。　　花自飘零水自流。一种相思,两处闲愁。此情无计可消除,才下眉头,却上心头。

　　这首词描写别愁,据元代伊世珍《琅嬛记》载,李清照婚后不久,赵明诚即外出游学,清照不忍别离,以锦帕书此词以送之。不过,从词意来看,此词当写于离别之后。

　　宋词特擅抒情,别愁更是常见的情感内容,不过大多数作品都以缠绵柔靡见长,这首词却在低回婉转之外,别具超逸清绝之气。首句"红藕香残玉簟秋"七字便营造了伤感而又空灵的抒情氛围,清代梁绍壬认为有"吞梅嚼雪不食人间烟火气象"(《两般秋雨庵随笔》)。"红藕"指荷花,词作突出了荷花的"红色",更给人美好生命刹那凋零的悲剧感。花已凋谢,却仍残留着淡淡的香味,逗引出词人内心的愁绪。尚未撤换的竹席,触手生凉,也提醒着词人秋天已到。王国维《人间词话》曾评南唐中主李璟《浣溪沙》"菡萏香销翠叶残,西风愁起绿波间"有"众芳芜秽,美人迟暮"之意,这句词也有类似效果。"轻解"这里是轻轻揽起的意思,她揽起罗裙,独自一人坐上小舟,希望借泛舟来消解自己内心的思念。这两句连写两个动作,充满年轻女性轻盈灵动的气质,又笼罩着若有若无的伤感色彩。坐在船上,仰望天空,希望大雁飞过,给她带来丈夫的书信。"锦书",典出《晋书·列女传》,指夫妇间的书信;大雁传书的传说见《汉书·苏武传》,此处虽然用典,但都是为大家熟悉的典故,并不影响整首词清新浅丽的语言风格。可是大雁飞回,却没有带来丈夫的音信,词人徘徊在西楼之上,任圆月高挂,却无心欣赏。上阕表现离愁,但情感表达不即不离,若有若无,轻灵飘逸。

下阕则以直接抒情为主。过片以"花自飘零水自流"寓分离,语出唐崔涂《春夕》"水流花谢两无情",同时又与上阕首句"红藕香残"句遥相呼应。不过词人与丈夫虽然离别,却并非"两无情",她遥想丈夫和自己一样,深深陷入相思之中,也有着难以排遣的"闲愁",体现出伉俪情深、心心相印的美好婚姻状态和她对感情生活的自信,这在中国古代社会极为难得,也令人艳羡。词人设想对方对自己的思念,却点到为止,令人回味。词作的最后三句是这首词的情感高潮,也是最为后人赞赏的名句。范仲淹《御街行》云:"都来此事,眉间心上,无计相回避。"但清照后来居上,"才下眉头,却上心头",连用两个动词,将词人虽有意掩饰愁绪、却无法摆脱心头相思之苦的心理过程描写得淋漓尽致,又楚楚动人。两个"头"字连用,体现出巧慧尖新的特点,颇有民间词的风格韵味。

这首词在情感表达上极有特点,上阕含蓄委婉,有雅致清秀的大家风范;下阕率真坦白,几乎不假修饰,冲口而出,直透人心,正如南宋王灼所谓"能曲折尽人意,轻巧尖新,姿态百出"(《碧鸡漫志》卷二)。而难得的是两者的结合,营造出既深挚细腻,又明白晓畅的特殊风格。

(王晓骊)

醉花阴

薄雾浓云愁永昼,瑞脑销金兽。佳节又重阳,玉枕纱
厨,半夜凉初透。　　东篱把酒黄昏后,有暗香盈袖。
莫道不销魂,帘卷西风,人比黄花瘦。

　　大观二年(1108)重阳,赵明诚与朋友结伴出游,李清照留在
青州归来堂独过佳节,这首词即描写词人对丈夫深切的思念
之情。

　　起句从天气入手,却很自然地切入到词人的心境。天气是阴
沉沉的,词人内心也像这天气一样云遮雾绕,愁意难消。第二句
描写闺中景象,"瑞脑"是名贵的香料,"金兽"是黄铜所铸的兽形
香炉,瑞脑在精致的香炉中慢慢烧尽,闺中的生活看似宁静而闲
适,却无处不渗透着寂寞。上阕的前两句描写永昼无聊之情,后
三句则写长夜难耐之苦。又逢重阳佳节,丈夫却不在身边,"每逢
佳节倍思亲",词人内心更涌起万千牵挂。头倚玉枕,身居纱帐,
却难以入眠,辗转反侧之间,浓浓的秋凉在夜半时分蔓延开来,让
人难以抵挡。重阳已是深秋,夜凉也属于正常的气候现象,但词
人却用了一个"初"字,她似乎第一次体会到这夜凉如水、孤寒入
骨的滋味,其原因正在于爱人远行,留下她夜半相思,这"凉初透"
三字既写气温,又写心境,委婉而又深切地展现了词人因思念而

无法入睡的凄凉之心境。

换头二句写黄昏饮酒赏菊。"东篱"出自陶渊明《饮酒》"采菊东篱下,悠然见南山"句。李清照虽为女性,却非常景仰陶渊明,她用《归去来兮辞》中"倚南窗以寄傲,审容膝之易安"的意思,自号"易安居士",又给自己在青州的居所起名"归来堂"。"暗香"指菊花之清香,词人久坐东篱,暗香浮动,以至衣袖带香。把酒对菊,是古代重阳节的风俗,可以想象词人与丈夫同过佳节时的默契和快乐。然而此时孤身一人,词人不但没有因此稍解相思之苦,反而更增伤感之意。最后三句"莫道不销魂,帘卷西风,人比黄花瘦"最为人激赏,据元人伊世珍《琅嬛记》记载,李清照以此词寄赵明诚,明诚叹赏不已,闭门谢客三昼夜而得五十阕,杂此词以示友人,友人却以为只此三句绝佳。这一记载虽未必可信,但这三句确实精妙绝伦,难以超越。第一句揭示词旨,用江淹《别赋》"黯然销魂者,惟别而已矣",点明离别相思的主旨;第二句"帘卷西风",渲染气氛,萧瑟的西风卷帘直入,秋意阑珊,那篱下的黄花也在风中瑟缩消瘦,正所谓"明日黄花蝶也愁";第三句归结到人情,花瘦人更瘦,因花瘦而联想到人瘦:这黄花尚且有人欣赏,有人怜惜,而自己却只能独过重阳,独自忍受着离别的销魂之苦。末尾的"瘦"字,是整首词的着力点,相比之下词作开头第一句的"愁"字倒显得不那么引人注目。这一"瘦"字既写花,又写人;既绘形,又表情;既有自怜之意,又寓思念之苦,意蕴丰满,音节响亮,又富有女性词新巧委婉的审美特征,与词人《如梦令》中"绿肥红瘦"之"瘦"有同工之妙,甚至更具有艺术表现力。

清代陈廷焯认为这首词情深而调苦,又"无一字不秀雅"(《云韶集》卷十)。前者来自于词人对丈夫深切真挚的感情,体现了其多情缠绵的女性性格;后者则来自她深厚的文化修养和高超的文字驾驭能力,所以整首词情深而不亵,语率而不俗。(王晓骊)

永遇乐

落日熔金，暮云合璧，人在何处？染柳烟浓，吹梅笛怨，春意知几许！元宵佳节，融和天气，次第岂无风雨？来相召，香车宝马，谢他酒朋诗侣。　　中州盛日，闺门多暇，记得偏重三五。铺翠冠儿，撚金雪柳，簇带争济楚。如今憔悴，风鬟霜鬓，怕见夜间出去。不如向、帘儿底下，听人笑语。

这是一首节序词，咏元宵，作于南渡之后，词人已步入晚年。元宵是宋人最重视的节日，北宋灭亡前夕，上元张灯五夜的习俗，又向前延长了一个半月，自上一年的腊月初一直至正月十五日夜，谓之"预赏元宵"。这首词以今昔对比的方式，寄托了词人的家国之恨、身世之苦，与寻常节序词有霄壤之别。

上阕写今。开片两句描写日暮美景，工稳雅致。日落时分，太阳的轮廓已不再清晰，如同即将熔化的火球一样，把暮色渲染得金黄一片。"熔"字形象生动，"金"字鲜明夺目，让人有身临其境的真切感受。绚烂的晚霞也如同美玉般渐渐合拢，这良辰美景正适合纵情游赏。然而，词作第三句却直转而下，"人在何处"一语双关，既是对已逝丈夫的追悼，也是对自己飘零异乡、老无所归的自伤，其迷离伤痛与前两句的乐景形成鲜明对比，正是以乐衬哀的写法。早春季节，春意渐浓，柳树近看叶芽未出，远看却已泛出嫩绿的颜色，如同蒙上了一层烟雾；梅花开得正盛，而词人联想到的却是笛曲《梅花落》，繁华易落，世事无常，其中一个"怨"字透露出她哀愁的情绪。时逢佳节，天气融和，然而词人却心生疑虑："次第岂无风雨"？"次第"，是宋时口语，紧接着、转眼间的意思。经历了北宋的盛极而衰，词人如同惊弓之鸟，顾虑重重，失去了赏灯过节的心情。来相邀出行的，是志趣相投的朋友，驾着"香车宝马"，意趣盎然，然而词人却心灰意冷，无心出游。上阕哀乐相继，看似平淡工致的叙事和描写中隐藏着起伏顿挫的情感线索，欲语还咽，深得含蓄曲折之旨。

过片回忆中州盛日，与上阕似断而连，就像今天电影中所用的蒙太奇手法。词人由眼前联想到过去，由临安联想到汴京。目送相邀者盛装而去，词人恍如回到了盛时的汴梁，和平时期，曾有过多少游春赏秋，诗酒赓和的好时光。不像如今，形单影只，四处避难，为生计而奔忙。词人所回忆的虽然是过去，却暗含着今不如昔的沉重叹息。"三五"即正月十五，宋人元宵节仕女纵游，金吾不禁，几乎可以看作古代的狂欢节。妇女们在这一天可以不受约束，结伴出游，所以人人都精心打扮。"铺翠冠儿"，以翠羽铺饰的帽子；"撚金雪柳"，夹杂着金丝的柳状首饰，这是宋时妇人元宵的应节打扮。"簇带""济楚"都是宋时口语，打扮得整齐美好的意思。宋词对元宵节的描写很多，大多着墨于花灯，而词人却从女性的装扮入手，这是典型的女性视角，在元宵词中显得与众不同，让人耳目一新。相邀者逐渐走远，词人的思绪又回到今天，自己已是一个历经风霜的老妇，既无心情也无精力再去彻夜狂欢。最后三句"不如向、帘儿底下,听人笑语",尤为酸楚,活跃生动的生活已离她远去,她只能是一个寂寥的旁观者,内心的孤苦悲哀只能自己承担、自己体味。

　　这首词有两个特点,一是运用了大量口语入词,却自然温文,清人称其"综述性灵,敷写器象,盖骎骎乎大雅之林矣"(谢章铤《赌棋山庄词话》卷三引张鉴《拟姜白石传》);二是情感凄楚,却酝酿极深,与《声声慢》《武陵春》等词之直抒胸臆相比,更为含蓄委婉,但同样感动人心。宋末刘辰翁在亡国之后每读此词,都为之涕下,由此可见其深厚的感染力。

(王晓骊)

武陵春

风住尘香花已尽，日晚倦梳头。物是人非事事休。欲语泪先流。　　闻说双溪春尚好，也拟泛轻舟。只恐双溪蚱蜢舟，载不动许多愁。

南宋绍兴四年(1134)秋冬之际，金人及伪齐南犯。李清照离开临安到金华避难，这首词当作于第二年的春天，局势稍安，然而词人感时伤怀，写下了这首催人泪下的词作。

起句点明时序，暮春时节，东风已住，百花零落，只有尘土中残留的花香，提醒着人们刚刚度过的美好春天。这"东风无力百花残"(李商隐《无题》)的景象让人顿生伤春之痛，何况词人历经人生乱离，这一描写包含了更为深厚复杂的情感内容。金人频频南侵，如狂风骤雨般将中原繁华一扫而空；词人在十年间故土沦丧、亲人离世、居无定所、身被诽谤，人生的春天也已离她远去。种种不堪忍受的现实境况让词人无法振作精神，"日晚倦梳头"，无心打扮，对生活几乎到了心灰意冷的地步。不过，需要注意的是，即使词人心境几近绝望，但是她笔下花落春去的景象依然是美丽的，并没有"零落成泥碾作尘"(陆游《卜算子》)的狼藉；她的情感也保持着含蓄和克制，并没有哭天抢地的宣泄。山穷水尽之际仍保留着她大家闺秀的矜持和涵养，其中也包含了词人面对挫折时倔强自尊的个性。春天留给五十余岁的李清照那么多美好的回忆,婚前的纵情游玩,婚后的伉俪相得在清照的前期赏春词中多有表现,然而到现在一切成空,触目成愁。一句"欲语泪先流",将这个情感细腻丰富、经历却坎坷艰辛的女性内心负载的种种痛楚表现得回肠荡气,又余韵不尽。

过片荡开一笔,顿生曲折。"双溪"在金华城南,风景秀丽。城中各处百花落尽,但在郊外却春意尚存,"闻说"和下句"也拟"四字,前后呼应,描写词人一时兴起的心理活动。词人性好山水,年轻时就常常登山临水,乃至日暮不归。词人那首著名的《如梦令》"常记溪亭日暮"描写的就是一次纵情游赏。而此时的李清照身负家国之悲、身世之痛,哪里有心情游山玩水?词人巧妙地以"舟"字为关联,将赏春之意又拉回到悲愁凄婉的情感抒发上来,自然浑成,显示了李清照举重若轻的文学功底。"蚱蜢舟"是一种两头尖如蚱蜢的小船,与上句之"轻舟"对应。一叶小舟,如何能够负载起词人内心之深恨浓愁?从客观的角度来说,愁是人一种情绪,无法触摸,更无从称量,而词人却用船来载,而且是"载不动",不仅具有化无形为有形的审美效果,而且还充分利用人的通感,让人感觉那愁绪因为过于深重,竟然有了重量,沉甸甸地,船儿都无法承载,词人流离失所的病躯又如何承载得起呢?这种描写方法对代代文人,尤其是元曲作家启发很大,王实甫《西厢记》中"遍人间烦恼填胸臆,量这些大小车儿如何载得起"就明显受此影响。

从整体来看,词作保留了李清照语浅而情深的一贯风格,但是词人并非完全不运匠心。从章法结构来看,词作有曲折,有呼应,只是当这些结构安排与笃深率真的抒情相结合时,读者就不会注意其艺术技巧的高妙,而完全被其情感所吸引和打动,正所谓"得鱼忘筌""见月忘指",应该是艺术的最高境界吧。

（王晓骊）

声声慢

寻寻觅觅,冷冷清清,凄凄惨惨戚戚。乍暖还寒时候,最难将息。三杯两盏淡酒,怎敌他晓来风急?雁过也,正伤心,却是旧时相识。　　满地黄花堆积,憔悴损,如今有谁堪摘?守着窗儿独自,怎生得黑!梧桐更兼细雨,到黄昏、点点滴滴。这次第,怎一个愁字了得!

　　唐宋古文家以散文为赋,而倚声家实以慢词为赋。慢词具有赋的铺叙特点,且蕴藉流利,匀整而富变化,堪称"赋之余"。李清照这首《声声慢》,脍炙人口数百年,就其内容而言,简直是一篇悲秋赋。亦惟有以赋体读之,乃得其旨。李清照的这首词在作法上是有创造性的。原来的《声声慢》的曲调,韵脚押平声字,调子相应地也比较徐缓。而这首词却改押入声韵,并屡用叠字和双声字,这就变舒缓为急促,变哀婉为凄厉。此词以豪放纵恣之笔写激动悲怆之怀,既不委婉,也不隐约,不能列入婉约体。

　　前人评此词,多以开端三句用一连串叠字为其特色。但只注意这一层,不免失之皮相。词中写主人公一整天的愁苦心情,却从"寻寻觅觅"开始,可见她从一起床便百无聊赖,如有所失,于是东张西望,仿佛漂流在海洋中的人要抓到点什么才能得救似的,希望找到点什么来寄托自己的空虚寂寞。下文"冷冷清清",是

"寻寻觅觅"的结果,不但无所获,反被一种孤寂清冷的气氛袭来,使自己感到凄惨忧戚。于是紧接着再写了一句"凄凄惨惨戚戚"。仅此三句,一种由愁惨而凄厉的氛围已笼罩全篇,使读者不禁为之屏息凝神。这乃是百感迸发于中,不得不吐之为快,所谓"欲罢不能"的结果。

"乍暖还寒时候"这一句也是此词的难点之一。此词作于秋天,但秋天的气候应该说"乍寒还暖",只有早春天气才能用得上"乍暖还寒"。我以为,这是写一日之晨,而非写一季之候。秋日清晨,朝阳初出,故言"乍暖";但晓寒犹重,秋风砭骨,故言"还寒"。至于"时候"二字,有人以为在古汉语中应解为"节候",但柳永《永遇乐》云"薰风解愠,昼景清和,新霁时候",由阴雨而新霁,自属较短暂的时间,可见"时候"一词在宋时已与现代汉语无殊了。"最难将息"句则与上文"寻寻觅觅"句相呼应,说明从一清早自己就不知如何是好。

下面的"三杯两盏淡酒,怎敌他晓来风急","晓",通行本作"晚"。这又是一个可争论的焦点。俞平伯《唐宋词选释》注云:

> "晓来",各本多作"晚来",殆因下文"黄昏"云云。其实词写一整天,非一晚的事,若云"晚来风急",则反而重复。上文"三杯两盏淡酒"是早酒,即《念奴娇》词所谓"扶头酒醒";下文"雁过也",即彼词"征鸿过尽"。今从《草堂诗余别集》、《词综》、张氏《词选》等各本,作"晓来"。

这个说法是对的。说"晓来风急",正与上文"乍暖还寒"相合。古人晨起于卯时饮酒,又称"扶头卯酒"。这里说用酒消愁是不抵事的。至于下文"雁过也"的"雁",是南来秋雁,正是往昔在北方见到的,所以说"正伤心,却是旧时相识"了。《唐宋词选释》说:"雁未必相识,却云'旧时相识'者,寄怀乡之意。赵嘏《寒塘》:'乡心正无限,一雁度南楼。'词意近之。"其说是也。

上片从一个人寻觅无着,写到酒难浇愁;风送雁声,反而增加了思乡的惆怅。于是下片由秋日高空转入自家庭院。园中开满了菊花,秋意正浓。这里"满地黄花堆积"是指菊花盛开,而非残英满地。"憔悴损"是指自己因忧伤而憔悴瘦损,也不是指菊花枯萎凋谢。正由于自己无心看花,虽值菊堆满地,却不想去摘它赏它,这才是"如今有谁堪摘"的确解。然而人不摘花,花当自萎;及花已损,则欲摘已不堪摘了。这里既写出了自己无心摘花的郁闷,又透露了惜花将谢的情怀,笔意比唐人杜秋娘所唱的"有花堪折直须折,莫待无花空折枝"要深远多了。

从"守着窗儿"以下,写独坐无聊,内心苦闷之状,比"寻寻觅觅"三句又进一层。"守着"句依张惠言《词选》断句,以"独自"连上文。秦观(一作无名氏)《鹧鸪天》下片:"无一语,对芳樽,安排肠断到黄昏。甫能炙得灯儿了,雨打梨花深闭门。"与此词意境相近。但秦词从人对黄昏有思想准备方面着笔,李则从反面说,好像天有意不肯黑下来而使人尤为难过。"梧桐"两句不仅脱胎淮海,而且兼用温庭筠《更漏子》下片"梧桐树,三更雨,不道离情正苦;一叶叶,一声声,空阶滴到明"词意,把两种内容融而为一,笔更直而情更切。最后以"怎一个愁字了得"句作收,也是蹊径独辟之笔。自庾信以来,或言愁有千斛万斛,或言愁如江如海(分别见

373

李煜、秦观词),总之是极言其多。这里却化多为少,只说自己思绪纷茫复杂,仅用一个"愁"字如何包括得尽。妙在又不说明于一个"愁"字之外更有什么心情,即戛然而止,仿佛不了了之。表面上有"欲说还休"之势,实际上已倾泻无遗,淋漓尽致了。

　　这首词大气包举,别无枝蔓,逐件事一一说来,却始终紧扣悲秋之意,真得六朝抒情小赋之神髓。而以接近口语的朴素清新的语言谱入新声,又确体现了倚声家的不假雕饰的本色,诚属难能可贵之作。

(吴小如)

采桑子

恨君不似江楼月，南北东西。南北东西，只有相随无别离。　　恨君却似江楼月，暂满还亏。暂满还亏，待得团圆是几时？

这首词是写别情。上片写他在宦海浮沉，行踪不定，南北东西漂泊，经常在月下怀念妻子(即词中的"君")，只有月亮来陪伴她。表面上说"恨君"，实际上是思君。表面上说只有月亮相随无别离，实际上是说跟君经常在别离。下片借月的暂满还亏，比跟君的暂聚又别，难得团圆。这首词的特色，是文人词而富有民歌风味。民歌是自然流露，不用典故，是白描。这首词也是真情的自然流露，也是白描，很亲切。民歌往往采取重复歌唱的形式，这首词也一样。不仅由于《采桑子》这个词调的特点，像"南北东西""暂满还亏"两句是重复的；就是上下两片，也有重复而加以变化的，如"恨君不似江楼月"与"恨君却似江楼月"，只有一字之差，民歌中的复叠也往往是这样的。还有，民歌也往往用比喻，这首词的"江楼月"，正是比喻，这个比喻亲切而贴切。

这个"江楼月"的比喻，在艺术上具有特色。钱锺书讲到"喻之二柄""喻之多边"。所谓二柄："同此事物，援为比喻，或以褒，或以贬，或示喜，或示恶，词气迥异；修词之学，亟宜拈示。"像"韦处厚《大义禅师碑铭》:'佛犹水中月,可见不可取',超妙而不可即也,犹云'高山仰止,虽不能至,心向往之',是为心服之赞词。黄庭坚《沁园春》:'镜里拈花,水中捉月,觑着无由得近伊',犹云'甜糖抹在鼻子上,只教他舐不着',是为心痒之恨词。"同样用水中之月作比喻,一个寄以敬仰之意,一个表示不满之情,感情不同,称为二柄。"比喻有两柄而复具多边。盖事物一而已,然非止一性一能,遂不限于一功一效。取譬者用心或别,着眼因殊,指同而旨则异;故一事物之象可以子立应多,守常处变。譬夫月,形圆而体明,圆若(与也)明之在月,犹《墨经》言坚若白之在石,不相外而相盈。镜喻于月,如庾信《咏镜》:'月生无有桂',取明之相似,而亦可兼取圆之相似。王禹偁《龙凤茶》:'圆似三秋皓月轮',仅取圆之相似,不及于明。'月眼''月面'均为常言,而眼取月之明,面取月之圆,各傍月性之一边也。"(节引《管锥编·周易正义·归妹》)同用月做比喻,可以比圆,比明亮,这是比喻的多边。

钱先生在这里讲的二柄或多边,指不同的作品说的,同样用月作比喻,在这篇作品里是褒赞,在那篇作品里是不满;在这篇作品里比圆,在那篇作品里比明亮。有没有在一篇作品里用的比喻,既具二柄,复有多边呢? 这首词就是。

这首词用"江楼月"作比,在上片里赞美"江楼月","南北东西,只有相随无别离",人虽到处漂泊,而明月随人,永不分离,是赞词。下片里写"江楼月","暂满还亏,待得团圆是几时",月圆时少,缺时多,难得团圆,是恨词。同样用"江楼月"作比,一赞一恨,是在一篇中用同一个比喻而具有二柄。还有,上片的"江楼月",比"只有相随无别离";下片的"江楼月",比"待得团圆是几时",所比不同。同用一个比喻,在一首词里,所比不同,构成多边。像这样,同一个比喻,在一首词里,既有二柄,复具多边,这是很难找的,因此,这首词里用的比喻,在修辞学上是非常突出的。这样的比喻,又自然流露,不是有意造作,用得又非常贴切,这是更为难能可贵的。

　　这词的设想跟后汉徐淑《答夫秦嘉书》颇有相似处。徐淑说:"身非形影,何能动而辄俱;体非比目,何能同而不离。"除了用了两个不同的比喻外,"何能动而辄俱","何能同而不离",设想一致,也可以说千载同心了。　　　　　　　　　　(周振甫)

临江仙

夜登小阁,忆洛中旧游

忆昔午桥桥上饮,坐中多是豪英。长沟流月去无声。杏花疏影里,吹笛到天明。　　二十余年如一梦,此身虽在堪惊。闲登小阁看新晴。古今多少事,渔唱起三更。

　　陈与义(1090—1138)字去非,是北宋末南宋初的著名诗人,也善于填词。他生平致力于诗,所作甚多,约六百首,而其词作则仅有《无住词》十八首,不及其诗的二十分之一,可见他是以余事填词的。他的《无住词》十八首,其中绝大部分都是在他晚年奉祠退居湖州青墩镇寿圣院僧舍时所作,青墩僧舍有“无住庵”,陈与义曾在这里住过,故遂以“无住”名词。

　　这首《临江仙》词大概是在高宗绍兴五年(1135)或六年陈与义退居青墩镇僧舍时所作,时年四十六或四十七岁。陈与义是洛阳人,他追忆二十多年前的洛中旧游,那时是徽宗政和年间,天下还承平无事,可以有游赏之乐。其后金兵南下,北宋灭亡,陈与义流离逃难,艰苦备尝,而南宋朝廷在播迁之后,仅能自立,回忆二十多年的往事,真是百感交集。但是当他作词以发抒此种悲慨之时,并不直写事实,而是用空灵的笔法以唱叹出之(这正是作词的要诀)。上片是追忆洛中旧游。午桥在洛阳南,唐裴度有别墅在此。"杏花疏影里,吹笛到天明"二句,的确是造语"奇丽"(胡仔评语,见《苕溪渔隐丛话后集》卷三十四),一种良辰美景,赏心乐事,宛然出现于心目中。但是这并非当前实境,而是二十多年前渺如云烟的往事在回忆中的再现。刘熙载说得好,"陈去非……《临江仙》'杏花疏影里,吹笛到天明',此因仰承'忆昔',俯注'一梦',故此二句不觉豪酣转成怅悒,所谓好在句外者也。"(《艺概》卷四)下片起句"二十余年如一梦,此身虽在堪惊",一下子说到当前,两句中包含了南北宋之间二十年中无限的国事沧桑、知交零落之感,内容极充实,而用笔极空灵。"闲登小阁"三句,不再接上文之意进一步发抒悲叹,而是宕开去写,想到盛衰兴亡,古今同慨,于是看新晴,听渔唱,将沉挚的悲感化为旷达。这首词疏快明亮,浑成自然,如水到渠成,不见矜心作意之迹。张炎称此词"真是自然而然"(《词源》卷下)。然"自然"并不等于粗率浅露,这就要求作者有更高的文学素养。彭孙遹说得好:"词以自然为宗,但自然不从追琢中来,亦率易无味。如所云绚烂之极仍归于平淡。……若《无住词》之'杏花疏影里,吹笛到天明',自然而然者也。"(《金粟词话》)

陈与义作词虽少,但很受后世推重,而且认为其特点很像苏东坡。南宋黄昇说,陈与义"词虽不多,语意超绝,识者谓其可摩坡仙之垒也"(《中兴以来绝妙词选》卷一)。清陈廷焯也说,陈词如《临江仙》,"笔意超旷,逼近大苏"(《白雨斋词话》卷一)。陈与义填词是否有意要学苏东坡呢?不见得。陈与义作诗,近法黄(庭坚)、陈(师道),远宗杜甫,不受苏诗影响。至于填词,乃是他晚岁退居时的遣兴之作,他以前既非一向专业作词,所以不很留心当时的词坛风气,也未受其影响。譬如,自从柳永、周邦彦以来,慢词盛行,而陈与义独未作过一首慢词;词至北宋末年,趋于雕饰,周邦彦是以"富艳精工"见称,贺铸亦复如是,而陈与义的词独是疏快自然,不假雕饰;可见陈与义填词是独往独来,自行其是,自然也不会有意学苏的。不过,他既然擅长作诗,晚岁填词,运以诗法,自然也就会不谋而合,与苏相近了。以诗法入词,固然可以开拓内容,创新风格,但是仍必须保持词体特质之美,而不可以流于质直粗疏,失去词意。苏东坡是最先"以诗为词"的,但是苏词的佳作,如《卜算子》(缺月挂疏桐)、《水调歌头》(明月几时有)、《永遇乐》(明月如霜)、《洞仙歌》(冰肌玉骨)、《八声甘州》(有情风万里卷潮来)、《贺新郎》(乳燕飞华屋)诸作,都是"如春花散空,不着迹象,使柳枝歌之,正如天风海涛之曲,中多幽咽怨断之音"(夏敬观手批《东坡词》)。论词者不可不知此意也。

(缪　钺)

张元幹

贺新郎

送胡邦衡待制

梦绕神州路。怅秋风,连营画角,故宫离黍。底事昆仑倾砥柱①,九地黄流乱注? 聚万落千村狐兔。天意从来高难问,况人情,老易悲难诉! 更南浦,送君去。　　凉生岸柳催残暑。耿斜河、疏星淡月,断云微度。万里江山知何处? 回首对床夜语。雁不到、书成谁与? 目尽青天怀今古,肯儿曹恩怨相尔汝? 举大白,听《金缕》。

〔注〕　① 昆仑倾砥柱:古人相信黄河源出昆仑山,书证甚多,如《淮南子·地形训》即言"河水出昆仑东北陬"。昆仑山有铜柱,其高入天,称为天柱,见《艺文类聚》卷七引《神异经》。又黄河中流有砥柱山。此以昆仑天柱、黄河砥柱,连类并书。

当北宋覆亡、士夫南渡的这个时期,悲愤慷慨的忧国爱国的词家们,名篇迭出;张芦川则有《贺新郎》之作,先以"曳杖危楼去"寄怀李纲,后以"梦绕神州路"送别胡铨,两词尤为忠愤悲慨,感人肺腑。高宗绍兴十二年(1142),已先因反对"和议"、请斩秦桧等三人头而贬为福州签判的胡铨,再获重谴,除名编管新州(今广东新兴),芦川作此词相送。

"梦绕神州路",言我辈魂梦皆不离那未复的中原故土。"怅

381

秋风"三句,写值此素秋,金风声里,一方面听此处吹角连营,似乎武备军容,十分雄武,而一方面想那故都汴州,已是禾黍离离,一片荒残。此一起即将南宋局势,缩摄于尺幅之中。以下便由此严词质问,绝似屈子《天问》之体格。

首问:为何一似昆仑天柱般的黄河中流砥柱,竟然倾毁,以致浊流泛滥,使九州之土全归沉陆?又因何而使衣冠礼乐的文明乐土,一旦变成狐兔盘踞横行的惨境!须知狐兔者,既实指人民流析,村落空虚,唯余野兽,又虚指每当国家不幸陷于敌手之时,必然"狐兔"横行,古今无异。郑所南所谓"地走人形兽,春开鬼面花",自国亡家破之人而视之,真有此情此景,笔者亲历抗战时期华北沦陷之境,故而深领之。

下用杜少陵句"天意高难问,人情老易悲",言天高难问,人间又无可共语者,只得如胡公者一人同在福州,而今公又遽别,悲可知矣!——上片一气写来,全为逼出"更南浦,送君去"两句,其笔力盘旋飞动,字字沉实,作掷地金石之响。

过片便预想别后情怀,盖钱别在水畔,征帆既远,犹不忍离去,伫立以至岸柳凉生,夜空星见。"耿斜河"三句,亦如孟襄阳、苏东坡,写"微云渡河汉",写"疏星渡河汉""金波淡,玉绳低转",何其神理之相似!而在芦川,悲愤激昂之怀,忽着此一二句,益见其感情之深挚,伫立之久。如以"闲笔"视之,即如只知大嚼为食,而不晓细品为饮者,浅人难得深味矣。

下言此别之后,不知胡公流落之地,竟在何所,想象也觉难及,其荒远之状毕竟何似,相去万里,更欲对床夜话,如朋友、兄弟之故事,岂复可得!语云雁之南飞,不逾衡阳,而今新州更去衡阳几许？宾鸿不至，书信将凭谁寄付？不但问天之意直连前片，而且痛别之情古今所罕。以此方接极目乾坤，纵怀今古，沉思宇宙人生；所关切者绝非个人命运得失穷达，岂肯效儿女子琐琐道个人私事哉。韩愈《听颖师弹琴》诗"昵昵儿女语，恩怨相尔汝"，是此句所本。

情怀若此，何以为词？所谓辞意俱尽，遂尔引杯长吸，且听笙歌。——此姑以豪迈之言，聊遣摧心之痛，总是笔致夭矫如龙，切莫以陈言落套为比。

凡填《贺新郎》，上下片有两个仄起七字句，不得误为与律句全同，"高难问""怀今古"，难、今二字，皆须平声（与上三字连成四平声），方为协律。又两歇拍"送君去""听金缕"，头一字必须去声，此为定格。然至明清后世，解此者已少，合律者百无一二。故拈举于此，以示学人。

(周汝昌)

胡　铨

好事近

富贵本无心，何事故乡轻别？空使猿惊鹤怨，误薜萝秋月。　　囊锥刚要出头来，不道甚时节！欲驾巾车归去，有豺狼当辙！

―――――――――――――

　　这首词很是有名，它联系着南渡初一场斗争，或者说一件大案。绍兴八年秦桧再次入相，力主和议，派王伦往金议和。这事激起了朝野一片抗议，当时身为枢密院编修官的胡铨尤为愤慨，上书高宗说："臣备员枢属，义不与桧等共戴天。区区之心，愿斩三人头（指秦桧、王伦、孙近），竿之藁街。……不然，臣有赴东海而死，宁能处小朝廷求活耶！"（《戊午上高宗封事》）此书一上，秦桧等人十分恐惧、恼怒，以"狂妄凶悖，鼓众劫持"的罪名，将胡铨"除名，编管昭州（今广西平乐）"，四年后又押配新州（今广东新兴）。胡铨在逆境中不改操守，十年后在新州赋本词，"郡守张棣缴上之，以谓讥讪，秦愈怒，移送吉阳军（今海南三亚）编管"。十年间，秦桧对胡铨的迫害愈演愈烈，直欲置之死地而后快；同时对支持胡铨的朝臣名士也进行残酷的迫害，著名的诗人、词人王庭珪、张元幹就被流放、削籍，"一时士大夫畏罪箝口"，"忠正之士多避山林间"。（参见《宋史·胡铨传》《挥麈后录》卷十等）这首词就是在这样背景下写作的。

384

上片是说自己本无心于富贵,可是却出来谋官,感到很后悔。"富贵本无心,何事故乡轻别?""轻",轻率,鬼使神差似的,这是对自己的责备;由现在想到当初的轻率,正表示眼下的悔恨。"空使猿惊鹤怨,误薜萝秋月。""猿惊鹤怨"用《北山移文》文意。南齐周颙本隐北山(即钟山),后应诏出仕,孔稚珪假托山灵及草木禽兽对他进行责备,中有这样的句子:"蕙帐空兮夜鹤怨,山人去兮晓猿惊。""薜萝",幽隐之处,"薜萝秋月"借指隐者徜徉自适的生活,唐张乔《宿齐山僧舍》"晓随山月出烟萝"类此。这里是借猿鹤以自责其弃隐而仕,轻弃了山中佳景。做官而未能遂愿,连用"空"字、"误"字,把自己的悔恨表现得更为强烈。

作者为什么对做官这般后悔呢? 从上片看,见出他对"薜萝秋月"生活的怀念,对故乡的怀念。身窜南荒,这些去国离乡愁绪的产生是十分自然的。同时他写了一首《如梦令》,云:"谁念新州人老,几度斜阳芳草。眼雨欲晴时,梅雨故来相恼。休恼,休恼,今岁荔枝能好。"就是写这种愁绪及其自我开解。但是,这首词恐怕又不只是表现这种情绪,他写悔恨写得那么痛切,当还另有所指。我们再看下片怎么写。

"囊锥刚要出头来,不道甚时节!""囊锥出头"就是"脱颖而出"的意思,用的是毛遂自荐典故。要确切理解这两句的意味,得弄清"刚""不道"这两个语辞的意思。据张相《诗词曲语辞汇释》,"刚"即"硬","不道"有"不想"之意。这两句是说:你硬是要出头、逞能,你也不想想这是什么时节、什么世道! 很明显,"出头"事是指十年前反对和议、抨击秦桧那场斗争。这用的是埋怨、自责的口吻,还是"悔"。既然悔恨了,"悟已往之不谏,知来者之可追"

(《归去来兮辞》),于是他便学陶渊明"或命巾车,或棹孤舟",归隐田里了:"欲驾巾车归去,有豺狼当辙!"可是,路上有豺狼挡道,想回也回不去了! 词就是这样一气呵成写来(上下片连成一气),写出来当官的悔恨,想归而不得归的苦闷,这对处于特定境遇中的作者来说,是真实的。但是若只是如此理解,又未免皮相了。只要联系一下写作背景,这首词强烈的讽刺意义就看出来了。

"豺狼当辙"即"豺狼当道",语出《东观汉记·张纲传》:"豺狼当道,安问狐狸!"——"豺狼"与"狐狸"对言,是指权奸、首恶,张纲所谓豺狼,是指当时独擅朝政的大将军梁冀,这里用以指把持朝政的秦桧是清楚不过的。张棣说是"讥讪",秦桧那样恼怒,大概首先是看出"豺狼当辙"用语的含义。其实所谓"讥讪",不独这一句,细心读去,全词无不暗含着对秦桧等人的抨击。"囊锥刚要出头来,不道甚时节!"自责、悔恨是表面文章,实际上是在骂那些主和误国、陷害忠良的家伙,朝廷里尽是那班家伙,忠正之士想出头也出不了头。上片悔恨"故乡轻别","富贵本无心"是暗用了孔子一句话:"不义而富且贵,于我如浮云!"(《论语·述而》)他是不愿出来求这种不义的富贵、在丧权辱国的朝廷里当那种不义的官。他那般痛心地忏悔,与十年前上书所说:"臣有赴东海而死,宁能处小朝廷求活耶!"其心情是一致的。上面这些意思都是借写去国怀乡的形式表现的,不是那么直遂,叫人咀含而悟,其讽刺显得更为犀利。

这首词是作为"罪人"在那险恶的政治气候下写作的,表现了作者无畏的斗争精神和对国事的深切忧愤,它与《戊午上高宗封事》同为反和议斗争的名篇,为作者赢得了很高声誉。朱熹就热烈赞扬胡铨是"好人才",说:"如胡邦衡(邦衡,胡铨字)之类,是甚么样有气魄!做出那文字是甚豪壮!"(《朱子语类》卷一百〇九)胡铨大概属于鲁迅所说的中国历史上"拼命硬干的人""为民请命的人"(《中国人失掉自信力了吗》)那一类。　　　　　(汤华泉)

岳　飞

满江红

怒发冲冠,凭栏处、潇潇雨歇。抬望眼,仰天长啸,壮怀激烈。三十功名尘与土,八千里路云和月。莫等闲、白了少年头,空悲切。　　靖康耻,犹未雪。臣子恨,何时灭! 驾长车,踏破贺兰山缺。壮志饥餐胡虏肉,笑谈渴饮匈奴血。待从头收拾旧山河,朝天阙!

　　岳将军此词,激励着千古中华民族的爱国心。抗日战争时期,这首词曲低沉而雄壮的歌音,更使人们领受到它的伟大的感染力量。

　　上来一句四个字,即用太史公写蔺相如"怒发上冲冠"的奇语,表明这是不共戴天的深仇大恨。此仇此恨,因何愈思愈不可忍? 正缘高楼独上,栏杆自倚,纵目乾坤,俯仰六合,不禁满怀热血、激荡沸腾。——而当此之时,愁霖乍止,风烟澄净,光景自佳,翻助郁勃之怀,于是仰天长啸,以抒此万斛英雄壮气。着"潇潇雨歇"四字,笔致不肯一拓直下,方见气度渊静,便知有异于狂夫叫嚣之浮词矣。

　　开头凌云壮志,气盖山河,写来已尽其势。且看他下面如何接得去。倘是庸手,有意耸听,必定搜索剑拔弩张之文辞,以引动浮光掠影之耳目。——而乃于是,却道出"三十功名尘与土,八千

388

里路云和月"十四个字,真个令人迥出意表,怎不为之拍案叫绝!此十四字,微微唱叹,如见将军抚膺自理半生悲绪,九曲刚肠,英雄正是多情人物,可为见证。功名是我所期,岂与尘土同埋;驰驱何足言苦,堪随云月共赏。(此功名即勋业义,因音律而用,宋词屡见。)试看此是何等胸襟,何等识见! 今之考证家,动辄敢断此词不见宋人称引,至明始出于世,则伪作何疑,云云。不思作伪者大抵浅薄妄人,笔下能有如许高怀远致乎?

词到过片,一片壮怀,喷薄倾吐:靖康之耻,实指徽钦被掳,犹不得还;故下联接言臣子抱恨无穷,此是古代君臣观念之必然反映,莫以今日之国家概念解释千年往事。此恨何时得解? 功名已委于尘土,三十已过,至此,将军自将上片歇拍处"莫等闲、白了少年头,空悲切"之痛语,说与天下人体会。沉痛之笔,字字掷地有声!

以下出奇语,寄壮怀,英雄忠愤之气概,凛凛犹若神明。盖金人入据中原,止畏岳爷爷,不晋闻风丧胆,故自将军而言,"匈奴"实不足灭,踏破"贺兰",黄龙直捣,并非夸饰自欺之大言也。"饥餐""渴饮"一联,微嫌合掌;然不如此亦不足以畅其情、尽其势。未至有复沓之感者,以其中有真气在。

论者又设:贺兰山在西北,与东北之黄龙府,千里万里,有何交涉? 即此亦足证明词乃伪作云。然而,那克敌制胜的抗金名臣老赵鼎,他作《花心动》词,就说"西北襖枪未灭,千万乡关,梦遥吴越";那忠义慷慨寄敬胡铨的张元幹,他作《贺新郎》词,也说"要斩楼兰三尺剑,遗恨琵琶旧语"! 这都是南宋初期的爱国词人,他们说到金兵时,能用"西北""楼兰"(汉之西域鄯善国,傅介子计斩楼兰王,典出《汉书·西域传》),怎么一到岳飞,就用不得"贺兰山"(一称"阿拉善山",在今宁夏西北部与内蒙古接界处),用不得"匈奴"了呢?我自然不敢"保证"此词必定真是岳将军手笔,但用那样的逻辑去断言此词必伪,怎敢欣然而同意呢!

"待从头,收拾旧山河,朝天阙!"一腔忠愤,碧血丹心,肺腑倾出。即以文章家眼光论之,收拾全篇,神完气足,无复毫发遗憾,诵之令人神旺,令人起舞。

然而岳将军头未及白,金人已陷困境之时,出以奸计,使宋室自坏长城,"莫须有"千古冤狱,闻者发指,岂复可望眼见他率领十万貔貅,与中原父老,齐来朝拜天阙哉?悲夫。

此种词原不应以文字论短长,然即以文字论,亦当击赏其笔力之沉雄,脉络之条鬯,情致之深婉,皆不同于凡响,倚声而歌之,亦振兴中华之必修音乐文学课也。
(周汝昌)

钗头凤

红酥手,黄滕酒。满城春色宫墙柳。东风恶,欢情薄。一怀愁绪,几年离索。错,错,错。　　春如旧,人空瘦。泪痕红浥鲛绡透。桃花落,闲池阁。山盟虽在,锦书难托。莫,莫,莫!

　　这首词写的是陆游自己的爱情悲剧。

　　陆游的原配夫人是同郡唐氏士族的一个大家闺秀,结缡以后,他们"伉俪相得","琴瑟甚和",是一对情意相投的恩爱夫妻。不料,作为婚姻包办人之一的陆母却对儿媳产生了恶感,逼令陆游休弃唐氏。在陆游百般劝谏、哀求而无效的情势下,二人终于被迫仳离,唐氏改适"同郡宗子"赵士程,彼此音息也就隔绝无闻了。几年以后的一个春日,陆游在家乡山阴(今绍兴市)城南禹迹寺附近的沈园,与偕夫同游的唐氏邂逅。唐氏遣致酒肴,聊表对陆游的抚慰之情。陆游见人感事,百虑翻腾,遂乘醉吟赋是词,信笔题于园壁之上。词中记述了词人与唐氏的这次相遇,表达了他们眷恋之深和相思之切,也抒发了词人怨恨愁苦而又难以言状的凄楚心情。

　　词的上片通过追忆往昔美满的爱情生活,感叹被迫离异的痛苦,分两层。

　　起首三句为上片第一层,回忆往昔与唐氏偕游沈园的美好情景:"红酥手,黄滕酒。满城春色宫墙柳。"虽说是回忆,但因为是填词,而不是写散文或回忆录之类,不可能全写,所以只选取了一个场面来写,而这个场面,又只选取了一两个最富代表性和特征性的情事细节。"红酥手",不仅写出了唐氏为词人殷勤把盏时的美丽姿致,同时还有概括唐氏全人之美(包括她的内心美)的作用。然而,更重要的是,它具体而形象地表现出这对恩爱夫妻之间的柔情蜜意以及他们婚后生活的美满和幸福。第三句又为这幅春园夫妻把酒图勾勒出一个广阔而深远的背景,点明了他们是在共赏春色。而唐氏手臂的红润、酒的黄封以及柳色的碧绿,又使这幅图画有了明丽而和谐的色彩感。

　　"东风恶"数句为第二层,写词人被迫与唐氏离异后的痛苦。上一层写春景春情,无限美好,至此突然一转,激愤的感情潮水突地冲破词人心灵的闸门,无可遏止地宣泄下来。"东风恶"三字,一语双关,含蕴很丰富,是全词的关键所在,也是造成词人爱情悲剧的症结所在。本来,东风可以使大地复苏,给万物带来勃勃的生机,但是,如果它狂吹乱扫,也会破坏春容春态,下片所云"桃花落,闲池阁",就正是它狂吹乱扫所带来的一种严重后果,故说它"恶"。然而,它主要是一种象喻,象喻造成词人爱情悲剧的"恶"势力。至于陆母是否也在其列,答案应该是肯定的,只是由于不便明言,而又不能不言,才不得不以这种含蓄的表达方式出之。下面一连三句,又进一步把词人怨恨"东风"的心理抒写出来,并补足一个"恶"字:"欢情薄。一怀愁绪,几年离索。"美满姻缘被拆散,恩爱夫妻被迫分离,使他们感情上蒙受巨大的折磨,几年来生活带给他们的只是满怀愁怨。这不正如烂漫的春花被无情的东风所摧残，而凋谢飘零吗？接下来，"错，错，错"，一连三个"错"字，奔迸而出，感情极为沉痛。但是，到底谁错了？是对自己当初"不敢逆尊者意"而终"与妇诀"的否定吗？是对"尊者"的压迫行为的否定吗？是对不合理的婚姻制度的否定吗？词人没有明说，也不便于明说，这枚"千斤重的橄榄"(《红楼梦》语)留给了我们读者来嚼，来品味。这一层虽直抒胸臆，激愤的感情如江河奔泻，一气贯注；但又不是一泻无余，其中"东风恶"和"错，错，错"云云，就很有味外之味。

词的下片，由感慨往事回到现实，进一步抒写夫妻被迫离异的深哀巨痛，也分两层。

换头三句为第一层，写沈园重逢时唐氏的表现。"春如旧"承上片"满城春色"句而来，这又是此番相逢的背景。依然是从前那样的春日，但是，人却今非昔比了。以前的唐氏，肌肤是那样的红润，焕发着青春的活力；如今，经过"东风"的无情摧残，她憔悴了，消瘦了。"人空瘦"句，虽说写的只是唐氏容颜方面的变化，但分明表现出"几年离索"给她带来的巨大痛苦。像词人一样，她也为"一怀愁绪"折磨着；像词人一样，她也是旧情不断，相思不舍啊！不然，何至于瘦呢？写容颜形貌的变化以表现内心世界的变化，原是文学作品中的一种常用手法，但瘦则瘦矣，句间何以着一"空"字？"使君自有妇，罗敷自有夫。"(《古诗·陌上桑》)从婚姻关系说，两人早已各不相干了，事已至此，不是白白为相思而折磨自己吗？着此一字，就把词人那种怜惜之情、抚慰之意、痛伤之感等等，全都表现出来。"泪痕"句通过刻画唐氏的表情动作，进一

393

步表现出此次相逢时她的心情状态。旧园重逢,念及往事,她能不哭、能不泪流满面吗?但词人没直接写泪流满面,而是用白描的手法,写她"泪痕红浥鲛绡透",显得更委婉,更沉着,也更形象可感。而一个"透"字,不仅见其流泪之多,亦且见她伤心之甚。上片第二层写词人自己,用了直抒胸臆的手法;这里写唐氏却改变了手法,只写了她容颜体态的变化和她的痛苦情状。由于这一层所写都从词人眼里看出,所以又具有了"一时双情俱至"的艺术效果。可见词人,不仅深于情,亦且深于言情。

词的最后几句,是下片第二层,写词人与唐氏相遇以后的痛苦心情。"桃花落"两句与上片的"东风恶"句遥相照应,又突入景语。虽系景语,但也是一笔管二的词句。不是么?桃花凋谢,园林冷落,这只是物事的变化,而人事的变化却更甚于斯。像桃花一样美丽姣好的唐氏,不是也被无情的"东风"摧残折磨得憔悴消瘦么?从词人自己的心境来说,不也像"闲池阁"一样凄寂冷落么?一笔而兼有二意,却又不着痕迹,很巧妙,也很自然。下面又转入直接赋情:"山盟虽在,锦书难托。"这两句虽只寥寥八字,却实从千回万转中来。虽说自己情如山石,永永如斯,但是,这样一片赤诚的心意,又如何表达呢?明明在爱,却又不能去爱;明明不能去爱,却又割不断这爱缕情丝。刹那间,有爱,有恨,有痛,有怨,再加上看到唐氏的憔悴容颜和悲戚情状所产生的怜惜之情、抚慰之意,真是百感交集,万箭簇心,一种难以名状的悲哀,再一次冲胸破喉而出:"莫,莫,莫!"事已至此,再也无可补救、难以挽回了,这万千感慨还想它做什么,说它做什么?于是快刀斩乱麻:罢了,罢了,罢了!明明言犹未尽,意犹未了,情犹未终,却偏偏这么不了了之，而全词也就在这极其沉痛的喟叹声中结束了。

这首词始终围绕着沈园这个特定的空间来安排自己的笔墨，上片由追昔到抚今，而以"东风恶"转捩；过片回到现实，以"春如旧"与上片"满城春色"句相呼应，以"桃花落，闲池阁"与上片"东风恶"句相照应，把同一空间不同时间的情事和场景历历如绘地"叠映"出来。全词多用对比手法，如上片，越是把往昔夫妻共同生活时的美好情景写得真切如见，就越使得他们被迫离异后的凄楚心境深切可感，也就越显出"东风"的无情和可憎，从而形成强烈的感情对比。再如上片写"红酥手"，下片写"人空瘦"，在鲜明的形象对比中，充分地展示出"几年离索"给唐氏带来的巨大的精神折磨和痛苦。全词节奏急促，声情凄紧，再加上"错，错，错"和"莫，莫，莫"先后两次感叹，荡气回肠，大有恸不忍言、恸不能言的情致。总之，这首词达到了内容和形式的完美统一，是一首别开生面、催人泪下的作品。

（杨钟贤　张燕瑾）

秋波媚

七月十六晚登高兴亭望长安南山

秋到边城角声哀，烽火照高台。悲歌击筑，凭高酹酒，此兴悠哉！　　多情谁似南山月，特地暮云开。灞桥烟柳，曲江池馆，应待人来。

───────────────

　　陆游一生，怀着抗金救国的壮志。四十五岁以前，长期被执行投降路线的当权派所排挤压抑。孝宗乾道八年(1172)，陆游四十八岁。这年春天，他接受四川宣抚使王炎邀请，来到南郑，担任四川宣抚使公署干办公事兼检法官，参加了九个月的从军生活。南郑是当时抗金的前线，王炎是抗金的重要人物，主宾意气十分相投。高兴亭，在南郑内城的西北，正对南山。长安当时在金占领区内，南山即秦岭，横亘在陕西省南部，长安城南的南山是它的主峰。陆游在凭高远望长安诸山的时候，收复关中的热情更加奔腾激荡，不可遏止。集中有不少表现这样主题的诗，但多属于离开南郑以后的追忆之作。而这首《秋波媚》词，却是在南郑即目抒感的一篇，情调特别昂扬，充分显示了词人的乐观主义精神。

　　上片从角声烽火写起，烽火指平安火，高台指高兴亭。《唐六典》说："镇戍每日初夜，放烟一炬，谓之平安火。"陆游《辛丑正月三日雪》诗自注："予从戎日，尝大雪中登兴元城上高兴亭，待平安火至。"又《感旧》自注:"平安火并南山来,至山南城下。"又《频夜梦至南郑小益之间慨然感怀》:"客枕梦游何处所,梁州西北上危台。暮云不隔平安火,一点遥从骆谷来。"都可以和这首词句互证。高歌击筑,凭高洒酒,引起收复关中成功在望的无限高兴,从而让读者体会到上面所写的角声之哀歌声之悲,不是什么忧郁哀愁的低调,而是慷慨悲壮的旋律。"此兴"的"兴",兼切亭名。

下片从上片的"凭高"和"此兴悠哉"过渡,全面表达了"高兴"的"兴"。作者把无情的自然物色的南山之月,赋予人的感情,并加倍地写成为谁也不及它的多情。多情就在于它和作者热爱祖国河山之情一脉相通,它为了让作者清楚地看到长安南山的面目,把层层云幕都推开了。这里,也点明了七月十六日夜晚,在南郑以东的长安南山头,皎洁的月轮正在升起光华。然后进一步联想到灞桥烟柳、曲江池台那些美丽的长安风景区,肯定会多情地等待收复关中的宋朝军队的到来。应,应该。这里用"应"字,特别强调肯定语气。人,指宋军,也包括作者。词中没有直接说到收复失地的战争,而是以大胆的想象,拟人化的手法,描绘上至"明月""暮云",下至"烟柳""池馆",都在期待宋军收复失地、胜利归来的情景,来暗示作者所主张的抗金战争的前景。这种想象是在上片豪情壮志抒发的基础上,自然引发而出,具有明显的浪漫主义情调。全词充满着乐观气氛和胜利在望的情绪,这在南宋爱国词作中是很少见的。

(钱仲联)

陆　游

卜算子

咏　梅

驿外断桥边，寂寞开无主。已是黄昏独自愁，更着风和雨。　　　无意苦争春，一任群芳妒。零落成泥碾作尘，只有香如故。

───────────────

　　这首《卜算子》，作者自注"咏梅"，可是，它意在言外，像"独爱莲之出淤泥而不染，濯清涟而不妖"的濂溪先生(周敦颐)以莲花自喻一样，作者正是以梅花自喻的。

　　陆游曾经称赞梅花"雪虐风饕愈凛然，花中气节最高坚"(《落梅》)。梅花如此清幽绝俗，出于众花之上，可是如今竟开在郊野的驿站外面，紧临着破败不堪的"断桥"，自然是人迹绝少、寂寥荒寒、备受冷落了。从这一句可知它既不是官府中的梅，也不是名园中的梅，而是一株生长在荒僻郊外的"野梅"。它既得不到应有的护理，也无人来欣赏。随着四季代谢，它默默地开了，又默默地凋落了。它孑然一身，四望茫然，——有谁肯一顾呢，它是无主的梅呵。"寂寞开无主"这一句，词人将自己的感情倾注在客观景物之中，首句是景语，这句已是情语了。

　　日落黄昏，暮色朦胧，这孑然一身、无人过问的梅花，何以承受这凄凉呢？它只有"愁"——而且是"独自愁"，这几个字与上句的"寂寞"相呼应。而且,偏偏在这个时候,又刮起了风,下起了雨。"更着"这两个字力重千钧,写出了梅花的艰困处境,然而尽管环境是如此冷峻,它还是"开"了!它,"万树寒无色,南枝独有花"(道源);它,"万花敢向雪中出,一树独先天下春"(杨维桢)。总之,从上面四句看,对这梅花的压力,天上地下,四面八方,无所不至,但是这一切终究被它冲破了,因为它还是"开"了!谁是胜利者?应该说,是梅花!

上阕集中写了梅花的困难处境,它也的确还有"愁"。从艺术手法说,写愁时作者没有用诗人、词人们那套惯用的比喻手法,把愁写得像这像那,而是用环境、时光和自然现象来烘托。况周颐说:"词有淡远取神,只描取景物,而神致自在言外,此为高手。"(《蕙风词话》)就是说,词人描写这么多"景物",是为了获得梅花的"神致";"深于言情者,正在善于写景"(田同之《西圃词说》)。上片四句可说是"情景双绘"。

下阕,托梅寄志。

梅花,它开得最早。"万木冻欲折,孤根暖独回"(齐己);"不知近水花先发,疑是经冬雪未消"(张谓)。是它迎来了春天。但它却"无意苦争春"。春天,百花怒放,争丽斗妍,而梅花却不去"苦争春",凌寒先发,只是一点迎春报春的赤诚。"苦"者,抵死、拼命、尽力也。从侧面讽刺了群芳。梅花并非有意相争,"群芳"如果有"妒心",那是它们自己的事情,就"一任"它们去嫉妒吧。这里把写物与写人,完全交织在一起了。草木无情,花开花落,是自然现象,说"争春",是暗喻人事。"妒",则非草木所能有。这两句表现出陆游标格孤高,决不与争宠邀媚、阿谀逢迎之徒为伍的

399

品格和不畏谗毁、坚贞自守的峥嵘傲骨。

最后几句,把梅花的"独标高格",再推进一层:"零落成泥碾作尘,只有香如故。"前句承上阕的寂寞无主、黄昏日落、风雨交侵等凄惨境遇。这句七个字四次顿挫:"零落",不堪雨骤风狂的摧残,梅花纷纷凋落了,这是一层。落花委地,与泥水混杂,不辨何者是花,何者是泥了,这是第二层。从"碾"字,显示出摧残者的无情,被摧残者承受的压力之大,这是第三层。结果呢,梅花被摧残、被践踏而化作灰尘了。这是第四层。看,梅花的命运有多么悲惨,简直令人不忍卒读。但作者的目的决不是单为写梅花的悲惨遭遇,引起人们的同情;从写作手法说,仍是铺垫,是蓄势,是为了把下句的词意推上最高峰。虽说梅花凋落了,被践踏成泥土了,被碾成尘灰了,请看,"只有香如故",它那"别有韵"的香味,却永远"如故",一丝一毫也改变不了呵。

末句具有扛鼎之力,它振起全篇,把前面梅花的不幸处境,风雨侵凌,凋残零落,成泥作尘的凄凉、衰飒、悲戚,一股脑儿抛到九霄云外去了。正是"末句想见劲节"(卓人月《词统》)。而这"劲节"的得以"想见",正是由于此词运用比兴手法,十分成功,托物言志,给我们留下了十分深刻的印象,成为一首咏梅的杰作。

(艾治平)

夜游宫

记梦寄师伯浑

雪晓清笳乱起，梦游处、不知何地。铁骑无声望似水。
想关河：雁门西，青海际。　　睡觉寒灯里，漏声断、月
斜窗纸。自许封侯在万里。有谁知，鬓虽残，心未死！

　　陆游有大量抒发爱国主义激情的记梦诗，在词作里也有。这
首《夜游宫》，主题就是这样。师伯浑是陆游认为很有本事的人，
是在四川交上的新朋友，够得上说是同心同调，所以把这首记梦
词寄给他看。

　　上片写的是梦境。一开头就渲染了一幅有声有色的关塞风
光画面，雪、笳、铁骑等特定的北方事物，放在秋声乱起和如水奔
泻的动态中写，有力地把读者吸引到作者的词境里来。中间突出
一句点明这是梦游所在。先说是迷离惝恍的梦，不知是什么地
方；然后进一步引出联想——是在梦中的联想，这样的关河，必然
是雁门、青海一带了。这里，是单举两个地方以代表广阔的西北
领土。这样莽苍雄伟的关河如今落在谁的手里呢？那就不忍说
了。作者深厚的爱国感情，凝聚在短短的九个字中，给人以非恢
复河山不可的激励，从而过渡到下片。

　　下片写梦醒后的感想。一灯荧荧，斜月在窗，漏声滴断，周围

一片死寂。冷落的环境,反衬出作者报国雄心的火焰却在熊熊燃烧。自许封侯万里之外的信心,是何等执著。人老而心不死,自己虽然离开南郑前线回到后方,可是始终不忘要继续参加抗战工作。"有谁知"三字,表现了作者对朝廷排斥爱国者的行径的愤怒谴责。梦境和实感,上下片呵成一气,有机地联系着,使五十七字的中调,具有壮阔的境界和教育人们为国献身的思想内涵。

(钱仲联)

诉衷情

当年万里觅封侯,匹马戍梁州①。关河梦断何处,尘暗旧貂裘。　　胡未灭,鬓先秋,泪空流。此生谁料,心在天山,身老沧洲。

〔注〕　① 梁州:《宋史·地理志》:"兴元府,梁州汉中郡,山南西道节度。"治所在南郑。陆游著作中,称其参加王炎幕府所在地,常杂用以上地名。

　　积贫积弱、日见窘迫的南宋是一个需要英雄的时代,但这又是一个英雄"过剩"的时代。陆游的一生以抗金复国为己任,但请缨无路,屡遭贬黜,晚年退居山阴,有志难申。"壮士凄凉闲处老,名花零落雨中看。"历史的秋意,时代的风雨,英雄的本色,艰难的现实,共同酿成了这一首悲壮、沉郁的《诉衷情》。作这首词时,词人已年近七十,身处江湖,未忘国忧,烈士暮年,雄心不已。这种高亢的政治热情,永不衰竭的爱国精神形成了词作风骨凛然的崇高美。但壮志不得实现,雄心无人理解,虽然"男儿到死心如铁",无奈"报国欲死无战场",这种深沉的压抑感又形成了词作中百折千回的悲剧情调。

　　开头两句,再现了词人往日壮志凌云,奔赴抗敌前线的勃勃英姿。"当年",指乾道八年(1172),时陆游来到南郑(今陕西汉中),投身四川宣抚使王炎幕下襄理军务。"觅封侯"用班超投笔从戎、立功异域"以取封侯"的典故,写自己报效祖国,收拾旧河山的壮志。"自许封侯在万里"(《夜游宫》),一个"觅"字显出词人当年自负、自信的神情和坚定执著的追求。"万里"与"匹马"形成空间形象上的强烈对比,匹马征万里,一派卓荦不凡之气。"壮岁从戎,曾是气吞残虏。"(《谢池春》)当时词人四十八岁,从军戍边,"悲歌击筑,凭高酹酒"(《秋波媚》),"呼鹰古垒,截虎平川"(《汉宫春》),那豪雄飞纵、激动人心的军旅生活至今历历在目,时时入梦。梦是愿望的达成,陆游诗词中记梦之作很多,这是因为强烈的愿望受到太多的压抑,积郁的情感只有在梦里才能得到宣泄。"关河梦断何处,尘暗旧貂裘",在南郑前线仅半年,陆游就被调离,从此关塞河防,只有时时在梦中出现,而梦醒不知身何处,只有旧时貂裘戎装,已是尘封色暗。一个"暗"字将岁月的流逝,人事的消磨,化作灰尘堆积之暗淡画面,心情饱含惆怅。

上片开头以"当年"二字楔入对往日豪放军旅生活的回忆,声调高亢。"梦断"一转,形成一个强烈的情感落差,慷慨化为悲凉。至下片则进一步抒写理想与现实的矛盾,跌入更深沉的浩叹,悲凉化为沉郁。"胡未灭,鬓先秋,泪空流"三句步步紧逼,声调短促,说尽平生不得志。放眼西北,神州陆沉,妖氛未扫;回首人生,流年暗度,两鬓已苍;沉思往事,雄心虽在,壮志难酬。"未""先""空"三字在承接比照中,流露出沉痛的感情,越转越深:人生自古谁不老?但逆胡尚未灭,功业尚未成,岁月已无多,这才迫切感到人"先"老之惊心。"一事无成霜鬓侵",对镜理发,一股悲凉的意绪渗透心头,人生老大矣!然而,即使天假数年,双鬓再青,又岂能实现"攘除奸凶,兴复汉室"的事业?"朱门沉沉按歌舞,厩马肥死弓断弦""云外华山千仞，依旧无人问"。所以说，这忧国之泪只是"空"流。一个"空"字既写了内心的失望和痛苦，也写了对君臣尽醉的小朝廷的不满和愤慨。"此生谁料，心在天山，身老沧洲。"最后三句总结一生，反省现实。"天山"代指抗敌前线，"沧洲"代指闲居之地，"此生谁料"即"谁料此生"。词人没料到，自己的一生会不断地处在"心"与"身"的冲突中。他的心神驰于疆场，他的身却僵卧孤村，他看到了"铁马冰河"，但这只是在梦中；他的心灵高高扬起，飞到了"天山"，他的身体却沉重地坠落在"沧洲"。"谁料"二字写出了往日的天真与今日的失望，"早岁那知世事艰""而今识尽愁滋味"，理想与现实是如此格格不入，无怪乎词人要声声浩叹。"心在天山，身老沧洲"两句作结，先扬后抑，形成一个大转折，词人犹如一心要搏击长空的苍鹰，却被折断羽翮，落到地上，在痛苦中呻吟。

陆游这首词，确实饱含着人生的秋意，但由于词人"身老沧洲"的感叹中包含了更多的历史内容，纵横老泪中融汇了对祖国炽热的感情，所以，词的情调体现出幽咽而不失开阔深沉的特色，比一般仅仅抒写个人苦闷的作品显得更有力量，更为动人。

（史双元）

405

范成大

水调歌头

细数十年事,十处过中秋。今年新梦,忽到黄鹤旧山头。老子个中不浅,此会天教重见,今古一南楼。星汉淡无色,玉镜独空浮。　　敛秦烟,收楚雾,熨江流。关河离合,南北依旧照清愁。想见姮娥冷眼,应笑归来霜鬓,空敝黑貂裘。酾酒问蟾兔,肯去伴沧洲?

　　据作者《吴船录》,此词作于淳熙四年(1177)中秋。这年五月作者因病离四川制置使任,乘舟东归。八月十四日至鄂州(今湖北武昌),十五日晚赴知州刘邦翰设于黄鹤山上南楼的赏月宴会。《吴船录》有记,云:"天无纤云,月色甚奇,江面如练,空水吞吐,平生所遇中秋佳月,似此夕亦有数。况复修南楼故事,老子于此兴复不浅也。……作乐府一篇,俾鄂人传之。"

　　词云:"细数十年事,十处过中秋。"其实他是"十二年间十处见中秋",在《吴船录》中他确是"细数"十处过中秋的地点。想到以往十处中秋情景,就为今夕提供了一个参照。今夕如何?"今年新梦,忽到黄鹤旧山头。""新梦",未曾料到,下以"忽到"照应,并传达出惊喜之情。"黄鹤旧山头"指黄鹤山,传说仙人王子安曾乘黄鹤过此,因以为名。中间嵌以一个"旧"字,似有这样意味:昔人已乘黄鹤去,今日我来仙地游,是则我也是仙矣,我之"新梦"

"忽到",不也像乘黄鹤飘然而来吗？同时他写的《鄂州南楼》诗道:"谁将玉笛弄中秋,黄鹤飞来识旧游。"也隐然有此意味。"老子个中不浅,此会天教重见,今古一南楼。"此地不仅是仙地,还留有历史胜迹。东晋庾亮镇守武昌时,曾在秋夜登上此处的南楼,与僚属吟咏谈笑,高兴地说:"老子于此处兴复不浅。"(《世说新语·容止》)成大这里以庾亮自况,今日又是重演九百年前的南楼会啊。"江山留胜迹,我辈复登临。"后人登临前人的旧地,于历史沧桑感外还会由仰慕而生自豪感,古人做的事我也做到了,何况作者此时地位亦复与庾亮相埒,所以他也说:"老子于此兴复不浅也!""星汉淡无色,玉镜独空浮。"因为"天无纤云",月明星稀,星星、银河几乎淡得看不到了,只是那轮明月(玉镜)那么明亮,那么突出,它的光波掩住了一切背景,使得它就像悬浮于空际一样。这两句是对月色的描写,不仅写出了"月色甚奇",同时也写出了自己的神情。"玉镜独空浮",他的神思全然贯注到这轮明月上了,"独",既表示了月在天际的存在,也表示了月在他心中的存在,他也要跟月一道"浮"了。大凡如此月夜,人们凭高望月,每每会生超脱感,何况在这仙迹胜地呢。写到这里,可以回答:"今夕如何",真是平生少遇啊!

过片仍写月色。"敛秦烟,收楚雾,熨江流。"视野更开阔了。"秦",泛指江北以远的地方,"楚",江汉一带。江北江南,长烟一空,皓月千里,月下的江流就像一匹熨平的白练,这景象又是多么壮观。"熨"字下得神奇,又十分生动,使人想见那种平滑之状,与苏轼"惟有一江明月碧琉璃"(《虞美人·有美堂赠述古》)的比喻有异曲同工之妙。正当他神思飘举、优游汗漫时,忽然清醒过来,面对现实:"关河离合,南北依旧照清愁。""离合",这里用作偏义复词,指分裂。眼下情况仍然是:南北山河分裂,月光仿佛笼罩着无边的"清愁"。这"清愁",既可以看作是作者的,也可以看作是今夜南北许多像作者这样望月的人的。这两句是情绪的陡转,但也是有来路的。前面的"秦烟""楚雾"已暗示作者在放眼南北,就有可能产生河山之异的感触;起拍的"细数十年事"也有这样的内蕴,"十处过中秋"就有一处是在使金途次睢阳时过的,自在此时联想之中。注意句中的"依旧",既可指靖康之后,也可指自使金以后的八年。下面又联想到自己的身世:"想见姮娥冷眼,应笑归来霜鬓,空敝黑貂裘。""姮娥",即嫦娥。"空敝黑貂裘",用苏秦事。苏秦游说秦王,"书十上而不行,黑貂之裘敝,终无成而归"(见《战国策·秦策》)。貂裘敝,形容奔走连年,潦倒郎当。作者此时五十二岁,想起十多年间迁徙不定,"不胜漂泊之叹"(《吴船录》)。"归来",指此次东归。这里借嫦娥嘲笑,抒发了自己年华老大、功业无就的抑塞,也流露了倦于风尘游宦的颓放情绪,这与苏轼的"多情应笑我、早生华发"(《念奴娇·大江东去》)同,而与辛弃疾的"把酒问姮娥,被白发欺人奈何"(《太常引·建康中秋》)异。辛词是主动问姮娥,向白发挑战,反映了作者强烈的进取精神。辛词作于淳熙元年,当为成大所知,只是因经历、心境不同,面对中秋明月而产生了不同的反应。"酾酒问蟾兔,肯去伴沧洲?""蟾兔"指月亮。"沧洲",退隐之地,此指故乡。《吴船录》谓:"余以病丐骸骨,傥恩旨垂允,自此归田园,带月荷锄,得遂此生矣。"此次东归他是打算退休的。四年前他在桂林写的《中秋赋》有这样的话:"月亦随予而四方兮,不择地而婵娟。……知明年之何处兮,莞一笑而无眠。"那时心情是很不平静的,现在乘舟东下,鲈乡在望,心情自是不同。举酒邀月,结伴沧洲,写出了他的向往,写出了他的天真,前面时事、身世引起的忧虑不安消泯了,他又可以快乐地赏月了。

这首词的下片也表现了作者对国家分裂的忧念,对岁月虚度的惋惜,总观全词,看来主要还是抒写自己赏月时的淋漓兴致和暂释官务的快慰。所以起笔便以过去"十处过中秋"反形,又从神话、历史故事生发出丰富的想象,神气超迈,心胸高旷,以致后幅万里归来的衰惫也未影响它的情调。这首词的意境是豪放、阔大的,风格飘逸潇洒,语言流畅自如,可以看出它受到苏轼那首中秋同调词的影响。　　　　　　　　　　　　　（汤华泉）

范成大

鹧鸪天

休舞银貂小契丹，满堂宾客尽关山。从今衮衮盈盈处，谁复端端正正看。　　模泪易，写愁难，潇湘江上竹枝斑。碧云日暮无书寄，寥落烟中一雁寒。

此词乃别筵所作，当作于淳熙二年（1175）正月离桂林赴成都任时。据《范成大年谱》，成大任职各地离任时能见"寒""雁"只徽州、桂林二处。徽州为司户参军，难当"满堂宾客"盛筵，联系"潇湘"，当以桂林为是。两年前，范成大以广西经略安抚使来此兼任知府，与僚属、幕士关系甚洽，离别时，他们一再为之饯行，一直送到湖南地界。《鹧鸪天》就是在这种情况下写的。

筵席前歌舞正欢，此时又奏起了"番乐"，跳起了"番舞"。"小契丹"是少数民族的歌舞。作者另有《次韵宗伟阅番乐》诗是这样描写的："绣靴画鼓留花住，剩舞春风小契丹。"跳这种舞大概是着胡装的，"银貂"，白色的貂裘，与"绣靴"当皆为异族装束。应当说，如此歌舞是很能助兴的，但是，对于别意缠绵的人又往往会起相反的刺激，所以此词起句即是"休舞银貂小契丹"。如此起笔，我们可以想见：宴会上的歌舞已进行较长时间了，作者一直在克制自己，此时实在忍耐不住了，央求"休舞"。不仅自己，大家都忍受不了："满堂宾客尽关山。""宾客"，指送别的僚属、幕士们。"尽

410

关山"，即为"尽是他乡之客"的意思（《滕王阁序》："关山难越，谁悲失路之人；萍水相逢，尽是他乡之客"）。据孔凡礼《范成大年谱》考证，这些幕士、官佐基本上都不是本地人，不少又是江浙一带的。他们之间的离愁别绪会是相互加强的，这个别筵真是太叫人惆怅了啊。"从今裊裊盈盈处，谁复端端正正看。""裊裊盈盈"，形容舞姿、舞容的摇曳美好。这两句意思是：从今以后，谁还能认真欣赏这美妙的歌舞呢。这进一步写出了他们的惆怅，也写出了他们之间深厚的友情，朋友分别，也大有柳七郎那种"应是良辰好景虚设"的感喟。细味这两句，还可以体会出作者对歌女也是怀着深深惜别之意的：目前的轻歌曼舞，以后谁还能看到呢。这样的情意在下片表现得更明显。

"模泪易，写愁难，潇湘江上竹枝斑。""模""写"互文义同。这里意思是：表现流泪是容易的，把愁充分地表现出来就不容易了；潇湘江上的斑竹枝，人们容易看到上面斑斑泪痕，这泪痕所表示的内心无比痛苦，就不是那么容易了解了。刘禹锡的《潇湘神》写道："斑竹枝，斑竹枝，泪痕点点寄相思。"这里用湘妃泪洒斑竹典故，表现了离别时难以言说的痛苦。用这个典故，也切合将来的行程，预示舟行潇湘时也会有这样的相思之苦。"碧云日暮无书寄，寥落烟中一雁寒。"这还是写别后的相思。"碧云日暮"化用江淹《拟休上人怨别》："日暮碧云合，佳人殊未来。"这两句是说，日后我在寂寞的旅途中想念你们而得不到你们的书信，大概只能空对那横空的孤雁了。最后一句亦兴亦比，很有意境：途中景况的苍茫、清寒，正映见心境的迷惘、冷寂；"一雁"，既表示来书的渺茫，又比喻自己的形单影只。真是"模泪易，写愁难"，作者下片写

411

愁并不直写愁的情状如何如何,而是通过典故、景象去暗示、去渲染,调动读者的想象力,这个"愁"就变得具体可感了。这不是避难从易,而是因难见巧。

词写别情,从歌舞场面的感触和旅途景况的拟想中见出,很耐涵咏。与"宾客"分袂的怅惘中又糅合了对歌女的柔情,文字精美,音节谐婉,体现了这首词的婉约风格。这些,大抵是读此词时应注意的地方。

(汤华泉)

六州歌头

长淮望断,关塞莽然平。征尘暗,霜风劲,悄边声。黯销凝。追想当年事,殆天数,非人力;洙泗上,弦歌地,亦膻腥。隔水毡乡,落日牛羊下,区脱纵横。看名王宵猎,骑火一川明,笳鼓悲鸣,遣人惊。　　念腰间箭,匣中剑,空埃蠹,竟何成! 时易失,心徒壮,岁将零。渺神京。干羽方怀远,静烽燧,且休兵。冠盖使,纷驰骛,若为情! 闻道中原遗老,常南望、翠葆霓旌。使行人到此,忠愤气填膺,有泪如倾。

　　张孝祥的《六州歌头》,是南宋前期爱国词中的杰作。绍兴三十一年(1161)十一月,金主完颜亮举兵突破宋淮河防线,直趋长江北岸。在向采石(在今安徽马鞍山)渡江时,被虞允文督水师迎击,大败而走。宋金两军遂夹江东下,完颜亮至扬州为部下所杀,于是金兵退回淮河流域,暂时息战。主战派大臣张浚奉诏由潭州(今湖南长沙)改判建康府(今江苏南京)兼行宫留守。次年正月,高宗到建康,孝祥亦于此时前往。这首词,即他在建康留守张浚宴客席上所赋。

　　上片,描写江淮前线宋金对峙的严峻态势。"长淮"二字,指出当时的国境线,含有无限感慨。自绍兴十一年十一月,宋"与金国和议成,立盟书,约以淮水中流画疆"(《宋史·高宗纪》)。昔日曾是祖国动脉的淮河,就变成边境。这正如后来杨万里《初入淮河》诗所感叹的:"人到淮河意不佳","中流以北即天涯"。国境已收缩至此,只剩下半壁江山。极目千里淮河,南岸一线的防御无关塞可守,只是莽莽平野而已。江淮之间,征尘暗淡,霜风凄紧,更增战后的悲凉景象。"黯销凝"一语,揭示出词人的深沉怀抱,黯然神伤。追想当年靖康之变,二帝被掳,宋室南渡。谁实为之?天耶?人耶?语意分明而着以"殆""非"两字,便觉摇曳生姿。洙、泗二水经流的山东,是孔子当年讲学的地方,如今也为金人所占,这对于词人来说,怎能不从内心深处激起震惊、痛苦和愤慨呢?自"隔水毡乡"直贯到歇拍,写隔岸金兵的活动。一水之隔,昔日耕稼之地,已变为游牧之乡。帐幕遍野,日夕吆喝着成群的牛羊回栏。"落日"句,语本于《诗·王风·君子于役》:"日之夕矣,羊牛下来。"更应警觉的是,金兵的哨所(区脱:胡人防敌的土室)纵横,防备严密。尤以猎火照野,凄厉的笳鼓可闻,令人惊心动魄。金人南下之心未死,国势仍是可危。

下片,抒写爱国的壮志难酬,朝廷当政者安于和议现状,中原人民空盼光复,词情更加悲壮激烈。换头一段,词人倾诉自己空有杀敌的武器,只落得尘封虫蛀而无用武之地。时不我待,徒具雄心,却等闲虚度年华。绍兴三十一年的秋冬,孝祥闲居往来于宣城、芜湖间,闻采石大捷,曾在《水调歌头·和庞佑甫》一首词里写道:"我欲乘风去,击楫誓中流。"但到建康观察形势,仍是报国无门。所以"渺神京"以下一段,愤激的词人把词笔犀利锋芒直指偏安的小朝廷。汴京渺远，何时光复！所谓渺远，岂但指空间距离之遥远，更是指光复时间之渺茫。这不能不归罪于一味偷安的朝廷。"干羽方怀远"活用《尚书·大禹谟》"舞干羽于两阶"（干，盾；羽，雉尾）故事。据说舜大修礼乐，曾使远方的有苗族来归顺。词人借以辛辣地讽刺朝廷放弃进取，安于现状。所以下面一针见血揭穿说，自绍兴和议成后，每年派遣贺正旦、贺金主生辰的使者，交割岁币银绢的交币使以及有事交涉的国信使、祈请使等，奔走道路，在金受尽屈辱，忠直之士，有被扣留或被杀害的危险。即如使者至金，在礼节方面，便须居于下风。岳珂《桯史》记载："……礼文之际，多可议者，而受书之仪特甚。逆亮（金主完颜亮）渝平，孝皇（宋孝宗）以奉亲之故，与雍（金世宗完颜雍）继定和好，虽易称叔侄为与国，而此仪尚因循未改，上（孝宗）常悔之。"这就是"若为情"——何以为情一句的事实背景，词人所以叹息痛恨者。"闻道"两句写金人统治下的父老同胞，年年盼望王师早日北伐。"翠葆霓旌"，即饰以鸟羽的车盖和彩旗，是皇帝的仪仗，这里借指宋帝车驾。词人的朋友范成大八年后使金，过故都汴京，有《州桥》一诗："州桥南北是天街，父老年年等驾回。忍泪失声询使者，几时真有六军来！"曾在陕西前线战斗过的陆游，其《秋夜将晓……》一诗中也写道："遗民泪尽胡尘里，南望王师又一年！"皆可印证。这些爱国诗人、词人说到中原父老，真是感慨同深。作者举出中原人民多么向往祖国，殷切盼望恢复的事实，就更深刻地揭露偏安之局是多么违反人民意愿，更使人感到无比气愤。结尾三句顺势所至，更把出使者的心情写出来。孝祥伯父张邵于建炎三年使金，以不屈被拘留幽燕十五年。任何一位爱国者出使渡淮北去,就必然要为中原大地的长期不能收复而激起满腔忠愤,为中原人民的年年伤心失望而倾泻出止不住的热泪。"使行人到此"一句,"行人"或解作路过之人,亦可通。北宋刘潜、李冠两首《六州歌头》,一咏项羽事,一咏唐玄宗、杨贵妃事,末皆用此句格。刘作曰"遣行人到此,追念痛伤情,胜负难凭";李作曰"使行人到此,千古只伤歌,事往愁多"。孝祥此语殆亦袭自前人。

总观全词,上下片又各可分为三小段,作者在章法上也颇费意匠经营。宴会的地点在建康,当词人唱出"长淮望断",谁能不为之肃然动容?他不让听者停留在淮河为界的苦痛回忆上,紧接着以"追想当年事"一语把大家的思想推向北方更广大的被占区,加重其山河破碎之感。这时又突然以"隔水毡乡"提出警告,把众宾的注意力再引回到"胡儿打围涂塘北,烟火穹庐一江隔"(孝祥《和沈教授子寿赋雪》诗句)的现实中来。一片之内,波澜迭起。换头以后的写法又有变化。承上片指明的危急形势,首述恢复无期、报国无门的失望;继斥朝廷的忍辱求和;最后指出连过往的人(包括赴金使者)见到中原遗老也同深悲痛。这样高歌慷慨,愈转愈深,不仅充分表达了词人的无限悲愤,更有力地激发起人们的爱国热情。据南宋无名氏《朝野遗记》说:"歌阕,魏公(张浚)为罢席而入。"可见其感人之深。

这首词的强大生命力,在于词人"扫开河洛之氛祲,荡洙泗之膻腥者,未尝一日而忘胸中"的爱国精神。正如词中所显示,熔铸了民族的与文化的、现实的与历史的、人民的与个人的因素,因而是一种极其深厚的爱国主义精神。所以一旦倾吐为词,发抒忠义就有"如惊涛出壑"的气魄(南宋滕仲固跋郭应祥《笑笑词》语,据称于湖一传而得吴镒,再传而得郭)。同时,《六州歌头》篇幅长,格局阔大。多用三言、四言的短句,构成激越紧张的繁音促节,声情激壮,正是词人抒发满腔爱国激情的极佳艺术形式。词中,把宋金双方的严峻对立,朝廷与人民之间的尖锐矛盾,加以鲜明对比。多层次、多角度地展示了那个时代的宏观历史画面,强有力地表达出人民的心声。就像杜甫诗历来被称为诗史一样,这首《六州歌头》,也完全可以被称为词史。　　(宛敏灏　邓小军)

念奴娇

过洞庭

洞庭青草,近中秋、更无一点风色。玉鉴琼田三万顷,着我扁舟一叶。素月分辉,明河共影,表里俱澄澈。悠然心会,妙处难与君说。　　应念岭表经年,孤光自照,肝胆皆冰雪。短发萧疏襟袖冷,稳泛沧溟空阔。尽吸西江,细斟北斗,万象为宾客。扣舷独啸,不知今夕何夕。

宋孝宗乾道元年(1165),张孝祥出知静江府(治所在今广西桂林),兼广南西路经略安抚使,七月到任。次年六月,被谗落职北归,途经湖南洞庭湖(词中的"洞庭""青草"二湖相通,总称洞庭湖)。时近中秋的平湖秋月之夜,诱发了词人深邃的"宇宙意识"和勃然诗兴,使他援笔写下了这首词。

说到诗歌表现"宇宙意识",我们便会想到唐人诗中的《春江花月夜》和《登幽州台歌》。不过,宋词所表现的"宇宙意识"和唐诗比较起来,毕竟有所不同。张若虚的诗中,流泻着的是一片如梦似幻、哀怨迷惘的意绪。在水月无尽的"永恒"面前,作者流露出无限的怅惘;而在这怅惘之中,又夹杂着某种憧憬、留恋和对"人生无常"的轻微叹息。它是痴情而纯真的,却又带有着"涉世未深"的稚嫩。陈子昂的诗则更多地表现出一种深广的忧患意识,积聚着自《诗》和《楚辞》以来无数敏感的骚人墨客所深深地感知着的人生的、政治的、历史的"沉重感"。但是同时却又显现出了很浓厚的"孤独性"——茫茫的宇宙似乎是与诗人"对立"着的,因此他感到"孤立无援"而只能独自怆然泪下。然而随着社会历史的演进和人类思想的发展,出现在几百年后宋人作品中的"宇宙意识",就表现出"天人合一"的品格了。请读《前赤壁赋》:"客亦知夫水与月乎?……盖将自其变者而观之,则天地曾不能以一瞬;自其不变者而观之,则物与我皆无尽也。"这种倘祥在清风明月的怀抱之中而感到无所不适的快乐,这种打通了人与宇宙界限的意识观念,标志着以苏轼为典型的宋代一部分士人,已逐步从前代人的困惑、苦恼中摆脱出来,而到达了一种更为"高级"的"超旷"的思想境地,反映出这一代身受多种社会矛盾折磨的文人于经历了艰苦曲折的心路历程之后,在思想领域里已经找到了一种自我解脱、自我超化的"武器"。

张孝祥其人,无论从其人品、胸襟、才学、词风来看,都与苏轼有着很多相似之处。不过,凡是优秀的作家(特别像张孝祥这样一位有个性、有才华的作家),除了向前人学习之外,更会有着自己的独创。张孝祥的这首词,在继轨苏轼的道路上,就以他高洁的人格和高昂的生命活力作为基础,以星月皎洁的夜空和寥廓浩荡的湖面为背景,创造出了一个光风霁月、坦荡无涯的艺术意境和精神境界。

词的开头三句即在我们面前展现了一个静谧、开阔的画面。"气蒸云梦泽,波撼岳阳城",现实中的八月洞庭湖,可以说是极少会风平浪静的。因此词人所写的"更无一点风色",与其说是实写湖面的平静,还不如说是有意识地要展现其内心世界的恬宁,它的真实用意乃在展开下面"天人合一"的"澄澈"境界。果然"玉鉴琼田三万顷,着我扁舟一叶"二句就隐约地暗示了这种物我"和谐"的快感。在别人的作品中,一叶扁舟与汪洋大湖的形象对比中,往往带有"小""大"之间悬差、对比的意念,而张词却用了一个"着"字,表达他如鱼归水般的无比欣喜,其精神境界就显然与人不同。试想,扁舟之附着于万顷碧波,不是很像"心"之附着于"体"吗?心与体本是相互依附、相互一致的。照古人看来,"人"实在即是"天地之心""五行之秀"(《文心雕龙·原道》),宇宙的"道心"就即体现在"人"的身上。因此"着我扁舟"之句中,就充溢着一种皈依自然、天人合一的"宇宙意识",而这种意识又在下文的"素月分辉,明河共影,表里俱澄澈"中表露得更加充分。月亮、银河,把它们的光辉倾泻入湖中,碧粼粼的细浪中照映着星河的倒影,此时的天穹地壤之间,一片空明澄澈——就连人的"表里"都被洞照得通体透亮。这是多么纯净的世界,又是多么晶莹的境界!词人的心,已被宇宙的空明净化了,而宇宙的景,也被词人的纯洁净化了。人格化了的宇宙,宇宙化了的人格,打成一片、浑成一体,使我们的词人全然陶醉了。他兴高采烈,神情飞扬,禁不住要发出自得其乐的喁喁独白:"悠然心会,妙处难与君说!"在如此广袤浩淼的湖波上,在如此神秘幽冷的月光下,词人非但没有常人此时此地极易产生的陌生感、恐惧感,反而产生了无比的亲切感、快意感,这不是一种物我相惬、天人合一的"宇宙意识"又是什么?这里当然包含着"众人皆浊我独清,众人皆醉我独醒"的自负,却没有了屈子那种"颜色憔悴,形容枯槁"的苦闷;这里当然也有着仰月映湖"对影成三人"的清高,却也没有了李白那种"行乐当及时"的烦躁。词人感到了前所未有的恬淡和安宁。在月光的爱抚下,在湖波的摇篮里,他原先躁动不安的心灵,找到了最好的休憩和归宿之处。人之回归到大自然母亲的怀抱中,人的开阔而洁净的心灵之与"无私"的宇宙精神的"合二而一",这岂不就是最大的快慰与欢愉?此种"妙处",又岂是"外人"所能得知!诗词之寓哲理,至此可谓达到了"化境"。

那么,为什么这种"天人合一"的"妙处"只能由词人一人所独得?词人真是一个"冷然、洒然"、不食"烟火食"的人(陈应行《于湖词序》语)吗?非也。张孝祥此行,刚离谗言罗织的是非场不久,因而说他是一个生来的"遗世独立"之士并不符合事实。事实是,他有高洁的人格,有超旷的胸怀,有"迈往凌云之气"和"自在如神之笔"(同上),所以才能跳出"小我"的圈子而悠然心会此间的妙处和出此潇洒超尘的词篇。其实他心境的"悠然"并非天生:"世路如今已惯,此心到处悠然"(《西江月·题溧阳三塔寺》),这就可证,他的"悠然"是在经历了"世路"的坎坷艰险后才达到的一种"圆通"和"超脱"的精神境界,而并非是一种天生的冷漠或自我麻醉。所以他在上面两句词后接着写道:"寒光亭下水连天,飞起沙鸥一片。"天光水影,白鸥翔飞,这和"素月分辉,明河共影,表里俱澄澈",就是同样的一种超尘拔俗、物我交游的"无差别境界"。这种通过矛盾而达到了矛盾的暂时解决、通过对于人生世路的"入乎其内"而达到的"出乎其外"的过程,很容易使我们联想到苏轼的《六月二十七日望湖楼醉书》:"黑云翻墨未遮山,白雨跳珠乱入船。卷地风来忽吹散,望湖楼下水如天。"这是在写望湖楼上所见之实景,但也未尝不是在写他所经历的心路历程:在人生路途中,风风雨雨随处都有;然而只要保持人格的纯洁和思想的达观,一切风雨终会过去,一个澄澈空明的"心境"必将复现。

"应念岭表经年,孤光自照,肝胆皆冰雪。"这就触着了词人的"立足点"。词人刚从"岭表"(今两广地区)的一年左右的官场生活中摆脱出来,回想自己在这一段仕途生涯中,人格及品行是极为高洁的,高洁到连肝胆都如冰雪般晶莹而无杂滓;但此种心迹却不易被人所晓(反而蒙冤),故而只能让寒月之孤光来洞鉴自己的纯洁肺腑。言外之意,不无凄然和怨愤。所以这里出现的词人形象,就是一位有着愤世情绪的现实生活中的人了;而前面那种"表里澄澈"的形象,却是他"肝胆冰雪"的人格经过"宇宙意识"的升华而生成的结晶体。写到这里,作者的慨世之情正欲勃起,却又立即转入了新的感情境界:"短发萧疏襟袖冷,稳泛沧溟空阔。"这里正是作者旷达高远的襟怀在起着作用,"任凭风浪起,稳坐钓鱼台",何必去理睬那些小人们的飞短流长,我且泛舟稳游于洞庭湖上。——非但如此,我还要进而"精骛八极、心游万仞"地作天人之游呢!因此尽管头发稀疏,两袖清风,词人的兴会却格外高涨了,词人的想象更加浪漫了。于是便出现了下面的奇句:"尽吸西江,细斟北斗,万象为宾客。"这是何等大的气派,何等开阔的胸襟!词人要吸尽长江的浩荡江水,把天上的北斗七星当作勺器,而邀天地万物作为陪客,高朋满座地细斟剧饮起来。这种睥睨世人而"物我交欢"的神态,是词人自我意识的"扩张",是词人人格的"充溢",表现出了以我为"主"(主体)的新的"宇宙意识"。至此,词情顿时达到了"高潮":"扣舷独啸,不知今夕何夕!""今夕何夕"?回答本来是明确的:今夕是"近中秋"的一夕。但是作者此时似乎已经达到了"忘形"的兴奋地步,而把人世间的一切(连"日子")都遗忘得干干净净了;因此,那些富贵功名、宠辱得失,更已一股脑儿地抛到了九霄云外去了。在这一瞬间,"时间"似乎已经凝止了,"空间"也已缩小了,幕天席地之间,上下古今之中,只有一个"扣舷独啸"的词人形象充塞于画面的中心而又响起了虎啸龙吟,风起浪涌的"画外音"。先前那个"更无一点风色"、安谧恬静的洞庭湖霎时间似乎变成了万象沓至、群宾杂乱的热闹酒座,而那位"肝胆皆冰雪"的主人也变成了酒入热肠、壮气凌云的豪士了……

历史上的张孝祥,是一位有才华、有抱负、有器识的爱国之士。而在这首作于特定环境(洞庭月夜)的《念奴娇》中,作者的高洁人格、高尚气节以及高远襟怀,都"融化"在一片皎洁莹白的月光湖影中,变得"透明""澄澈";经过了"宇宙意识"的升华,它越发带有了肃穆性、深邃性和丰厚性。作者奇特的想象、奇高的兴会以及奇富的文才,又"融解"在一个寥廓高远的艺术意境中,显得"超尘""出俗";经过了"宇宙意识"的升华,它越发带有了朦胧性、神秘性和优美性。词中最令人回味的句子是:"悠然心会,妙处难与君说。""妙处"在何?妙处在于物我交游、天人合一;妙处在于"言不尽意"却又"意在言中"。试想,一个从尘世中来的活生生的"凡人",能够跳出"遍人间烦恼填胸臆"的困境,而达到如此物我两忘的精神境界,岂非快极妙极!而前人常说"言不尽意",作者却能借助于此种物我交融、情景交浃的意境,把"无私""忘我"的快感表达得如此淋漓尽致,这又岂非是文学的无上"妙境"！胡仔曾经赞叹,"中秋词,自东坡《水调歌头》一出,余词尽废"(《苕溪渔隐丛话》后集卷十三),此话其实过分。眼前的这首《念奴娇》词,就是一篇"废"不得的佳作。如果说,苏词借着月光倾吐了他对"人类之爱"的挚情歌颂的话,那么张词就借着月光抒发了他对"高风亮节"的尽情赞美。不但是在"中秋"诗词的长廊中,而且是在整个古典文学的长廊中,它都是一块杰出的丰碑。而载负着它的深厚伟力,就在于那经过"宇宙意识"升华过的人格美和艺术美。它将具有着"澡雪精神"和提高审美能力的永久的魅力。

(杨海明)

眼儿媚

迟迟春日弄轻柔，花径暗香流。清明过了，不堪回首，云锁朱楼。　　午窗睡起莺声巧，何处唤春愁？绿杨影里，海棠亭畔，红杏梢头。

　　朱淑真是一位多愁善感的女词人，这首词写一位闺中女子（实际上是作者自己）在明媚的春光中，回首往事而感到愁绪万端。

　　上片"迟迟春日弄轻柔，花径暗香流"两句，描绘出一幅风和日丽，花香袭人的春日美景。"迟迟春日"语本《诗经·七月》"春日迟迟"，"迟迟"指日长而暖。"弄轻柔"三字，言和煦的阳光在抚弄着杨柳的柔枝嫩条。秦观《江城子》词："西城杨柳弄春柔。""弄"字下得很妙，形象生动鲜明。对此良辰美景，抒情主人公信步走在花间小径上，一股暗香扑鼻而来，令人心醉，春天多么美好啊！但是好景不长，清明过后，却遇上阴霾的天气，云雾笼罩着朱阁绣户，这给女主人公的内心犹如罩上了一层愁雾，因此想起了一段不堪回首的伤心往事。看来开头所写的春光明媚，并不是眼前之景，而是已经逝去的美好时光。不然和煦的阳光与云雾是很难统一在一个画面上，也很难发生在同一时间内的。"云锁朱楼"的"锁"字，是一句之眼，它除了给我们云雾压楼的阴霾感觉以外，还具有锁在深闺的女子不得自由的象喻性。"锁"字蕴含丰富,将阴云四布的天气、深闺女子的被禁锢和心头的郁闷,尽括其中。

下片着重表现的是女主人公的春愁。这种春愁是通过黄莺的啼叫唤起的。大凡心绪不佳的女子,最易闻鸟啼而惊心,故唐诗有"打起黄莺儿,莫教枝上啼"之句。女主人公在百无聊赖之时,只好在午睡中消磨时光,午睡醒来,听到窗外莺声巧啭。黄莺的啼叫,唤起了她的春愁。黄莺在何处啼叫呢?是在绿杨影里,还是在海棠亭畔,抑或是在红杏梢头呢?自问自答,颇耐人玩味。

这首词笔触轻柔细腻,语言婉丽自然。她用鸟语花香来衬托自己的惆怅,这是以乐景写哀的手法。作者在写景上不断变换画面,从明媚的春日,到阴霾的天气。时间上从清明之前,写到清明之后,有眼前的感受,也有往事的回忆。既有感到的暖意,嗅到的馨香,也有听到的莺啼,看到的色彩。通过它们表现了女主人公细腻的感情波澜。下片词的自问自答,更是妙趣横生。词人将静态的"绿杨影里,海棠亭畔,红杏梢头",引入黄莺的巧啭,静中有动、寂中有声,化静态美为动态美,使读者仿佛听到莺啼之声不断地从一个地方流动到另一个地方,使鸟鸣之声有立体感和流动感。这是非常美的意境创造。以听觉写鸟声的流动,使人辨别不出鸟鸣何处,词人的春愁,也像飞鸣的流莺,忽儿在东,忽儿在西,说不清准确的位置。这莫可名状的愁怨,词人并不说破,留给读者去想象,去补充。

(刘文忠)

蝶恋花

送　春

楼外垂杨千万缕,欲系青春,少住春还去。犹自风前飘柳絮,随春且看归何处？　　绿满山川闻杜宇,便做无情,莫也愁人苦。把酒送春春不语,黄昏却下潇潇雨。

宋代有不少"惜春"词。它的内容,不外是一片暮春景色引起了作者的惋惜之情。这些暮春景色也不外是纷飞的柳絮、哀鸣的杜鹃和淅沥的暮雨。然而,这一切在女词人朱淑真笔触下,却通过丰富的想象力和贴切的拟人手法,表现得委婉多姿、细腻动人,在宋代诸多惜春之作中,显出它自己的艺术特色。

词中首先出现的是垂杨。"楼外垂杨千万缕,欲系青春,少住春还去"三句,描绘了垂杨的繁茂。这种"万条垂下绿丝绦"(贺知章《咏柳》)的景色,对于阴历二月(即仲春时节),是最为典型的。上引贺诗中即有"不知细叶谁裁出,二月春风似剪刀"之句。它不同于"浓如烟草淡如金"的新柳(明人杨基《咏新柳》),也有别于"风吹无一叶"的衰柳(宋人翁卷《咏衰柳》)。为什么借它来表现惜春之情呢？主要利用它那柔细有如丝缕的形象,造成它似乎可以系住事物的联想。"少住春还去",在作者的想象中,那打算系住春天的柳条结果没有达到目的,它只把春天从二月拖到三月末,春天经过短暂的逗留,还是决然离去了。

　　"犹自风前飘柳絮,随春且看归何处"两句,对景物作了进一层的描写。柳絮是暮春最鲜明的特征之一,所以诗人们说:"飞絮着人春共老"(范成大《暮春上塘道中》)、"飞絮送春归"(蔡伸《朝中措》)。他们都把飞絮同春残联系在一起。朱淑真按照她自己的想象,把空中随风飘舞的柳絮,描写为似乎要尾随春天归去,去探看春的去处,把它找回来,像黄庭坚在词中透露的"若有人知春去处,唤取归来同住"(《清平乐》)。比起简单写成"飞絮""送春归"或"着人春意老"来,朱淑真这种"随春"的写法,就显得更有迂曲之趣。句中用"犹自"把"系春"同"随春"联系起来,造成了似乎是垂杨为了留春,"一计不成,又生一计"的艺术效果。

　　像飞絮一样,杜鹃鸟(杜宇)的哀鸣也是春残的标志。"绿满山川闻杜宇,便做无情,莫也愁人苦。"春残时节,花落草长,山野一片碧绿。远望着这暮春的山野,听到传来的杜鹃鸟的凄厉叫声,词人在想:杜鹃即使(便做)无情,莫非也在担忧人们为"春去"而愁苦,因而发出同情的哀鸣吗? 词人通过这摇曳生姿的一笔,借杜宇点出人意的愁苦,这就把上片中处于"幕后"的主人公引向台前。在上片,仅仅从"楼外"两个字,感觉到她在楼内张望;从"系春""随春",意识到是她在驰骋想象,主人公的惜春之情完全是靠垂杨和柳絮表现出来的。现在则从写景转入对主人公的正面抒写。

　　"把酒送春春不语。"系春既不可能,随春又无结果,主人公看到的只是暮春的碧野,听到的又是宣告春去的鸟鸣,于是她只好无可奈何地"送春"了。阴历三月末是春天最后离去的日子,古人常常在这时把酒浇愁,以示送春。唐末诗人韩偓《春尽日》诗有"把酒送春惆怅在,年年三月病恹恹"之句。朱淑真按照旧俗依依不舍地"送春",而春却没有回答。她看到的只是在黄昏中,忽然下起了潇潇的细雨。作者用一个"却"字,把"雨"变成了"春"对送行的反应。这写法同王灼的"试来把酒留春住,问春无语,帘卷西山雨"(《点绛唇》)相似,不过把暮雨同送春紧密相连,更耐人寻味:这雨是春漠然而去的步履声呢,还是春不得不去而洒下的惜别之泪呢?

这首词同黄庭坚的《清平乐》都将春拟人,抒惜春情怀,但写法上各有千秋。黄词从追访消逝的春光着笔,朱词从借垂柳系春、飞絮随春到主人公送春,通过有层次的心理变化揭示主题。相比之下,黄词更加空灵、爽丽,朱词则较多寄情于残春的景色,带有凄婉的情味,这大概和她的身世有关。 (范之麟)

辛弃疾

摸鱼儿

淳熙己亥,自湖北漕移湖南,同官王正之置酒小山亭,为赋。

更能消、几番风雨?匆匆春又归去。惜春长怕花开早,何况落红无数。春且住。见说道、天涯芳草无归路。怨春不语。算只有殷勤,画檐蛛网,尽日惹飞絮。　　长门事,准拟佳期又误。蛾眉曾有人妒。千金纵买相如赋,脉脉此情谁诉?君莫舞,君不见、玉环飞燕皆尘土!闲愁最苦。休去倚危栏,斜阳正在、烟柳断肠处。

这是辛弃疾四十岁时,也就是宋孝宗淳熙六年(1179)暮春写的词。辛弃疾自绍兴三十二年(1162)渡淮水来归南宋,十七年中,他的抗击金军、恢复中原的主张,始终没有被南宋朝廷所采纳。朝廷不把他放在抗战前线的重要位置上,只是任命他作闲职官员和地方官吏。这一次,又把他从荆湖北路转运副使任上调到荆湖南路继续当转运副使。转运使亦称"漕",主要掌管一路财赋,对辛弃疾来说,当然不能尽情施展他的才能和抱负。何况如今又把他从湖北调往距离前线更远的湖南去,更加使他失望。他意识到:这是朝廷不让抗战派抬头的一种表现。当同僚置酒为他饯行的时候,他写了这首词,抒发胸中的郁闷和感慨。

上片起句"更能消、几番风雨?匆匆春又归去",说如今已是暮春天气,禁不起再有几番风雨的袭击,春便要真的去了。这显然不是单纯地谈春光的流逝,而是另有所指。"惜春长怕花开早"二句,揭示自己惜春的心理活动:由于怕春去花落,他甚至于害怕春天的花开得太早,因为开得早也就谢得早,这是对惜春心理的深入一层的描写。"春且住"三句,由于怕春去,他对它招手,对它呼喊:春啊,你且止步吧,听说芳草已经长满到天涯海角,遮断了你的归去之路!但是春不答话,依旧悄悄地溜走了。"怨春不语",表达了无可奈何的怅惘之情。人既无计留春,倒是那檐下的蜘蛛,一天到晚不停地抽丝结网,去粘惹住那象征残春景象的柳絮。以此留春,其情亦太可悯了。

下片开始用汉武帝陈皇后失宠的典故,来比拟自己的失意。自"长门事"至"脉脉此情谁诉"一段文字,说明"蛾眉见妒",自古就有先例。陈皇后之被打入冷宫——长门宫,是因为有人在妒忌她。她后来拿出黄金,买得司马相如的一篇《长门赋》,希望用它来打动汉武帝的心。但是她所期待的"佳期",仍属渺茫。这种复杂痛苦的心情,对什么人去诉说呢?"君莫舞"二句的"舞"字,包含着高兴的意思。"君",指那些妒忌、排挤别人且时下正得宠于皇上的人。意思是说:你们不要太得意忘形了,你们没见杨玉环和赵飞燕后来都死于非命吗?"皆尘土",用《赵飞燕外传》附《伶玄自叙》中的语意。伶玄妾樊通德能讲赵飞燕姊妹故事,伶玄对她说:"斯人俱灰灭矣,当时疲精力驰骛嗜欲蛊惑之事,宁知终归荒田野草乎!""闲愁最苦"三句是结句。闲愁,作者指自己精神上的郁闷。危栏,是高处的栏杆。词人说:不要用凭高望远的方法来排除郁闷,因为那快要落山的斜阳,正照着那被暮霭笼罩着的

431

杨柳,远远望去,一片迷蒙。这样的景象只会使人伤情,以至于销魂断肠的。

这首词上片主要写春意阑珊,下片主要写美人迟暮。有些选本以为这首词是作者借春意阑珊来衬托自己的哀怨。这恐怕理解得还不完全对。这首词中当然有作者个人遭遇的感慨,但更重要的,是他以含蓄的笔墨,写出了他对南宋朝廷暗淡前途的担忧。作者把个人感慨纳入国事之中。春意阑珊,实兼指国家大事,并非像一般词人作品中常常出现的绮怨和闲愁。

上片第二句"匆匆春又归去"的"春"字,可以说是这首词中的"词眼"。接下去作者以春去作为这首词的主题和总线,精密地安排上、下片的内容,把他那满怀感慨曲折地表达出来。他写"风雨",写"落红",写"草迷归路",……对照当时的政治现实,金军多次进犯,南宋朝廷在外交、军事各方面都遭到了失败,国势处于风雨飘摇之中。而朝政昏暗,奸佞当权,蔽塞贤路,志士无路请缨,上述春事阑珊的诸种描写不是很富有象征意味吗? 作者以蜘蛛自比。蜘蛛是微小的动物,它为了要挽留春光,施展出全部力量。在"画檐蛛网"句上,加"算只有殷勤"一句,意义更加突出。这正如晋朝的著名画家顾恺之为裴楷画像,像画好后,画家又在颊上添几根毛,观者顿觉画像神情显得格外生动。尤其是"殷勤"二字,突出地表达作者对国家的耿耿忠心。这两句还说明,辛弃疾虽有殷勤的报国之心,无奈位低权小,不能起重大的作用。

上片以写眼前的景物为主。下片则都是写古代的历史事实。两者看起来好像不相连续,其实不然,作者用古代宫中几个女子的事迹,来比自己的遭遇,进一步抒发其"蛾眉见妒"的感慨。这不只是辛弃疾个人仕途得失的问题,更重要的是关系到宋室兴衰的前途,它和春去的主题不是脱节,而是相辅相成的。作者在过片处推开来写,在艺术技巧上说,正起峰断云连的作用。

下片的结句甩开咏史,又回到写景上来。"休去倚危栏,斜阳正在、烟柳断肠处"二句,以景语作结,含有不尽的韵味。除此之外,这两句结语还有以下的作用:

第一,刻画出暮春景色的特点。李清照曾用"绿肥红瘦"四字刻画它的特色,"红瘦",是说花谢;"绿肥",是说树荫浓密。辛弃疾在这首词里,他不说斜阳正照在花枝上,却说正照在烟柳上,这是用另一种笔法来写"绿肥红瘦"的暮春景色。而且"烟柳断肠",还和上片的"落红无数"、春意阑珊相呼应。如果说,上片的"更能消几番风雨?匆匆春又归去"是开,是纵;那么下片结句的"斜阳正在、烟柳断肠处"是合,是收。一开一合、一纵一收之间,显得结构严密,章法井然。

第二,"斜阳正在、烟柳断肠处",是暮色苍茫中的景象。这是作者在词的结尾处着意运用的重笔,旨在点出南宋朝廷日薄西山、前途暗淡的趋势。它和这首词春去的主题也是紧密相联的。宋人罗大经在《鹤林玉露》中说:"辛幼安晚春词:'更能消几番风雨'云云,词意殊怨。'斜阳烟柳'之句,其与'未须愁日暮,天际乍轻阴'者异矣。……闻寿皇(指宋孝宗)见此词颇不悦。"可见这首词流露出来的对国事、对朝廷的担忧怨望之情是很强烈的。

辛弃疾另一首代表作《破阵子》(醉里挑灯看剑)是抒写作者对抗战的理想与愿望的。和这首《摸鱼儿》比较,两者内容相似,而在表现手法上,又有区别。《破阵子》比较显,《摸鱼儿》比较隐;

《破阵子》比较直,《摸鱼儿》比较曲。《摸鱼儿》的表现手法,比较接近婉约派。它完全运用比、兴的手法来表达词的内容。在读这首《摸鱼儿》时,感觉到在那一层婉约含蓄的外衣之内,有一颗火热的心在跳动,这就是辛弃疾学蜘蛛那样,为国家殷勤织网的一颗耿耿忠心。似乎可以用"肝肠似火,色貌如花"八个字,来作为这首词的评语。

(夏承焘　吴无闻)

水龙吟

登建康赏心亭

楚天千里清秋，水随天去秋无际。遥岑远目，献愁供恨，玉簪螺髻。落日楼头，断鸿声里，江南游子。把吴钩看了，栏干拍遍，无人会、登临意。　　休说鲈鱼堪脍，尽西风、季鹰归未？求田问舍，怕应羞见，刘郎才气。可惜流年，忧愁风雨，树犹如此！倩何人唤取，红巾翠袖，揾英雄泪！

　　这首词作于乾道四年至六年(1168—1170)间建康通判任上。这时作者南归已八九年了，却投闲置散，不得一遂报国之愿。值此登临周览之际，一抒郁结心头的悲愤之情。

　　建康(今江苏南京)是东吴、东晋、宋、齐、梁、陈六个朝代的都城。赏心亭是南宋建康城上的亭子。据《景定建康志》记载："赏心亭在(城西)下水门城上，下临秦淮，尽观赏之胜。"

　　这首词，上片大段写景：由水写到山，由无情之景写到有情之景，很有层次。开头两句，"楚天千里清秋，水随天去秋无际"，是作者在赏心亭上所见的江景。楚天千里，辽远空阔，秋色无边无际。大江流向天边，也不知何处是它的尽头。写得气象阔大，笔力遒劲。"楚天"的"楚"，泛指长江中下游一带，这里战国时曾属楚国。"水随天去"的"水",指浩浩荡荡奔流不息的长江。"千里清秋"和"秋无际",写出江南秋季的特点。南方常年多雨多雾,只有秋季,天高气爽,才可能极目远望,看见大江向无穷无尽的天边流去。

下面"遥岑远目,献愁供恨,玉簪螺髻"三句,是写山。"遥岑"即远山。放眼望去,那一层层、一叠叠的远山,有的很像美人头上插戴的玉簪,有的很像美人头上螺旋形的发髻,可是这些都只能引起词人的忧愁和愤恨。皮日休《缥缈峰》诗"似将青螺髻,撒在明月中",韩愈《送桂州严大夫》诗有"山如碧玉篸"之句(篸即簪),是此句用语所本。人心中有愁有恨,所见之远山也似乎在"献愁供恨"。这是移情及物的手法。至于愁恨为何,又何因而至,词中没有正面交代,但结合登临时情景,可以意会得到。北望是江淮前线,效力无由;再远即中原旧疆,收复无日;南望则山河虽好,无奈仅存半壁;朝廷主和,志士不得其位,即思进取,也限于国力。以上种种,是恨之深者,愁之大者。借言远山之献供,一写内心的担负,而总束在此片结句"登临意"三字内。开头两句,是纯粹写景,至"献愁供恨"三句,已进了一步,点出"愁""恨"两字,由纯粹写景而开始抒情,由客观而及主观,感情也由平淡而渐趋强烈。"落日楼头"六句意思说,夕阳快要西沉,孤雁的声声哀鸣不时传到赏心亭上,更加引起了作者对远在北方的故乡的思念。他看着腰间空自佩戴的宝刀,悲愤地拍打着亭子上的栏杆,可是又有谁能领会他这时的心情呢?

这里"落日楼头,断鸿声里,江南游子"三句,虽然仍是写景,但同时也是喻情。落日,本是自然景物,辛弃疾用"落日"二字,含有比喻南宋国势衰颓的意思。"断鸿",是失群的孤雁,比喻自己飘零的身世和孤寂的心境。"游子",指自己。辛弃疾渡江淮归南宋,原是以宋朝为自己的故国,以江南为自己的家乡的。可是南宋统治集团不把辛弃疾看作自己人,对他一直采取猜忌排挤的态度,致使辛弃疾觉得他在江南真的成了游子了。

"把吴钩看了,栏干拍遍,无人会、登临意"三句,是直抒胸臆,但作者不是直接用语言来渲染,而是选用具有典型意义的动作,淋漓尽致地抒发自己报国无路、壮志难酬的悲愤之情。第一个动作是"把吴钩看了"("吴钩"是吴地所造的钩形刀)。杜甫《后出塞》诗中就有"少年别有赠,含笑看吴钩"的句子。"吴钩",本是战场上杀敌的锐利武器,但现在却闲置身旁,无处用武,这就把作者虽有沙场立功的雄心壮志、却是英雄无用武之地的苦闷也烘托出来了。以物比人,这怎能不引起辛弃疾的无限感慨呢!第二个动作"栏干拍遍"。据宋王辟之《渑水燕谈录》记载,一个"与世相龃龉"的刘孟节,他常常凭栏静立,怀想世事,吁唏独语,或以手拍栏杆。尝有诗曰:"读书误我四十年,几回醉把栏干拍。"栏杆拍遍是表示胸中所说不出来抑郁苦闷之气,借拍打栏杆来发泄的意思,用在这里,就把作者雄心壮志无处施展的急切悲愤的情态宛然显现在读者面前。另外,"把吴钩看了,栏干拍遍",除了典型的动作描写外,还由于采用了运密入疏的手法,把强烈的思想感情寓于平淡的笔墨之中,内涵非常丰厚,十分耐人寻味。"无人会、登临意",慨叹自己空有恢复中原的抱负,而南宋统治集团中没有人是他的知音。

上片写景抒情,下片则是直接言志。下片十一句,分四层

意思:

"休说鲈鱼堪脍,尽西风、季鹰归未?"尽管西风起来了,季鹰归来没有呢? 这里引用了一个典故:晋朝人张翰(字季鹰),在洛阳作官,见秋风起,想到家乡苏州味美的鲈鱼,便弃官回乡(见《晋书·张翰传》)。现在深秋时令又到了,连大雁都知道寻踪飞回旧地,何况我这个漂泊江南的游子呢? 然而自己的家乡如今还在金人统治之下,想回去也回去不了!"尽西风、季鹰归未?"既写了有家难归的乡思,又抒发了对金人、对南宋朝廷的激愤,确实收到了一石三鸟的效果。乡思,与前面的"游子"呼应,是"落日""断鸿"背景里"游子"的真情流露。"求田问舍,怕应羞见,刘郎才气",是第二层意思。求田问舍就是买地置屋。刘郎,指三国时刘备,这里泛指有大志之人。这也是用了一个典故。三国时许汜去看望陈登,陈登对他很冷淡,独自睡在大床上,叫他睡下床。后来许汜把这事告诉刘备,刘备说:天下大乱,你忘怀国事,求田问舍,陈登当然瞧不起你。如果碰上我,我将睡在百尺高楼,叫你睡在地下,岂止相差上下床呢? (见《三国志·陈登传》)这二层的大意是说,既不学为吃鲈鱼脍而还乡的张季鹰,也不学求田问舍的许汜。"怕应羞见"的"怕应"二字,是辛弃疾为许汜设想,表示怀疑:像你(指许汜)那样的琐屑小人,自己有何面目去见像刘备那样的英雄人物?

"可惜流年,忧愁风雨,树犹如此",是第三层意思。流年,即年光如流;风雨,指国家在风雨飘摇之中,"树犹如此"也有一个典故,据《世说新语·言语》,桓温北征,经过金城,见自己过去种的柳树已长到几围粗,便感叹地说:"木犹如此,人何以堪?"树已长得这么高大了,人怎么能不老大呢! 这三句词包含的意思是:我所忧惧的,只是国事飘摇,时光流逝,北伐无期,恢复中原的宿愿不能实现,辜负了平生的雄心壮志,如此而已。这三句,是全首词的核心。到这里,作者的感情经过层层推进已经发展到最高点。下面就自然地过渡到词的结尾了,也就是第四层意思:"倩何人唤取,红巾翠袖,揾英雄泪。"倩,是请求,"红巾翠袖",是少女的装束,这里就是少女的代名词。在宋代,一般游宴娱乐的场合,都有歌妓在旁唱歌侑酒。这三句是写辛弃疾自伤抱负不能实现,时无知己,得不到同情与慰藉的悲叹。亦与上片"无人会、登临意"相呼应。

这首词,是辛词名作之一,它不仅对辛弃疾生活着的那个时代的矛盾有所反映,有比较深厚的现实内容,而且,运用圆熟精到的艺术手法把内容完美地表达出来,直到今天仍然具有极其强烈的感染力量,使人们百读不厌。 （夏承焘 吴无闻）

菩萨蛮

书江西造口壁

郁孤台下清江水，中间多少行人泪。西北望长安，可怜无数山。　　青山遮不住，毕竟东流去。江晚正愁余，山深闻鹧鸪。

　　辛弃疾此首《菩萨蛮》，用极高明之比兴艺术，写极深沉之爱国情思，无愧为词中瑰宝。

　　词题"书江西造口壁"，起写郁孤台与清江。造口一名皂口，在万安县西南六十里（《万安县志》）。郁孤台在赣州城西北角（《嘉靖赣州府志图》），因"隆阜郁然，孤起平地数丈"得名。"唐李勉为虔州（即赣州）刺史，登临北望，慨然曰：'余虽不及子牟，而心在魏阙一也。'改郁孤为望阙。"（《方舆胜览》）清江即赣江。章、贡二水抱赣州城而流，至郁孤台下汇为赣江北流，经造口、万安、太和、吉州（治庐陵，今吉安）、隆兴府（即洪州，今南昌市），入鄱阳湖注入长江。淳熙二、三年间（1175—1176），词人提点江西刑狱，驻节赣州，书此词于造口壁，当在此时。

　　南宋罗大经《鹤林玉露·辛幼安词》条云："其题江西造口壁词云云。盖南渡之初，虏人追隆祐太后（哲宗孟后，高宗伯母）御舟至造口，不及而还，幼安因此起兴。"此一记载对体认本词意蕴，实有重要意义。《宋史》高宗纪及后妃传载:建炎三年(1129)八月,"会防秋迫,命刘宁止制置江浙,卫太后往洪州,滕康、刘珏权知三省枢密院事从行"。闰八月,高宗亦离建康(今江苏南京)赴浙西。时金兵分两路大举南侵,十月,西路金兵自黄州(今湖北黄冈)渡江,直奔洪州追隆祐太后。"康、珏奉太后行次吉州,金人追急,太后乘舟夜行"。《三朝北盟会编》十一月二十三日载:"质明至太和县(去吉州八十里[《太和县志》]),又进至万安县(去太和一百里[《万安县志》]),兵卫不满百人,滕康、刘珏皆窜山谷中。金人追至太和县,太后乃自万安县至皂口,舍舟而陆,遂幸虔州(去万安凡二百四十里[《赣州府志》])。"《宋史·后妃传》:"太后及潘妃以农夫肩舆而行。"《宋史·胡铨传》:"铨募乡兵助官军捍御金兵,太后得脱幸虔。"史书所记金兵追至太和,与罗氏所记追至造口稍有不合。但罗氏为南宋庐陵人,又曾任江西抚州军事推官,其所记此一细节信实与否,尚不妨存疑。且金兵既至太和,其前锋追至南一百六十里之造口,亦未始无此可能。无论金兵是否追至造口,隆祐被追至造口时情势危急,致舍舟以农夫肩舆而行,此是铁案,史无异辞。尤要者,应知隆祐其人并建炎年间形势。当靖康二年(1127)金兵入汴掳徽钦二宗北去,北宋灭亡之际,隆祐以废后幸免,垂帘听政,迎立康王,是为高宗。有人请立皇太子,隆祐拒之。《宋史·后妃传》记其言曰:"今强敌在外,我以妇人抱三岁小儿听政,将何以令天下?"其告天下手诏曰:"虽举族有北辕之恤,而敷天同左袒之心。"又曰:"汉家之厄十世,宜光武之中兴;献公之子九人,唯重耳之独在。"《鹤林玉露·建炎登极》条云:"事词的切,读之感动,盖中兴之一助也。"陈寅恪《论再生缘》

亦谓:"维系人心,抵御外侮","所以为当时及后世所传诵"。故史称隆祐:"国有事变,必此人当之。"建炎三年,西路金兵穷追隆祐,东路则渡江陷建康、陷临安,高宗被迫浮舟海上。此诚南宋政权存亡危急之秋也。故当稼轩身临造口,怀想隆祐被追至此,"因此感兴",题词于壁,实情理之所必然。罗氏所记大体可信。词题六字即为本证。

"郁孤台下清江水",起笔横绝。由于汉字形、声、义具体可感之特质,尤其"郁"(鬱)有郁勃、沉郁之意,"孤"有巍巍独立之感,"郁孤台"三字劈面便突起一座郁然孤峙之高台。词人调动此三字打头阵,显然有满腔磅礴之激愤,势不能不用此突兀之笔也。进而更写出台下之清江水。《万安县志》云:"赣水入万安境,初落平广,奔激响溜。"写出此一江激流,词境遂从百余里外之郁孤台,顺势收至眼前之造口。造口,词境之核心也。故又纵笔写出:"中间多少行人泪。""行人泪"三字,直点造口当年事。词人身临隆祐太后被追之地,痛感建炎国脉如缕之危,愤金兵之猖狂,羞国耻之未雪,乃将满怀之悲愤,化为此悲凉之句。在词人之心魂中,此一江流水,竟为行人流不尽之伤心泪。行人泪意蕴自广,不必专言隆祐。当建炎年间四海南奔之际,自中原而江淮而江南,不知有多少行人流下多少伤心泪呵。由此想来,便觉隆祐被追至造口,又正是那一存亡危急之秋之象征。无疑此一江行人泪中,也有词人之悲泪呵。"西北望长安,可怜无数山。"长安指汴京,西北望犹言东北望。词人因怀想隆祐被追而念及神州陆沉,独立造口仰望汴京,亦犹杜老之独立夔州仰望长安。抬望眼,遥望长安,境界顿时无限高远。然而,可惜无数青山重重遮拦,望不见也,境界遂一变而为具有封闭式之意味,顿挫极有力。歇拍虽暗用李勉登郁孤台望阙之故实,却写出自己之满怀忠愤。卓人月《词统》云:"忠愤之气,拂拂指端。"极是。

"青山遮不住,毕竟东流去。"赣江北流,此言东流,词人写胸怀,正不必拘泥。无数青山虽可遮住长安,终究遮不住一江之水向东流。换头是写眼前景。若言有寄托,则难以指实。若言无寄托,则遮不住与毕竟二语,又明明带有感情色彩。周济《宋四家词选》云:"借水怨山。"可谓具眼。此词句句不离山水。试体味遮不住三字,将青山周匝围堵之感一笔推去,"毕竟"二字更见深沉有力。返观上片,清江水既为行人泪之象喻,则东流去之江水如有所喻,当喻祖国一方。无数青山,词人既叹其遮住长安,更道出其遮不住东流,则其所喻当指敌人。在词人潜意识中,当并指投降派。"东流去"三字尤可体味。《尚书·禹贡》云:"江汉朝宗于海。"在中国文化传统中,江河行地与日月经天同为"天行健"之体现,故"君子以自强不息"(《易·系辞》)。杜老《长江二首》云:"朝宗人共挹,盗贼尔谁尊?""浩浩终不息,乃知东极深。众流归海意,万国奉君心。"故必言寄托,则换头托意,当以江水东流喻正义所向也。然而时局究未可乐观,词人心情并不轻松。"江晚正愁余,山深闻鹧鸪。"词情词境又作一大顿挫。江晚山深,此一暮色苍茫又具封闭式意味之境界,无异为词人沉郁苦闷之孤怀写照,而暗应合起笔之郁孤台意象。正愁余,语本《楚辞·九歌·湘夫人》:"目眇眇兮愁予。"然实自词人肺腑中流出。楚骚哀怨要眇之色调,愈添意境沉郁凄迷之氛围。更那堪又闻乱山深处鹧鸪声声:"行不得也哥哥。"《禽经》张华注:"鹧鸪飞必南向,其志怀南,

443

不徂北也。"白居易《山鹧鸪》则云:"啼到晓,唯能愁北人,南人惯闻如不闻。"鹧鸪声声,其呼唤词人莫忘南归之怀抱耶? 抑钩起其志业未就之忠愤耶? 或如山那畔中原父老同胞之哀告耶? 实难作一指实。但结笔写出一怀愁苦则可断言,而此一怀愁苦,实朝廷一味妥协,中原久未光复有以致之,亦可断言。一结悲凉无已。

梁启超云:"《菩萨蛮》如此大声镗鞳,未曾有也。"(《艺蘅馆词选》)此词发抒对建炎年间国事艰危之沉痛追怀,对靖康以来失去国土之深情萦念,故此一习用已久陶写儿女柔情之小令,竟为稼轩爱国精神深沉凝聚之绝唱。词中运用比兴,以眼前景道心上事,达到比兴传统意内言外之极高境界。其眼前景不过清江水无数山,心上事则包举家国之悲今昔之感种种意念,而一并托诸眼前景写出。显有寄托,又难以一一指实。但其主要寓托则可体认,其一怀襟抱亦可领会。此种以全幅意境寓写整个襟抱、运用比兴寄托又未必一一指实之艺术造诣,实为中国美学理想之一体现。全词一片神行又潜气内转,兼有神理高绝与沉郁顿挫之美,在词史上完全可与李太白同调词相媲美。　　　　　(邓小军)

祝英台近

晚 春

宝钗分①，桃叶渡②，烟柳暗南浦③。怕上层楼，十日九风雨。断肠片片飞红，都无人管，更谁劝啼莺声住？　　鬓边觑。试把花卜心期，才簪又重数。罗帐灯昏，哽咽梦中语：是他春带愁来，春归何处？却不解带将愁去。

〔注〕　① 宝钗分：梁陆罩《闺怨》："偏恨分钗时。"唐白居易《长恨歌》："钗留一股合一扇，钗擘黄金合分钿。"　② 桃叶渡：在南京秦淮河与青溪合流处。《隋书·五行志》：陈时盛歌王献之桃叶之词曰："桃叶复桃叶，渡江不用楫。但渡无所苦，我自迎接汝。"按桃叶，献之妾名。　③ 南浦：泛指送别之处。《楚辞·九歌·河伯》："送美人兮南浦。"

清陈廷焯说："稼轩最不工绮语。"（《白雨斋词话》卷一）此说不确。这首《祝英台近·晚春》抒发闺中少妇惜春怀人的缠绵悱恻之情，写得词丽情柔，妩媚风流，与他纵横郁勃的豪放词迥然异趣。

发端三句巧妙地化用前人诗意，追忆与恋人送别时的眷眷深情。"宝钗分"，前人每以分钗作为别时留赠之物；"桃叶渡"，指送别之地；"烟柳暗南浦"，渲染暮春时节送别，埠头烟柳迷濛之景。三句中连用了三个有关送别的典故，融会成一幅情致缠绵的离别图景，烘托出凄苦怅惘的心境。自与亲人分袂之后，恰值雨横风狂,乱红离披,为此怕上层楼,不忍观睹。伤心春去,片片落红乱飞,都无人管束得住,用一个"都"字对"无人"作了强调。江南三月,群莺乱飞,人们敏感到莺啼则春将归去。所以寇準说"春色将阑,莺声渐老"(《踏莎行》)。显示春归的莺声更有谁劝止得来?这里的"更"字也下得好。"都无人管"与"更谁劝",进一步渲染了怨春怀人之情。

过片笔触一转,由渲染气氛烘托心情,转为描摹情态。其意虽转,其情却与上片联绵不断。"鬓边觑"三句,刻画少妇的心理状态细腻密致,惟妙惟肖。一个"觑"字,闺中女子娇懒慵倦的细微动态和百无聊赖的神情,分明可见。"试把"两句是觑的结果。飞红垂尽,莺声不止,春归之势不可阻拦,怀人之情如何表达。鬓边的花使她萌发出一丝侥幸的念头:数花瓣卜归期。明知占卜并不足信,而"才簪又重数"。一瓣一瓣数过了,戴上去,又拔下来,再一瓣一瓣地重头数。这种单调的反复动作可笑又令人心酸。作者在此用白描手法,对人物的动作进行细腻的描写,充分表现出思妇的痴情。但她的心情仍不能宁贴,接着深入一笔,以梦呓作结。"哽咽梦中语:是他春带愁来,春归何处?却不解带将愁去。"这三句融化李邴《洞仙歌》词:"归来了,装点离愁无数。……蓦地和春带将归去。"和赵彦端《鹊桥仙》词:"春愁原自逐春来,却不肯随春归去。"可是辛词较李、赵两作更流转,更深婉。出之以责问,托之于梦呓,更显得波谲云诡,绵邈飘忽。虽然这种责问是极其无理的,但越无理却越有情。痴者的思虑总是出自无端,而无端之思又往往发自情深而不能自已者。因此这恰恰是满腹怨语痴情的少妇内心世界的反映,"绵邈飘忽之音最为感人深至"

（郭麐《灵芬馆词话》卷二）。

沈祥龙《论词随笔》云"词贵愈转愈深"，本篇巧得此胜。从南浦赠别，怕上层楼，花卜归期到哽咽梦中语，纡曲递转，逐层选出新意。上片断肠三句，一波三折。从"飞红"到"啼莺"，从惜春到怀人层层推进。下片由"占卜"到"梦呓"，动作跳跃，由实转虚。表现出痴情人为春愁所苦、无可奈何的心理。全词转折特多，愈转愈缠绵，愈转愈凄恻。一片怨语痴情全在转折之中，充分显示了婉约词绸缪宛转的艺术风格。

描写人物的典型动作，从而表现人物的心理活动，是这首词又一成功的艺术手法。寥寥几笔，"占卜"的全过程历历呈现；只一句梦话，痴情人的内心和盘托出。透过这些，可以清晰地感到人物跳动着的脉搏，人物形象呼之欲出。此词章法绵密，以春归人未还绾合上下片，词面上不着一"怨"字，却笔笔含"怨"，欲图弭怨而怨仍萦绕不休。沈谦《填词杂说》曰："稼轩词以激扬奋厉为工，至'宝钗分，桃叶渡'一曲，昵狎温柔，魂销意尽，才人伎俩，真不可测。"

张炎《词源》："辛稼轩《祝英台近》……皆景中带情而存骚雅。"黄苏《蓼园词选》也认为此词必有所托，说："史称稼轩人材大类温峤、陶侃，周益公等抑之，为之惜。此必有所托，而借闺怨以抒其志乎！"这话是有道理的。辛弃疾从到南宋之后，受到压抑，不被重用。他的恢复的壮志难以伸展，故假托闺怨之词以抒发胸中的郁闷，和他的另一首名作《摸鱼儿》(更能消几番风雨)是同一情调，同一抒情手法。不能确指为因某一事而发。宋人张端义《贵耳集》说这首词是辛弃疾为去妾吕氏而作，不足凭信。　**(许理绚)**

447

青玉案

东风夜放花千树。更吹落,星如雨。宝马雕车香满路。
凤箫声动,玉壶光转,一夜鱼龙舞。　　蛾儿雪柳黄金
缕,笑语盈盈暗香去。众里寻他千百度,蓦然回首,那
人却在,灯火阑珊处。

————————————

　　写上元灯节的词,不计其数,稼轩的这一首,却谁也不能视为
可有可无,即此亦可谓豪杰了。然究其实际,上片也不过渲染那
一片热闹景况,并无特异独出之处。看他写火树,固定的灯彩也。
写"星雨",流动的烟火也。若说好,就好在想象:是东风还未催开
百花,却先吹放了元宵的火树银花。它不但吹开地上的灯花,而
且还又从天上吹落了如雨的彩星——燃放烟火,先冲上云霄,复
自空而落,真似陨星雨。然后写车马,写鼓乐,写灯月交辉的人间
仙境——"玉壶",写那民间艺人们的载歌载舞、鱼龙曼衍的"社
火"百戏,好不繁华热闹,令人目不暇接。其间"宝"也,"雕"也,
"凤"也,"玉"也,种种丽字,总是为了给那灯宵的气氛来传神来写
境,盖那境界本非笔墨所能传写,幸亏还有这些美好的字眼,聊为
助意而已。总之,我说稼轩此词,前半实无独到之胜可以大书特
书。其精彩之笔,全在后半始见。

　　后片之笔,置景于后,不复赘述了,专门写人。看他先从头上

写起:这些游女们,一个个雾鬟云鬓,戴满了元宵特有的闹蛾儿、雪柳,这些盛妆的游女们,行走之间说笑个不停,纷纷走过去了,只有衣香犹在暗中飘散。这么些丽者,都非我意中关切之人,在百千群中只寻找一个——却总是踪影皆无。已经是没有什么希望了。……忽然,眼光一亮,在那一角残灯旁侧,分明看见了,是她!是她!没有错,她原来在这冷落的地方,还未归去,似有所待!

这发现那人的一瞬间,是人生的精神的凝结和升华,是悲喜莫名的感激铭篆,词人都如此本领,竟把它变成了笔痕墨影,永志弗灭!——读到末幅煞拍,才恍然彻悟:那上片的灯、月、烟火、笙笛、社舞交织成的元夕欢腾,那下片的惹人眼花缭乱的一队队的丽人群女,原来都只是为了那一个意中之人而设,而写,倘无此人在,那一切又有何意义与趣味呢!多情的读者,至此不禁涔涔泪落。

此词原不可讲,一讲便成画蛇,破坏了那万金无价的人生幸福而又辛酸的一瞬的美好境界。然而画蛇既成,还思添足:学文者莫忘留意,上片临末,已出"一夜"二字,这是何故?盖早已为寻他千百度说明了多少时光的苦心痴意,所以到得下片而出"灯火阑珊",方才前早呼而后遥应,笔墨之细,文心之苦,至矣尽矣。可叹世之评者动辄谓稼轩"豪放","豪放",好像将他看作一个粗人壮士之流,岂不是贻误学人乎?

王静安《人间词话》曾举此词,以为人之成大事业者,必皆经历三个境界,而稼轩此词之境界为第三即最终最高境。此特借词喻事,与文学赏析已无交涉,王先生早已先自表明,吾人可以无劳

449

纠葛。

　　从词调来讲,《青玉案》十分别致,它原是双调,上下片相同,只上片第二句变成三字一断的叠句,跌宕生姿。下片则无此断叠,一连三个七字排句,可排比,可变幻,总随词人之意,但排句之势是一气呵成的,单单等到排比完了,才逼出煞拍的警策句。北宋另有贺铸一首,此义正可参看。

　　　　　　　　　　　　　　　　　　　　　　　　　(周汝昌)

清平乐

村　居

茅檐低小，溪上青青草。醉里吴音相媚好，白发谁家翁媪。　　大儿锄豆溪东，中儿正织鸡笼。最喜小儿无赖，溪头卧剥莲蓬。

　　辛弃疾写了不少描写农村生活的有名词作，这首词是其中的优秀作品之一。刘熙载说，"词要清新"，"澹语要有味"（《艺概·词曲概》）。辛弃疾此作正具有"澹语清新"、充满诗情画意的特点。它表现在描写手法、结构和构思三个方面。

　　在描写手法上，这首小令，并没有一句使用浓笔艳墨，只是用纯粹白描手法，描绘农村某处的环境和一个老小五口之家的生活画面。作者能够把这家老小五人的不同面貌和表现情态，描写得惟妙惟肖，活灵活现，具有浓厚的生活气息，如若不是大手笔，是难能达到此等艺术意境的。

　　上片开头两句，写这个老小五口之家，有一所低小的茅草房屋，紧靠着一条流水淙淙、清澈照人的小溪。溪边长满了碧绿的青草。在这里，作者只用淡淡的两笔，就把由茅屋、小溪、青草组成的清新秀丽的环境勾画出来了。不难看出，这两句词在全首词中，还兼有点明环境和地点的重要使命。

　　三、四两句，描写一对满头白发的翁媪，亲热地坐在一起，一边喝酒，一边聊天的悠闲自得的情态。这几句尽管写得平平淡淡，但是，它却把一对白发翁媪，乘着酒意，彼此"媚好"，亲密无间，那种和谐、温暖、惬意的老年夫妻的幸福生活，真切地再现出来了。这就是无奇之中的奇妙之笔。当然，这里并不仅仅限于这对翁媪的生活，它概括了农村普遍的老年夫妻的生活乐趣，具有一定的典型意义。"吴音"，指吴地的方音。作者写这首词时，在江西上饶，此地，春秋时代属于吴国。"媪"，是对老年妇女的称呼。

　　下片四句，纯是大白话，采用白描手法，直陈其事，和盘托出三个儿子的不同形象。大儿子是主要劳力，担负着溪东豆地里锄草的重担。二儿子年纪尚小，只能做点辅助劳动，所以在家里编织鸡笼。三儿子不懂世事，只是任意地调皮玩耍，看他躺卧在溪边剥莲蓬吃的神态，即可想而知。这几句虽然极为通俗易懂，却刻画出鲜明的人物形象，描绘出耐人寻味的意境。尤其小儿无赖剥莲蓬吃的那种天真活泼的神情状貌，饶有情趣，栩栩如生。可谓是神来之笔，古今一绝！"无赖"，谓调皮，是爱称，并无贬义。"卧"字的使用最妙，它使小儿天真、活泼、顽皮的劲儿，活跃纸上。所谓一字千金，即是说使用一字，恰到好处，就能给全句或全词增辉。这里的"卧"字正是如此。

　　而在艺术结构上，全词紧紧围绕着小溪，布置画面，展开人物活动。从词的意境来看，茅檐是靠近小溪的。另外，"溪上青青草""大儿锄豆溪东"，"最喜小儿无赖，溪头卧剥莲蓬"四句，连用三个"溪"字，使得词作画面的布局十分紧凑。所以，"溪"字在全词结构上起着栋梁的作用。

　　它的构思巧妙,颇为新颖。茅檐、小溪、青草,这本来是农村司空见惯的,然而作者把它们组合在一个画面里,就显得格外清新优美。这是写景。在写人方面,写一对翁媪,身边有大、中、小三子。翁媪饮酒聊天,大儿锄草,中儿编织鸡笼,小儿卧剥莲蓬。通过这样简单的情节安排,就把充满着一片生机、和平宁静、朴素安适的农村生活景象,真实地反映出来了。诗情画意,清新悦目,给人留下难忘的印象。

　　这首小令题为"村居",是作者晚年遭受议和派排斥和打击,志不得伸,归隐上饶地区闲居农村时所写。词作描写农村和平宁静、朴素安适的生活,并不能说是对现实的粉饰。从作者一生始终关心恢复大业来看,他向往农村这样的生活,从而会更加激起他抗击金兵、收复中原、统一祖国的爱国热忱。就当时来说,在远离抗金前线的村庄,这种和平宁静的生活,也是存在的,此作并非作者主观想象的产物,而是现实生活的反映。　　　(陆永品)

水龙吟

过南剑双溪楼

举头西北浮云,倚天万里须长剑。人言此地,夜深长见,斗牛光焰。我觉山高,潭空水冷,月明星淡。待燃犀下看,凭栏却怕,风雷怒,鱼龙惨。　　峡束苍江对起,过危楼,欲飞还敛。元龙老矣!不妨高卧,冰壶凉簟。千古兴亡,百年悲笑,一时登览。问何人又卸,片帆沙岸,系斜阳缆?

　　祖国的壮丽河山,到处呈现着不同的面貌。吴越的柔青软黛,自然是西子的化身;闽粤的万峰刺天,又仿佛像森罗的武库。古来多少诗人词客,分别为它们作了生动的写照。辛弃疾这首《过南剑双溪楼》,就属于后一类的杰作。

　　宋代的南剑州,即是延平,属福建。这里有剑溪和樵川二水,环带左右。双溪楼正当二水交流的险绝处。要给这样一个奇峭的名胜传神,颇非容易。作者紧紧抓住了它具有特征性的一点,作了全力的刻画,那就是"剑",也就是"千峰似剑铓"的山。而剑和山,正好融和着作者的人在内。上片一开头,就像将军从天外飞来一样,凌云健笔,把上入青冥的高楼,千丈峥嵘的奇峰,掌握在手,写得寒芒四射,凛凛逼人。而作者生当宋室南渡,以一身支拄东南半壁进而恢复神州的怀抱,又隐然蕴藏于词句里,这是何等的笔力。"人言此地"以下三句,从延平津双剑故事翻腾出剑气上冲斗牛的词境。又把山高、潭空、水冷、月明、星淡等清寒景色,汇集在一起,以"我觉"二字领起,给人以寒意搜毛发的感觉。然后转到要"燃犀下看"(见《晋书·温峤传》),一探究竟。"风雷怒,鱼龙惨",一个怒字,一个惨字,紧接着上句的怕字,从静止中进入到惊心动魄的境界,字里行间,却跳跃着虎虎的生气。

换片后三句,盘空硬语,实写峡、江、楼。词笔刚劲中带韧性,极烹炼之工。这是以柳宗元游记散文文笔写词的神技。从高峡的"欲飞还敛",双关到词人从炽烈的民族斗争场合上被迫退下来的悲凉心情。"不妨高卧,冰壶凉簟",以淡静之词,勉强抑遏自己飞腾的壮志。这时作者年已在五十二岁以后,任福建提点刑狱之职,是无从施展收复中原的抱负的。以下千古兴亡的感慨,低回往复,表面看来,情绪似乎低沉,但隐藏在词句背后的,又正是不能忘怀国事的忧愤。它跟江湖山林的词人们所抒写的悠闲自在心情,显然是大异其趣的。

(钱仲联)

西江月

夜行黄沙道中

明月别枝惊鹊,清风半夜鸣蝉。稻花香里说丰年,听取蛙声一片。　　　七八个星天外,两三点雨山前。旧时茅店社林边,路转溪桥忽见。

　　辛弃疾是南宋杰出的豪放派词人。他的风格以沉雄激越著称,但又不拘一格,在慷慨纵横之外,还有淡泊潇洒的一面。

　　这首词是辛弃疾中年时代经过黄沙岭道上写的几篇作品之一。黄沙岭在江西上饶县西四十里,岭高约十五丈,深而敞豁,可容百人。下有两泉,水自石中流出,可溉田十余亩(见《上饶县志》)。宋孝宗淳熙八年(1181)冬,词人被奸佞中伤、弹劾以致罢官后,就开始在上饶家居,一直住了十五年左右。这中间虽然曾短期出仕,但基本上是蹲在上饶,有机会充分领略黄沙道上的风物之胜。描写这一带风景的词,现存约五首,即:《生查子》(独游西岩)二首、《浣溪沙》(黄沙岭)一首、《鹧鸪天》(黄沙道上即事)一首,以及本阕。它们从不同角度体现了辛弃疾部分写景词中清新俊逸和绰约自然的风格。

　　在这五首词中,最耐人寻味的是这首《西江月》。

　　这首词平易中见真切,浑沦处见准确,连绵中呈陡转。眼前常景,而能别开蹊径;脱手炼词,得刻物入神之妙。

"明月别枝惊鹊,清风半夜鸣蝉。"表面看来,这里的风、月、蝉、鹊都是极其平常的景物,然而经过作者巧妙的组合,就显得不平常了。鹊儿的惊飞不定,不是盘旋在一般树头,而是飞绕在横斜突兀的枝干之上。因为月光明亮,所以鹊儿被惊醒了;而鹊儿惊飞,自然也就会引起"别枝"摇曳。知了的鸣声也是有一定时间、空间和条件的。夜间的蝉声不同于烈日炎炎下的嘶鸣,而当凉风徐徐吹拂时,往往特别感到清幽。总的说来,"惊鹊"和"鸣蝉"两句都有动中寓静之妙。它们沐浴在"半夜""明月"的清辉中,恰如法国小说家莫泊桑说过的:被"这明空的夜色的柔和情趣所浸润"(《月色》)。

"稻花香里说丰年,听取蛙声一片。"显然,这里词人所摄取的空间是由高而低了。词的开首原只是从长空写起,然而这里却一转而为对田野的刻画,表现了词人不仅为夜间黄沙道上的"柔和情趣"所"浸润",更值得注意的是从扑面而来的漫村遍野的稻花香气中联想到即将到来的丰年景象。此时此地,词人与人民同呼吸的欢乐,真是喷薄而出不可遏止了。稻花飘香的"香",固然点明稻花盛开,也说明词人心头的甜蜜之感。但报说丰年的主体,写出来却是那一片蛙声,构想奇妙。在词人的感觉里,俨然听到群蛙在稻田中齐声喧嚷,争说丰年。先出"说"的内容于前,再补"声"的来源于后。鹊声报喜、蛩吟诉哀之类,诗词中常写到,但以蛙声说丰年,不能不说是稼轩词的创造。

这短短四句构成的上片,纯然是抒写当时当地夏夜山道的景物和词人的感受,然而感受的核心分明是洋溢着丰收年景的夏

457

夜。与其说是夏景,还不如说是眼前夏景带给人的幸福。

是不是眼前夏景的描写就到此为止了呢?不然。由于上片结尾,构思和音律出现了显著的停顿,因此下片开头,就需要树立一座峭拔挺峻的奇峰,有待运用对仗手法,以加强稳定的音势。你看吧,"七八个星天外,两三点雨山前",不都是随手拈来的吗?然而却多么洒脱,多么深稳!

"星"是寥落的疏星,"雨"是轻微的阵雨,这些都更策应着上片的清幽夜色、恬静气氛和朴野成趣的乡土气息。特别是一个"天外",一个"山前",本来是遥远而不可捉摸的,可是笔锋一转,小桥一过,乡村林边茅店的影子,却意想不到地出现在眼前了。这分明是远而忽近,隐而骤明,说明前此词人对黄沙道上的路径尽管很熟,可总因为醉心于倾诉丰年在望之乐的一片蛙声中,竟忘却了越"天外",迈过"山前",连早已临近的那个熟而能详的社庙旁树林边的茅店,也都不知不觉了。前文"路转",后文"忽见",这是多么美丽的春云乍展!既衬出了词人骤然间看出了分明临近旧屋的欢欣,更表现了他由于沉浸在稻花香中以至忘记了道途远近的怡然自得的入迷程度。

一首短短的小词,它的题材内容不过是一些看来极其平凡的景物,语言没有任何雕饰,没有用上一个典故,层次安排也完全是听其自然,悠然而起,悠然而住。这样的构思和描绘,可以说是辛词平淡风格中最典型的了,但淡泊中的淳厚却更见功夫。

这渊源于词人的雄浑豪迈的气质和情真意挚的心灵两相结合的创作个性。他的一腔伤时忧国之情,在不少场合固然表现为瀑布式的奔泻,但有时却又运用旁敲侧击或烘云托月的方法,特别是选取有典型特征的景物,比兴并用,赋予景物以情感色彩和见微知著的寄托,雄浑中见其轻快。从作者的翛然心境和灵活笔调看来,却分明和他的主要风格——胸襟浩瀚与气势纵横相通,洒脱而不失其凝浑,平易而不失其精切。元好问评陶潜诗有云:"一语天然万古新,豪华落尽见真淳。"(《论诗三十首》)对这首《西江月》也非常适用。 (吴调公)

贺新郎

邑中园亭,仆皆为赋此词。一日,独坐停云,水声山色竞来相娱。意溪山欲援例者,遂作数语,庶几仿佛渊明思亲友之意云。

甚矣吾衰矣。怅平生、交游零落,只今余几!白发空垂三千丈,一笑人间万事。问何物、能令公喜?我见青山多妩媚,料青山见我应如是。情与貌,略相似。　　一尊搔首东窗里。想渊明《停云》诗就,此时风味。江左沉酣求名者,岂识浊醪妙理?回首叫、云飞风起。不恨古人吾不见,恨古人不见吾狂耳。知我者,二三子。

────────────

此词作年,依邓广铭《稼轩词编年笺注》考证,约略定为宋宁宗庆元四年(1198)左右。此时辛弃疾被投闲置散又已四年。他在信州铅山(今属江西)东期思渡瓢泉旁筑了新居,建了园、亭等。其中有"停云堂",取陶渊明《停云》诗意命名。辛弃疾《临江仙·停云偶作》云:"偶向停云堂上坐,晓猿夜鹤惊猜。"即咏此间风物。

此词仿陶渊明《停云》"思亲友"之意,抒写了作者落职后的寂寞心情和对时局的深刻怨愤。

"甚矣吾衰矣。怅平生、交游零落,只今余几!"一开篇就引用典故。《论语·述而篇》记孔子说:"甚矣吾衰也,久矣吾不复梦见周公。"如果说,孔子慨叹的是其道不行;那么辛弃疾引用它,也就含有慨叹政治理想无法实现的意思。辛弃疾写此词时已五十九岁，又谪居多年，故交零落，因此发出这样的慨叹是很自然的。"只今余几"与结句"知我者，二三子"首尾衔接，同用来强调"零落"二字。这恰似中国武术师表演武术，往往开始从何处起手，末尾也在何处收步，给人以结构亭匀和浑然一体的感觉。

"白发空垂三千丈，一笑人间万事。问何物能令公喜？"又连用李白《秋浦歌》"白发三千丈"和《世说新语·宠礼篇》记郗超、王恂"能令公（指晋大司马桓温）喜"等典故，叙自己徒伤老大而一事无成，又找不到称心朋友；以渲染词人此时心情的孤单和对炎凉世态的喟叹。为下文移情于物作张本。

"我见青山多妩媚，料青山见我应如是"两句，是全篇警策。词人因无物（实指无人）可喜，只好将深情倾注在自然物之上，不仅觉得青山"妩媚"，而且觉得似乎青山也以词人为"妩媚"了。这跟李白《敬亭独坐》"相看两不厌"是一样的手法。这种手法，先把审美主体的感情楔入客体，然后借染有主体感情色彩的客体形象来揭示审美主体的内在感情。这样，便大大加强了作品里的主体意识，易于感染读者。

"情与貌，略相似。"情，指词人之情；貌，指青山之貌。二者有许多相似之处，如崇高、安宁和富有青春活力等。从这二者的形象中，我们能领略到多方面的审美情趣。

词的上片，叙词人面对青山时产生的种种思绪；词的下片，则从"尚友古人"的角度，写词人由此引发的无穷愤慨。

"一尊搔首东窗里，想渊明《停云》诗就，此时风味。"陶渊明《停云》中有"良朋悠邈，搔首延伫"和"有酒有酒，闲饮东窗"等诗句,辛弃疾把它浓缩在一个句子里,用以想象陶渊明当年诗成时的风味。这表明在陶渊明与辛弃疾两位诗人之间,也有许多相似之处。如"旷而且真"和"安道苦节"(皆萧统《陶渊明集序》中语)等。这样,又大大开拓了读者们联想的天地。

"江左沉酣求名者,岂识浊醪妙理?回首叫、云飞风起。"前两句,表面似申斥南朝那些"醉中亦求名"(苏轼《和陶饮酒二十首》之三)的名士派人物;细想想,方懂得它是有为而发,目的在讽刺南宋已无陶渊明式的饮酒高士,而只有一些醉生梦死的统治者。写到这里,词人的怨愤已无法遏抑,词句便随着也大幅度地跌宕起伏了。

"不恨古人吾不见,恨古人不见吾狂耳"两句,遥应上片"我见青山"一联,表现出另一种豪视今古的气魄。"古人",即指像陶渊明一类的人。据岳珂《桯史·卷三》记:辛弃疾每逢宴客,"必命侍姬歌其所作。特好歌《贺新郎》一词,自诵其警句曰:'我见青山多妩媚,料青山见我应如是。'又曰:'不恨古人吾不见,恨古人不见吾狂耳。'每至此,辄拊髀自笑,顾问坐客何如"。足见辛弃疾是以此二语自负的。岳珂批评他"警语差相似",从句式结构看,有一定道理。但仔细加以品味,则两语的意境毕竟不同。上一语是写"物"和"我"的关系,下一语是写"古"和"今"的关系;前者为物、我交融,后者为古、今一体。前者是横向的空间联系,后者是纵向的时间联系。加上作者这样反复吟唱,读者的印象就更深刻了。难怪辛弃疾虚心听取岳珂的意见后想作改动,而终究改动不了。

"知我者,二三子。"这"二三子"为谁虽然已不可确知(也许陈亮算一个),但有一点是明晰的:即辛弃疾慨叹当时志同道合的朋友不多;这跟屈原慨叹"众人皆醉我独醒"的心情有着某种程度的类似,同出于为各自国家和民族的危亡忧虑。因此,周济《介存斋论词杂著》谓辛词"郁勃""情深",王国维谓辛词"有性情"(《人间词话》卷上),都是很有见地的。

通观全词,典故的确用得不少,好在这些典故都用得很活,不使人生堆砌之感。前人多已指出:辛弃疾引经、史语入词,扩大了词语选择范围,对词的发展、创新是有功的。但流传到他的仿效者们的手里,却渐渐失掉了生气,变成为食古不化地炫示才学,这自然是辛弃疾始料所不及的。　　　　　　　　　　(蔡厚示)

丑奴儿

书博山道中壁

少年不识愁滋味，爱上层楼。爱上层楼，为赋新词强说愁。　　而今识尽愁滋味，欲说还休。欲说还休，却道天凉好个秋。

　　这一首词，是辛弃疾被劾去职，闲居带湖时所作（1181—1192），他常闲游于博山道中，风景如画，却无心赏玩。眼看国事日非，自己无能为力，一腔愁绪无法排遣，遂在博山道中一壁上题了这首词。在这首词中作者运用对比手法，突出地渲染了一个"愁"字，以此作为贯串全篇的线索，感情真率而又委婉，把一首短短的词，写得曲折多变，娓娓动人，高度概括了词人大半生的经历感受。

　　词的上片，着重描写自己的少年时代：那时风华正茂而涉世不深，乐观自信但想法单纯，对于人们常说的"愁"，还缺乏真切的体验。首句"少年不识愁滋味"之后，连用两个"爱上层楼"，这一叠句的运用，避开了一般的泛泛描述，而是有力地带起了下文。前一个"爱上层楼"，同首句构成因果复句，意谓作者年轻时思想单纯，根本不懂什么是忧愁，所以喜欢登楼赏玩。后一个"爱上层楼"，又同下面"为赋新词强说愁"结成因果关系，意思是说，因为

464

爱上高楼而触发诗兴,在当时"不识愁滋味"的情况下,也要勉强说些"愁闷"之类的话。这一叠句的运用,起到了"中间枢纽"的作用,由此把两个不同的层次联系起来,使只有四句话的上片,表达了一个很完整的意思。

古人登临多悲慨,如王粲《登楼赋》云:"悲旧乡之壅隔兮,涕横坠而弗禁。"杜甫《登楼》云:"花近高楼伤客心,万方多难此登临。"这些名篇都将登临与"愁"字联在一起。中年以后的辛弃疾就有"怕上层楼"之句(《祝英台近·晚春》)。而他在少年时代"爱上层楼",是想效仿前代作家,抒发一点所谓的"愁情"。无愁而登楼觅愁,勉强诉说一通愁情,连自己也感到有点别扭。作者描述自己思想上这一矛盾现象,揭示了内心深处微妙的感情活动,非常真实地写出了他少年时代的精神面貌。

词的下片,作者处处注意同上片进行对比,表现自己随着年岁的增长,处世阅历渐深,对于这个"愁"字有了真切的体验。他一力主抗战,恢复失土,一直为投降派所排挤,尽管"负管、乐之才",却"不能尽展其用","一腔忠愤,无处发泄",其心中的愁闷痛楚可以想见。"而今识尽愁滋味",这里的"尽"字,是极有概括力的,它包含着作者许多复杂的感受,从而完成了整篇词作在思想感情上的一大转折。

再看下面"欲说"两句,仍然采用叠句形式,在结构用法上也与上片互为呼应。"欲说还休",也见于李清照《凤凰台上忆吹箫》:"生怕离愁别苦,多少事欲说还休。"李词中的"欲说还休"已经是对"愁"字的一种概括,辛弃疾用它来表示自己愁闷已极,隐含着作者从"多少事"中激发起来的无限感慨,就很能反映出他饱经忧患的心理特征。同上片的叠句一样,这两句"欲说还休"也包含有两层不同的意思。前句紧承上句的"尽"字而来,人们在实际生活中,喜怒哀乐等各种情感往往相反相成,所谓忧喜相寻,乐极生悲,处在十分复杂的矛盾转化状态中。极度的高兴转而潜生悲凉,深沉的忧愁翻作自我调侃,作者过去无愁而硬要说愁,如今却愁到极点而无话可说。后一个"欲说还休"则是紧连下文。我们知道,他胸中的忧愁绝不是个人的离愁别绪,而是忧国伤时,报国无门之愁。但在当时投降派把持朝政的情况下,抒发这种忧愁是犯大忌的,因此作者在此不便直说,只得转而言天气。表面上看,愁与秋似不相关,实际上却有着内在联系。吴文英《唐多令》:"何处合成愁,离人心上秋。"秋色入心即为愁。同时,与登楼说愁一样,古人甚多悲秋之作。"悲哉,秋之为气也"(《楚辞·九辩》)因此,"天凉好个秋",表面形似轻脱,实则十分深沉含蓄,细细体味,真是愁绝!辛弃疾之善于抒情达意,于此亦可见出一斑。

(陈允吉　胡中行)

破阵子

为陈同甫赋壮词以寄

醉里挑灯看剑，梦回吹角连营。八百里分麾下炙，五十弦翻塞外声，沙场秋点兵。　　马作的卢飞快，弓如霹雳弦惊。了却君王天下事，赢得生前身后名。可怜白发生！

　　词以两个二、二、二的对句开头，通过具体描述，表现了七八层情意。第一句，只六个字，却用三个连续的、富有特征性的动作，塑造了一个壮士的形象，让读者从那些动作中去体会人物的"潜台词"，去想象人物所处的环境。为什么要吃酒，而且吃"醉"？既"醉"之后，为什么不去睡觉，而要"挑灯"？"挑"亮了"灯"，为什么不干别的，偏偏抽出宝剑，映着灯光看了又看？……这一连串问题，只要细读全词，就可能作出应有的回答，因而不必说明。"此时无声胜有声。"用什么样的"说明"还能比这无言的动作更有力地展现人物的内心世界呢？

　　"挑灯"的动作又点出了夜景。那位壮士在更深人静、万籁俱寂之时，思潮汹涌，无法入睡，只好独自吃酒。吃"醉"之后，仍然不能平静，便继之以"挑灯"，又继之以"看剑"。看来看去，总算睡着了。而刚一入睡，方才所想的一切，又幻为梦境。"梦"了些什么，也没有明说，却迅速地换上新的镜头："梦回吹角连营。"壮士好梦初醒，天已破晓，一个军营连着一个军营，响起一片号角声。这号角声，多富有鼓舞人们投入战斗的魅力。而那位壮士，也正好是统领这些军营的将军。于是，他一跃而起，全副披挂，要把他"醉里""梦里"所想的一切统统变为现实。

三、四两句，可以不讲对仗，词人也用了偶句。偶句太多，容易显得呆板；可是在这里恰恰相反。两个对仗极工、而又极其雄健的句子，突出地表现了雄壮的军容，表现了将军及士兵们高昂的战斗情绪。"八百里分麾下炙，五十弦翻塞外声"：兵士们欢欣鼓舞，饱餐将军分给的烤牛肉；军中奏起振奋人心的战斗乐曲。牛肉一吃完，就排成整齐的队伍。将军神采奕奕，意气昂扬，"沙场秋点兵"。这个"秋"字下得多好！正当"秋高马壮"的时候，"点兵"出征，预示了战无不胜的前景。

按谱式，《破阵子》是由句法、平仄、韵脚完全相同的两"片"构成的。后片的起头，叫做"过片"，一般的写法是：既要和前片有联系，又要"换意"，从而显示出这是另一段落，形成"岭断云连"的境界。辛弃疾却往往突破这种限制，《贺新郎·别茂嘉十二弟》如此，这首《破阵子》也是如此。"沙场秋点兵"之后，大气磅礴，直贯后片。"马作的卢飞快，弓如霹雳弦惊"：将军率领铁骑，风驰电掣般奔赴前线，弓弦雷鸣，万箭齐发。虽没作更多的描写，但从"的卢马"的飞驰和"霹雳弦"的巨响中，仿佛看到若干连续出现的画面：敌人纷纷落马；残兵败将，狼狈溃退；将军身先士卒，乘胜追杀，霎时结束了战斗；凯歌入云，欢声动地，旌旗招展。

这是一场反击战。那将军是爱国的，但也是好"名"的。一战获胜,恢复功成,既"了却君王天下事",又"赢得生前身后名",岂不壮哉!

如果到此为止,那真够得上"壮词"。然而在那个被投降派把持朝政的时代,并没有产生真正"壮词"的土壤,以上所写,不过是词人的理想而已。词人驰骋想象,化身为词里的将军,刚攀上理想的高峰,忽然一落千丈,跌回冷酷的现实,沉痛地慨叹道:"可怜白发生!"白发已生,而收复失地的理想始终无法实现。想到自己空有凌云壮志,而"报国欲死无战场"(借用陆游《陇头水》诗句),便只能在不眠之夜吃酒,只能在"醉里挑灯看剑",只能在"梦"中驰逐沙场,快意一时……这处境,的确是"可怜"的。然而又有谁"可怜"他呢?于是,他写了这首"壮词",寄给处境同样"可怜"的陈同甫。

同甫是陈亮的字。学者称为龙川先生。为人才气超迈,议论纵横。自称能够"推倒一世之智勇,开拓万古之心胸"。他先后写了《中兴五论》和《上孝宗皇帝书》,积极主张抗战,因而遭到投降派的打击。宋孝宗淳熙十五年(1188)冬天,他到上饶访辛弃疾,留十日。别后辛弃疾写《贺新郎》词寄他,他和了一首;以后又用同一词牌往复唱和。这首《破阵子》大约也是这一时期写的。

全词从意义上看,前九句是一段,十分生动地描绘出一位忠勇的将军的形象,从而表现了词人的宏大抱负。末一句是一段,以沉痛的慨叹,抒发了"壮志难酬"的悲愤。壮和悲,理想和现实,形成强烈的对照。从这对照中,可以想到当时南宋朝廷的腐朽,想到人民的苦难,想到所有爱国志士报国无门的苦闷。由此可见,极其豪放的词,同时也可以写得极其含蓄,只不过和婉约派的含蓄不同罢了。

这首词在声调方面有一点值得注意。《破阵子》上下两片各有两个六字句,都是平仄互对的,即上句为"仄仄平平仄仄",下句为"平平仄仄平平",这就构成了和谐的、舒徐的音节。上下片各有两个七字句,却不是平仄互对,而是仄仄平平平仄仄,仄仄平平平仄仄平平,这就构成了拗怒的、激越的音节。和谐与拗怒,舒徐与激越,形成了矛盾统一。作者很好地运用了这种矛盾统一的声调,恰切地表现了抒情主人公复杂的心理变化和梦想中的战斗准备、战斗进行、战斗胜利等许多场面的转换,收到了绘声绘色、声情并茂的艺术效果。

这首词在布局方面也有一点值得注意。"醉里挑灯看剑"一句,突然发端,接踵而来的是闻角梦回、连营分炙、沙场点兵、克敌制胜,有如鹰隼突起,凌空直上。而当翱翔天际之时,陡然下跌,发出了"可怜白发生"的喟叹,使读者不能不为作者的壮志难酬一洒同情之泪。

这种陡然下落,同时也戛然而止的写法,如果运用得好,往往因其出人意外而扣人心弦,产生强烈的艺术效果。

李白有一首《越中览古》:"越王勾践破吴归,战士还家尽锦衣。宫女如花满春殿,只今惟有鹧鸪飞!"沈德潜指出:"三句说盛,一句说衰,其格独创。"其命意与辛词迥异,但布局却有相通之处,可以参看。

(霍松林)

鹧鸪天

有客慨然谈功名,因追忆少年时事,戏作

壮岁旌旗拥万夫,锦襜突骑渡江初。燕兵夜娖银胡䩮,汉箭朝飞金仆姑。　　追往事,叹今吾,春风不染白髭须。却将万字平戎策,换得东家种树书。

　　宋高宗绍兴三十一年(1161),金主完颜亮率大军南下,其后方比较空虚,北方被占区的人民,乘机进行起义活动。山东济南的农民耿京,领导一支起义军,人数达二十余万,声势浩大。当时年才二十二岁的辛弃疾,也组织了二千多人的起义队伍,归附耿京,为耿京部掌书记。辛弃疾建议起义军和南宋取得联系,以便配合战斗。第二年正月,耿京派他们一行十余人到建康(今江苏南京)谒见宋高宗。高宗得讯,授耿京为天平军节度使,授辛弃疾承务郎。辛弃疾等回到海州,听到叛徒张安国杀了耿京,投降金人,义军溃散。他立即在海州组织五十名勇敢义兵,直趋济州(治今山东巨野)张安国驻地,要求和张会面,出其不意,把张缚置马上,再向张部宣扬民族大义,带领上万军队,马不停蹄地星夜南奔,渡过淮水才敢休息。到临安把张安国献给南宋朝廷正法。辛弃疾这种忠心为国、智勇过人的传奇般的英雄行为,在封建社会的文人中是绝无仅有、极堪惊叹的。这首词的上片写的就是上述

作者这段出色的经历。"壮岁旌旗拥万夫,锦襜突骑渡江初。"上句写作者年青时参加领导抗金义军;下句写擒获张安国带义军南下。"锦襜突骑",即穿锦绣短衣的快速骑兵。"燕兵夜娖银胡䩮,汉箭朝飞金仆姑。"写南奔时突破金兵防线,和金兵战斗。燕兵,指金兵。"夜娖银胡䩮",夜里提着兵器追赶。娖,通"捉";胡䩮,箭袋。一说,枕着银胡䩮而细听之意。娖,谨慎貌;胡䩮是一种用皮制成的测听器,军士枕着它,可以测听三十里内外的人马声响,见《通典》。两说皆可通,今取前说。"汉箭"句,指义军用箭回射金人。金仆姑,箭名,见《左传·庄公十一年》。四句写义军军容之盛和南奔时的紧急战斗情况,用"拥"字"飞"字表动作,从旌旗、军装、兵器上加以烘托,写得如火如荼,有声有色,极为饱满有力。

宋高宗没有抗金的决心,又畏惧起义军。辛弃疾南归之后,义军被解散,安置在淮南各州县的流民中生活;他本人被任为江阴佥判,一个地方助理小官,给他们劈头一个严重的打击,使他们大为失望。后来辛弃疾在各地做了二十多年的文武官吏,因进行练兵筹饷的活动,常被弹劾,罢官家居江西的上饶、铅山,也接近二十年。他处处受到投降派的掣肘,报效国家的壮志难酬。这首词是他晚年家居时,碰到客人和他谈起建立功名的事,引起他回想从青年到晚年的经历而作的。

下片,"追往事,叹今吾,春风不染白髭须"。上二句今昔对照,一"追"一"叹",包含多少岁月,多少挫折;又灵活地从上片的忆旧引出下片的叙今。第三句申明"叹今吾"的主要内容。草木经春风的吹拂能重新变绿,人的须发在春风中却不能由白变黑。感叹年老不能回到青春,岁月虚度的可惜,这是一层;白髭须和上片的壮岁对照，和句中的春风对照，又各为一层；不甘心年老，言外有壮志未能抛却之意，又自为一层。一句中有多层含意，感慨极为深沉。"却将万字平戎策，换得东家种树书"，以最鲜明、最典型的形象，突出作者的理想与现实的尖锐矛盾，突出他一生的政治悲剧，把上一句的感慨引向更为深化、极端沉痛的地步。平戎策，指作者南归后向朝廷提出的《美芹十论》《九议》等在政治上、军事上都很有价值的抗金意见书。上万字的平戎策毫无用处，倒不如向人换来种树书，还有一些生产上的实用价值，这是一种什么样的政治现实？对于作者将是一种什么样的生活感受？可想而知。陆游《小园》诗："骏马宝刀俱一梦，夕阳闲和饭牛歌。"刘克庄《满江红》词："生怕客谈榆塞事，且教儿诵《花间集》。"和这两句意境相近，也写得很悲；但联系作者生平的文才武略、英雄事迹来看，这两句的悲慨程度还更使人扼腕不已。

这首词以短短的五十五个字，深刻地概括了一个抗金名将的悲剧遭遇。上片雄壮，气盖万夫；下片悲凉，心伤透骨。悲壮对照，悲壮结合，真如彭孙遹《金粟词话》评辛词所说的"激昂排宕，不可一世"，是作者最出色、最有分量的小令词。　　（陈祥耀）

473

永遇乐

京口北固亭怀古

千古江山，英雄无觅，孙仲谋处。舞榭歌台，风流总被，雨打风吹去。斜阳草树，寻常巷陌，人道寄奴曾住。想当年，金戈铁马，气吞万里如虎。　　元嘉草草，封狼居胥，赢得仓皇北顾。四十三年，望中犹记，烽火扬州路。可堪回首，佛狸祠下，一片神鸦社鼓。凭谁问：廉颇老矣，尚能饭否？

　　此词作于开禧元年(1205)。当时，韩侂胄正准备北伐。闲废已久的辛弃疾于前一年被起用为浙东安抚使，这年春初，又受命知镇江府，出镇江防要地京口(今江苏镇江)。从表面看来，朝廷对他似乎很重视，然而实际上只不过是利用他那主战派元老的招牌作为号召而已。辛弃疾到任后，一方面积极布置军事进攻的准备工作；但另一方面，他又清楚地意识到政治斗争的险恶，自身处境的孤危，深感很难有所作为。一片紧锣密鼓的北伐声，当然能唤起他恢复中原的豪情壮志，但是他对独揽朝政的韩侂胄轻敌冒进，又感到忧心忡忡。这种老成谋国，忧深思远的矛盾交织的心理状态，在这首篇幅不大的作品里充分地表现出来，使之成为传诵千古的名篇，而被后人推为压卷之作(见杨慎《词品》)。这当然

首先决定于作品深厚的思想内容,但同时也因为它代表辛词在语言艺术上特殊的成就,特别是典故运用得非常成功;通过一连串典故的暗示和启发,丰富了作品的形象,深化了作品的主题思想。

词以"京口北固亭怀古"为题。京口是三国时吴大帝孙权设置的重镇,并一度为都城,也是南朝宋武帝刘裕生长的地方。面对雄伟江山,缅怀历史上的英雄人物,正是像辛弃疾这样的英雄志士应有之情,题中应有之意,词正是从这里着笔的。

孙权以区区江东之地,抗衡曹魏,拓宇开疆,造成了三国鼎峙的局面。尽管物换星移,沧桑屡变,歌台舞榭,遗迹沦湮,然而他的英雄业绩则是和千古江山相辉映的。刘裕崛起孤寒,以京口为基地,削平了内乱,取代了东晋政权。他曾两度挥戈北伐,收复了黄河以南大片故土。这些振奋人心的历史事实,被形象地概括在"想当年,金戈铁马,气吞万里如虎"三句话里。英雄人物留给后人的印象是深刻的,因而"斜阳草树,寻常巷陌",传说中他的故居遗迹,还能引起人们的瞻慕追怀。在这里,作者发的是思古之幽情,写的是现实的感慨。无论是孙权或刘裕,都是从百战中开创基业,建国东南的。这和南宋统治者偷安江左、忍耻忘仇的懦怯表现,是多么鲜明的对照!

如果说,词的上片借古意以抒今情,还比较轩豁呈露,那么,在下片里,作者通过典故所揭示的历史意义和现实感慨,却意深而味隐了。

下片共十二句,有三层意思。层层转折,愈转愈深。被组织在词中的历史人物和事件,血脉动荡,和词人的思想感情融成一片,赋予作品沉郁顿挫的风格,深宏博大的意境。

"元嘉草草"三句,用古事影射现实,尖锐地提出一个历史教训。这是第一层。

史称南朝宋文帝刘义隆"自践位以来,有恢复河南之志"(见《资治通鉴·宋纪》)。他曾三次北伐,都没有成功,特别是元嘉二十七年(450)那最后一次,失败得更惨。用兵之前,他听取彭城太守王玄谟陈北伐之策,非常激动,说:"闻玄谟陈说,使人有封狼居胥意。"(见《宋书·王玄谟传》)《史记·卫将军骠骑列传》载,卫青、霍去病各统大军分道出塞与匈奴战,皆大胜,霍去病于是"封狼居胥山,禅于姑衍"。封、禅,谓积土为坛于山上,祭天曰封,祭地曰禅,报天地之功,为战胜也。"有封狼居胥意"谓有北伐必胜的信心。当时占据北中国的北魏,并非无隙可乘;南北军事实力的对比,北方也并不占优势。倘能妥为筹划,谋而后动,虽未必能成混一之功,然而收复一部分河南旧地,则是完全可能的。无如宋文帝急于事功,头脑发热,听不进老臣宿将的意见,轻启兵端。结果不仅没有得到预期的胜利,反而招致北魏拓跋焘大举南侵,弄得两淮残破,胡马饮江,国势一蹶而不振了。这一事件,对当时现实所提供的历史鉴戒,是发人深省的。稼轩是在语重心长地告诫南宋朝廷:要慎重啊! 你看,元嘉北伐,由于草草从事,"封狼居胥"的壮举,只落得"仓皇北顾"的哀愁。

想到这里,稼轩不禁抚今追昔,感慨系之。随着作者思绪的剧烈波动,词意不断深化,而转入了第二层。

稼轩是四十三年前,即绍兴三十二年(1162)率众南归的。正如他在《鹧鸪天》一词中所说的那样:"壮岁旌旗拥万夫,锦襜突骑渡江初,燕兵夜娖银胡靫,汉箭朝飞金仆姑。"那沸腾的战斗岁月,是他英雄事业的发轫之始。当时，宋军在采石矶击破南犯的金兵，完颜亮为部下所杀，人心振奋，北方义军纷起，动摇了女真贵族在中原的统治，形势是大有可为的。刚即位的宋孝宗也颇有恢复之志，起用主战派首领张浚，积极进行北伐。可是符离溃退后，他就坚持不下去了，于是主和派重新得势，再一次与金国通使议和。从此，南北分裂就进入了一个相对稳定的状态，而稼轩的生平抱负也就无从施展，"却将万字平戎策，换得东家种树书"（同上词）了。时机是难得而易失的。四十三年后，重新经营恢复中原的事业，民心士气，都和四十三年前有所不同，当然要困难得多。"烽火扬州"和"佛狸祠下"的今昔对照所展示的历史图景，正唱出了稼轩四顾苍茫，百端交集，不堪回首忆当年的感慨心声。

　　"佛狸祠下，一片神鸦社鼓"两句用意是什么呢？佛狸祠在长江北岸今江苏南京市六合区东南的瓜步山上。永嘉二十七年，北魏太武帝拓跋焘南侵时，曾在瓜步山上建行宫，后来成为一座庙宇。拓跋焘小字佛狸，当时流传有"虏马饮江水，佛狸明年死"的童谣，所以民间把它叫做佛狸祠。这所庙宇，南宋时犹存。词中提到佛狸祠，似乎和北魏南侵有关，所以引起了理解上的种种歧异。其实这里的"神鸦社鼓"，也就是东坡《浣溪沙》词里所描绘的"老幼扶携收麦社，乌鸢翔舞赛神村"的情景，是一幅迎神赛会的生活画面。在古代，迎神赛会，是普遍流行的民间风俗，和农村生产劳动是紧密联系着的。在终年辛勤劳动中，农民祈晴祈雨，以及种种生活愿望的祈祷，都离不开神。利用社日的迎神赛会，歌舞作乐，一方面酬神娱神，一方面大家欢聚一番。在农民看来，只要是神，就会管生产和生活中的事，就会给他们以福佑。有庙宇的地方,就会有"神鸦社鼓"的祭祀活动。至于这一座庙宇供奉的是什么神,对农民说来,是无关宏旨的。佛狸祠下迎神赛会的人们也是一样,他们只把佛狸当作一位神祇来奉祀,而决不会审查这神的来历,更不会把七百多年前的北魏入侵者和金人联系起来。因而,"神鸦社鼓"所揭示的客观意义,只不过是农村生活的一种环境气氛而已,正不必凿之使深。然而稼轩在词里摄取佛狸祠这一特写镜头,则是有其深刻寓意;它和上文的"烽火扬州"有着内在的联系,都是从"可堪回首"这句话里生发出来的。四十三年前,完颜亮发动南侵,曾以扬州作为渡江基地,而且也曾驻扎在佛狸祠所在的瓜步山上,严督金兵抢渡长江。以古喻今,佛狸很自然地就成了完颜亮的影子。稼轩曾不止一次地以佛狸影射完颜亮。例如在《水调歌头》词中说:"落日塞尘起,胡骑猎清秋。汉家组练十万,列舰耸层楼。谁道投鞭飞渡,忆昔鸣髇血污,风雨佛狸愁。"词中的佛狸,就是指完颜亮,正好作为此词的注脚。佛狸祠在这里是象征南侵者所留下的痕迹。四十三年过去了,当年扬州一带烽火漫天,瓜步山也留下了南侵者的足迹,这一切记忆犹新,而今佛狸祠下却是神鸦社鼓,一片和平景象,全无战斗气氛。稼轩感到不堪回首的是,隆兴和议以来,朝廷苟且偷安,放弃了多少北伐抗金的好时机,使得自己南归四十多年,而恢复中原的壮志无从实现。在这里,深沉的时代悲哀和个人身世的感慨交织在一起。

那么,稼轩是不是认为时机已失,事情就不可为呢?当然不是这样。对于这次北伐,他是赞成的,但认为必须做好准备工作;而准备是否充分,关键在于举措是否得宜,在于任用什么样的人主持其事。他曾向朝廷建议，应当把用兵大计委托给元老重臣，隐然以此自任，准备以垂暮之年，挑起这副重担；然而事情并不是他所想象的那样，于是他就发出"凭谁问：廉颇老矣，尚能饭否"的慨叹，词意转入了最后一层。

只要读过《史记·廉颇蔺相如列传》的人，都会很自然地把"一饭斗米，肉十斤，披甲上马"的老将廉颇，和"精神此老健如虎，红颊白须双眼青"（刘过《呈稼轩》诗中语）的辛稼轩联系起来，感到他借古人为自己写照，形象是多么饱满、鲜明，比拟是多么贴切、逼真！不仅如此，稼轩选用这一典故还有更深刻的用意，这就是他把个人的政治遭遇放在当时宋金民族矛盾以及南宋统治集团的内部矛盾的焦点上来抒写自己的感慨，赋予词中的形象以更丰富的内涵，从而深化了词的主题。这可以从下列两方面来体会。

首先，廉颇在赵国，不仅是一位"以勇气闻于诸侯"的猛将，而且在秦赵长期相持的斗争中，是一位能攻能守，勇猛而不孟浪，持重而非畏缩，为秦国所惧服的老臣宿将。赵王之所以"思复得廉颇"，也是因为"数困于秦兵"。因而廉颇的用舍行藏，关系到赵秦抗争的局势、赵国国运的兴衰，而不仅仅是廉颇个人升沉得失的问题。其次，廉颇之所以终于没有被赵王起用，则是由于他的仇人郭开搞阴谋诡计，蒙蔽了赵王。廉颇个人的遭遇，正反映了当时赵国统治集团内部的矛盾和斗争。从这一故事所揭示的历史意义，结合稼轩四十三年来的身世遭遇，特别是从不久后他又被韩侂胄一脚踢开，罢官南归时所发出的"郑贾正应求死鼠，叶公岂是好真龙"（《瑞鹧鸪·乙丑奉祠舟次余杭作》）的慨叹，再回过头来体会他作此词时的处境和心情,我们就会更深刻地理解他的忧愤之深广,也会惊叹于他用典的出神入化了。

岳珂在《桯史·稼轩论词》条说:他提出《永遇乐》一词"觉用事多"之后,稼轩大喜,"酌酒而谓坐中曰:'夫君实中余痼.'乃味改其语,日数十易,累月犹未竟"。人们往往从这一段记载引出这样一条结论:稼轩词用典多,是个缺点,但他能虚心听取别人意见,创作态度可谓严肃认真。而这则材料所透露的另一条重要信息却为人们所忽视:以稼轩这样一位语言艺术大师,为什么会"味改其语,日数十易,累月犹未竟",想改而终于改动不了呢?这不恰恰说明,这首词用典虽多,然而却用得天造地设,它们所起的作用,在语言艺术上的能量,不是直接叙述和描写所能代替的。就这首词而论,用典多并不是稼轩的缺点,而正体现了他在语言艺术上的特殊成就。

(马　群)

南乡子

登京口北固亭有怀

何处望神州？满眼风光北固楼。千古兴亡多少事？悠
悠，不尽长江滚滚流！　　年少万兜鍪①，坐断东南战
未休。天下英雄谁敌手？曹刘。生子当如孙仲谋！

〔注〕① 兜鍪：俗语叫头盔，词中借指兵士。

　　稼轩在宋宁宗嘉泰三年(1203)六月被起用为知绍兴府兼浙
东安抚使。嘉泰四年三月，改派到镇江去做知府。镇江，在历史
上曾是英雄用武和建功立业之地，此时成了与金人对垒的第二道
防线。每当他登临京口(即镇江)北固亭时，触景生情，不胜感慨
系之。

　　"何处望神州？满眼风光北固楼。"举目远望，我们的中原故
土在哪里呢？哪里能够看到，收入眼底的只有北固楼周遭一片美
好的风光了！此时南宋与金以淮河分界，稼轩站在长江之滨的北
固楼上，翘首遥望江北金兵占领区，大有风景不殊、山河改异之
感。望神州何处？弦外之音是中原已非我有了！开篇这突如其
来的呵天一问，声可裂云。

　　收回遥望的视线，看这北固楼近处的风物："千古江山，英雄
无觅，孙仲谋处。舞榭歌台，风流总被，雨打风吹去。"(《永遇乐》)

想当年,这里金戈铁马,曾演出多少轰轰烈烈的历史戏剧啊! 北固楼的"满眼风光",那壮丽的自然山水里似乎隐隐弥漫着历史的烟云,这不禁引起了词人千古兴亡之感。

因此,词人接下来再问一句:"千古兴亡多少事?"世人们可知道,千年来在这块土地上经历了多少朝代的兴亡事变? 这句问语纵观千古成败,意味深长。然而,往事悠悠,英雄往矣,只有这无尽的江水依旧滚滚东流。"悠悠,不尽长江滚滚流!""悠悠"者,兼指时间之漫长久远,和词人思绪之无穷也。"不尽长江滚滚流",借用杜甫《登高》诗句:"无边落木萧萧下,不尽长江滚滚来。"千古兴亡多少事,逝者如斯乎? 而词人胸中翻滚的不尽愁思和感慨,又何尝不似这长流不息的江水呢!

"大江东去,浪淘尽、千古风流人物",想当年,在这江防战略要地,多少英雄"金戈铁马,气吞万里如虎"。三国时代的孙权就是其中最杰出的一位。"年少万兜鍪,坐断东南战未休。"他年纪轻轻就统率千军万马,雄踞东南一方,奋发自强,战斗不息,何等英雄气概! 据历史记载:孙权十九岁继父兄之业统治江东,西征黄祖,北拒曹操,独据一方。赤壁之战大破曹兵,年方二十七岁。因此可以说,上面这两句是实写史事,因为它是千真万确的历史,因而更具有说服力。作者在这里一是突出了孙权的年少有为,"年少"而敢于与雄才大略、兵多将广的强敌曹操较量,这就需要非凡的胆识。二是突出了孙权的盖世武功,他不断征战,不断壮大。而他之"坐断东南",形势与南宋政权相似。显然,稼轩热情歌颂孙权的不畏强敌,坚决抵抗,并战而胜之,正是反衬当朝文武的庸碌无能、懦怯苟安。

下面,稼轩为了把这层意思进一步发挥,不惜以夸张之笔极力渲染孙权不可一世的英姿。他异乎寻常地第三次发问,以提请人们注意:"天下英雄谁敌手?"若问天下英雄谁配称他的敌手呢?作者自问又自答曰:"曹刘",唯曹操与刘备耳! 据《三国志·蜀书·先主传》记载:曹操曾对刘备说:"今天下英雄,惟使君(刘备)与操耳。"稼轩便借用这段故事,把曹操和刘备请来给孙权当配角,说天下英雄只有曹操、刘备才堪与孙权争胜。我们知道,曹、刘、孙三人,论智勇才略,孙权未必在曹刘之上。稼轩在《美芹十论》中对孙权的评价也并不太高,然而,在这首词里,词人却把孙权作为三国时代第一流叱咤风云的英雄来颂扬,其所以如此用笔,实借凭吊千古英雄之名,慨叹当今南宋无大智大勇之人执掌乾坤也! 这种用心,更于篇末见意。

《三国志·吴书·吴主传》注引《吴历》说:曹操有一次与孙权对垒,见吴军乘着战船,军容整肃,孙权仪表堂堂,威风凛凛,乃喟然叹曰:"生子当如孙仲谋,刘景升(刘表)儿子若豚犬耳!"一世之雄如曹操,对敢于与自己抗衡的强者,投以敬佩的目光,而对于那种不战而请降的懦夫,若刘景升儿子刘琮则鄙夷之至,斥为任人宰割的猪狗。把大好江山拱手奉献敌人,还要为敌人耻笑辱骂,这不就是历史上所有屈膝乞和、觍颜事仇的软骨头们共同的可悲命运吗!

曹操所一褒一贬的两种人,形成了极其鲜明、强烈的对照,在南宋风雨飘摇的政局中,不也有着主战与主和两种人吗? 这当然不便明言,只好由读者自己去联想了。聪明的词人只做正面文章,对刘景升儿子这个反面角色,便不指名道姓以示众了。然而妙就妙在纵然作者不予道破,而又能使人感到不言而喻。因为上述曹操这段话众所周知,虽然稼轩只说了前一句赞语,人们马上就会联想起后面那句骂人的话,从而使人意识到稼轩的潜台词:可笑当朝主和议的衮衮诸公,不都是刘景升儿子之类的猪狗吗!词人此种别开生面的表现手法,颇类似歇后语的作用,是十分巧妙的。而且在写法上这一句与上两句意脉不断,衔接得很自然。上两句说,天下英雄中只有曹操、刘备配称孙权的对手。你不信么? 连曹操都这样说,生儿子要像孙权这个样呢! 真是曲尽其妙,而又意在言外,令人叫绝!

再从"生子当如孙仲谋"这句话的蕴含和思想深度来说,南宋时代人,如此艳羡孙权,实是那个时代特有的社会心理的反映。因为南宋朝廷实在太萎靡庸碌了,在历史上,孙权能称雄江东于一时,而南宋经过了好几代皇帝,竟没有出一个像孙权一样的人!所以,"生子当如孙仲谋"这句话,本是曹操的语言,现在由辛弃疾口中说出,却是代表了南宋人民要求奋发图强的时代的呼声。

这首词通篇三问三答,互相呼应,感怆雄壮,意境高远。它与稼轩同时期所作另一首登北固亭词《永遇乐》相比,一风格明快,一沉郁顿挫,同是怀古伤今,写法大异其趣,而都不失为千古绝唱,亦可见稼轩五光十色之大手笔也。

(高　原)

水调歌头

送章德茂大卿使虏

不见南师久，漫说北群空。当场只手，毕竟还我万夫雄。自笑堂堂汉使，得似洋洋河水，依旧只流东？且复穹庐拜，会向藁街逢！　　尧之都，舜之壤，禹之封。于中应有，一个半个耻臣戎！万里腥膻如许，千古英灵安在，磅礴几时通？胡运何须问，赫日自当中！

　　在抒发爱国豪情、促进词体发展的大合唱中，陈亮高亢的歌喉十分引人注意。在陈亮的爱国词中，这首送章德茂（名森）的《水调歌头》自张一帜，颇有特色。立意高远而又章法整饬，即其特色之一。苟且偷安的南宋朝廷，自与金签订了"隆兴和议"以后，两国间定为叔侄关系，常怕金以轻启边衅相责，借口又复南犯，不敢作北伐的准备。每年元旦和双方皇帝生辰，还按例互派使节祝贺，以示和好。虽貌似对等，但金使到宋，待若上宾，宋使在金，多受屈辱；故南宋有志之士，对此极为愤懑不平。淳熙十二年（1185）十二月，宋孝宗命章森以大理少卿试户部尚书衔为贺万春节（金世宗完颜雍生辰）正使，陈亮作词送行，便表达了不甘屈辱的正气，与誓雪国耻的豪情。对这种耻辱性的事件，一般是很难写出振奋人心的作品，但陈亮由于有不熄的政治热情和对诗词

创作的独特见解,敏感地从消极的事件中发现有积极意义的因素,开掘词意,深化主题,使作品气势磅礴,豪情满纸。

词一开头,就把笔锋直指金人,警告他们别错误地认为南宋军队久不北伐,就没有能征善战的人才。"漫说北群空"用韩愈《送温处士赴河阳军序》"伯乐一过冀北之野而马群遂空"的字面而反其意,以骏马为喻,说明此间大有人在。"当场"两句,转入章森出使之事,意脉则仍承上句以骏马喻杰士,言章森身当此任,能只手举千钧,在金廷显出英雄气概。"还我"二字含有深意,暗指前人出使曾有屈于金人威慑,有辱使命之事,期望和肯定章森能恢复堂堂汉使的形象。无奈宋弱金强,这已是无可讳言的事实,使金而向彼国国主拜贺生辰,有如河水东流向海,岂能甘心,故一面用"自笑"解嘲,一面又以"得似……依旧"的反诘句式表示不堪长此居于屈辱的地位。这三句句意对上是一跌,借以转折过渡到下文"且复穹庐拜,会向藁街逢"。"穹庐",北方游牧民族所居毡帐,这里借指金廷。"藁街"本是汉长安城南门内"蛮夷邸"所在地,汉将陈汤曾斩匈奴郅支单于首悬之藁街。这两句是说,这次遣使往贺金主生辰,是因国势积弱暂且再让一步;终须发愤图强,战而胜之,获彼王之头悬于藁街。"会"字有将必如此之意。两句之中,上句是退一步,承认现实;下句是进两步,提出理想,且与开头两句相呼应。这是南宋爱国志士尽心竭力所追求的恢复故土、一统山河的伟大目标。上片以此作结,对章森出使给以精神上的鼓励与支持,是全词的"主心骨"。下片没有直接实写章森,但处处以虚笔暗衬对他的勖勉之情。"尧之都"五句,转而激愤地提出:在尧、舜、禹圣圣相传的国度里,总该有一个、半个耻于向金人称臣的人吧！"万里腥膻如许"三句,谓广大的中原地区,在金人统治之下成了这个样子,古代杰出人物的英魂何在? 正气、国运何时才能磅礴伸张? 最后两句,总挽全词,词人坚信:金人的气数何须一问,宋朝的国运如烈日当空,方兴未艾。

全词不是孤立静止地描写人和事,而是把人和事放在发展变化的过程中加以表现。这样的立意,使作品容量增大,既有深度,又有广度。从本是有失民族尊严的旧惯例中,表现出强烈的民族自豪感;从本是可悲可叹的被动受敌中,表现出灭敌的必胜信心。马卡连柯说过:过去的文学,是人类一本痛苦的"老账簿"。南宋爱国词的基调,也可这样说。但陈亮这首《水调歌头》,由于立意高远,在同类豪放作品中,似要高出一筹。它通篇洋溢着乐观主义的情怀,充满了昂扬的感召力量,使人仿佛感到在暗雾弥漫的夜空,掠过几道希望的火花。这首词尽管豪放雄健,但无粗率之弊。全篇意脉贯通,章法井然。开头以否定句式入题,比正面叙说推进一层,结尾遥应开头而又拓开意境。中间十五句,两大层次。前七句主要以直叙出之,明应开头;后八句主要以诘问出之,暗合开篇。上下两片将要结束处,都以疑问句提顿蓄势,形成飞喷直泻、欲遏不能的势态,使结句刚劲有力且又宕出远神。词是音乐语言与文学语言紧密结合的特殊艺术形式。词的过片,是音乐最动听的地方,前人填词都特别注意这关键处。陈亮在这首思想性很强的《水调歌头》中,也成功地运用了这一艺术技巧。他把以连珠式的短促排句领头的、全篇最激烈的文字:"尧之都,舜之壤,禹之封,于中应有,一个半个耻臣戎!"适当地安插在过片处,如奇峰突起,如利剑出鞘,因而也充分地表达了作者炽烈的感情,突出地表现了作品的主旨。

以论入词而又形象感人,是本篇又一重要特色。陈亮在《上孝宗皇帝第一书》中说:"南师之不出,于今几年矣!河洛腥膻,而天地之正气抑郁而不得泄,岂以堂堂中国,而五十年之间无一豪杰之能自奋哉?"在《与章德茂侍郎》信中说:"主上有北向争天下之志,而群臣不足以望清光。使此恨磊磈而未释,庸非天下士之耻乎!世之知此耻者少矣。愿侍郎为君父自厚,为四海自振!"这首《水调歌头》便是他这些政治言论的艺术概括。叶適《书龙川集后》说陈亮填词"每一章就,辄自叹曰:'平生经济之怀,略已陈矣!'"可见他以政论入词,不是虚情造作或抽象说教,而是他"平生经济之怀"的自觉袒露,是他火一般政治热情的自然喷发。梁启超《中国韵文里头所表现的情感》一文认为这类作品"都是情感突变,一烧烧到白热度,便一毫不隐瞒,一毫不修饰,照那情感的原样子,迸裂到字句上。我们既承认情感越发真,越发神圣;讲真,没有真得过这一类了。这类文学,真是和那作者的生命分劈不开!"这些话,可能有过甚其辞之处,但对理解和欣赏这首词还是有启发的。陈亮此词正是他鲜明个性的化身,是他自我形象的一种表现。

清人陈廷焯在《白雨斋词话》中批评这首《水调歌头》"就词论,则非高调"。这未免片面。一般地说,词贵含蓄,但并非绝对。没有真情实感,即使十分含蓄,也浮泛无味;有了真情实感,即使非常率直,也能生动感人。此词虽直,但不肤浅乏味,直中有深情,直而有长味,直得给人一种称心畅怀的美感。这应是词中"高调"。在千载之下,其光耀眼、其热炙手、其势逼人的披文入情的直接感染力量,仍能使人感奋,新人耳目,摇人心旌。　　　　　　(陆　坚)

沁园春

寄辛承旨①。时承旨招，不赴。

斗酒彘肩，风雨渡江，岂不快哉！被香山居士，约林和靖，与坡仙老，驾勒吾回②。坡谓西湖，正如西子，浓抹淡妆临镜台。二公者，皆掉头不顾，只管衔杯。　　白云天竺飞来，图画里、峥嵘楼观开。爱东西双涧，纵横水绕；两峰南北，高下云堆。逋曰不然，暗香浮动，争似孤山先探梅。须晴去，访稼轩未晚，且此徘徊。

〔注〕　① 辛承旨：辛弃疾进枢密院都承旨在开禧三年秋间。刘过已卒。此为后人追改无疑。　② 驾勒吾回：即"勒吾驾回"之倒装。拉回我的车马之意。

　　这是一首文情诙诡、妙趣横生的好词。据《桯史》载："嘉泰癸亥岁，改之在中都时，辛稼轩弃疾帅越。闻其名，遣介招之。适以事不及行。作书归辂者，因效辛体《沁园春》一词，并缄往，下笔便逼真。"则此词乃为推迟行期而作。而招朋结侣，驱遣鬼仙，真是一篇游戏三昧的奇文。它的特点，可用豪放清奇四字加以概括。劈头三句，就是豪放之极的文字。"斗酒彘肩"，用樊哙事。樊哙在鸿门宴上一口气喝了一斗酒，吃了一只整猪腿。凭仗着他的神力与胆气，保护刘邦平安脱险。作者用这个典故，以喻想稼轩招待自己之饮馔。他与稼轩皆天下豪士，则宴上所食自与项羽、樊哈相若也。这段文字突兀而起,写得极有性格和气势,真是神来之笔。然而就在这文意奔注直下的时候,却突然来了一个大转弯。这次浙东快游忽然被取消。被几位古代的文豪勒转了他的车驾,只得回头。笔势陡变,奇而又奇,是想落天外的构思。如果说前三句以赴会浙东为一个内容的话,那么第四句以下直至终篇,则以游杭为另一内容。从章法上讲,它打破了两片的限制,是一种跨片之格。香山居士为白居易的别号,坡仙就是苏东坡,他们都曾当过杭州长官,留下了许多名章隽句。林和靖是宋初高士,梅妻鹤子隐于孤山,诗也作得很好。刘过把这些古代的贤哲扯到词里,与湖山胜景打成一片,又跟自己喝酒聊天,不是太离奇了么?因为这些古人曾深情地歌咏过这里的山水,实际上与湖山胜概已连在一起。东坡有"若把西湖比西子,淡妆浓抹总相宜"的妙句。白居易也有"一山分作两山门,两寺原从一寺分。东涧水流西涧水,南山云起北山云"(《寄韬光禅师》诗)等讴歌天竺的名篇。而林和靖呢,他结庐孤山,并曾吟唱过"疏影横斜水清浅,暗香浮动月黄昏"的梅花佳句。刘过将不同时代的文人放在一起,体现了词人想象的独创性。刘勰主张"酌奇而不失其真,玩华而不坠其实",苏轼也说诗"以奇趣为宗,反常合道为趣"。刘过的这些夸饰也没有违背生活的真实,并没有超出合理的限度。它是恢奇的,但并不荒诞。他掇拾珠玉,出以清裁,给我们带来一阵清新的空气,带来一种审美的愉悦。

刘过的行辈比辛弃疾晚,地位也相差悬殊。但是刘过并不因此而缩手缩脚。他照样不拘礼数地同这位元老重臣、词坛泰斗呼名道姓,开些玩笑。这种器识胸襟不是那些镂红刻翠的词客所能企及的。洋溢于词中的豪情逸气、雅韵骚心是同他的"天下奇男子"的气质分不开的。俞文豹《吹剑录》云:"此词虽粗而局段高,固可睨视稼轩。视林、白之清致,则东坡所谓淡妆浓抹已不足道。稼轩富贵,焉能浼我哉。"推许词人的襟抱是对的。至于"粗"字问题,固然此词大起大落,不拘常格,显得有些粗犷。但是,词中承接呼应,却井井有条,并不草率。就以其结尾三句"须晴去,访稼轩未晚,且此徘徊"而言,它与发端几句扣合多么严密,真有滴水不漏的工夫。"须"是等待之意。等到天晴了再去相访,先在这里玩玩再说吧。首尾相扣,有如常山蛇阵,恐不得概以"粗"字目之。当然,像这样调侃古人、纵心玩世的作品,在当时的词坛上的确是罕见的。难怪岳珂要以"白日见鬼"相讥谑。这样的作品怕真也是不可无一,不可有二,未容他人学步的吧。　　　　(周笃文)

姜　夔

点绛唇

丁未冬过吴松作

燕雁无心，太湖西畔随云去。数峰清苦，商略黄昏雨。　　第四桥边，拟共天随住。今何许？凭栏怀古，残柳参差舞。

　　不读《点绛唇》"燕雁无心"一词，不足以知白石词堂庑之大、气象之大。此一尺幅短章之意境，包容了自然、人生、历史与时代，亦体现出词人之整个心灵。此词之意境，呈为一宇宙。

　　南宋淳熙十四年丁未(1187)之冬，白石往返于湖州苏州之间，经过吴松(今江苏苏州市吴江区)时，乃作此词。为何过吴松而作此词？此中自有一番缘故也。白石平生最心仪于晚唐隐逸诗人陆龟蒙，龟蒙生前隐居之地，正是吴松。词序吴松作三字，寓意至深。

　　上片之境，乃词人俯仰天地之境。"燕雁无心"。燕念平声(yān 烟)，北地也。燕雁即北来之雁。时值冬天，正见燕雁南飞。应知龟蒙咏北雁之诗甚多，如《孤雁》："我生天地间，独作南宾雁。"《归雁》："北走南征象我曹，天涯迢递翼应劳。"《京口》："雁频辞蓟北。"《金陵道》："北雁行行直。"《雁》："南北路何长。"白石平生浪迹江湖，又心仪龟蒙，诗词亦颇咏雁，诗如《雁图》《除夜》，词如《浣溪沙》及本词。劈头写入空中之燕雁，正是象喻漂泊之人生。无心即无机心，犹言纯任天然。点出燕雁随节候而飞之无心，则又喻示自己性情之纯任天然。此亦暗用龟蒙诗意。龟蒙《秋赋有期因寄袭美（皮日休）》："云似无心水似闲。"《和袭美新秋即事》："心似孤云任所之，世尘中更有谁知。"可以参证。下句紧接无心写出："太湖西畔随云去。"燕雁随了流云，沿着太湖西畔悠悠飞去。随云点染无心，去字状其飞远。燕雁之远去，申发自己漂泊江湖之感。随云而无心，则申发自己纯任天然之意。宋陈郁《藏一话腴》云："（白石）襟期洒落，如晋宋间人。语到意工，不期于高远而自高远。"可以印证。唯其身世凄凉襟期洒落如此，下文写出忧国伤时之念，就更深刻。太湖西畔一语，意境无限拓远。太湖包孕吴越，"天水合为一"（龟蒙《初入太湖》）。本词意境实与天地同大也。"数峰清苦。商略黄昏雨。"商略一语，本有商量之义，又有酝酿义，宋人诗词中习见。商量、酝酿，意亦接近。湖上数峰清寂愁苦，黄昏时分，正酝酿着一番雨意。数峰本自清苦，更兼日暮欲雨，此二句既写出雨意酣浓垂垂欲下之江南烟雨风景，亦写出数峰清苦无可奈何而又有所不甘之种种难堪情态。从来拟人写山，鲜此奇绝之笔。卓人月《词统》评云："商略二字，诞妙。"真会心之言。此是眼前之景，但又含心中之意。欲谛知其意蕴，待证诸下文。

　　下片之境，乃词人俯仰今古之境。"第四桥边，拟共天随住。"第四桥即"吴江城外之甘泉桥"（郑文焯《绝妙好词校录》），"以泉品居第四"故名（乾隆《苏州府志》）。此是龟蒙之故地。《吴郡图经续志》云："陆龟蒙宅在松江上甫里。"松江即吴江。天随者，天随子也,龟蒙之自号。天随语出《庄子·在宥》"神动而天随",意即精神每动皆随顺天然。龟蒙又自称江湖散人,《江湖散人传》云:"散人,散诞之人也。心散,意散,形散,神散,既无羁限,为时之怪民。"此一散字,亦可训解为纯任天然。但在世俗眼中,便是怪诞了。龟蒙学有本原,胸怀济世之志,其《村夜二篇》云:"岂无致君术,尧舜不上下。岂无活国方,颇牧齐教化。"可是他身当晚唐末世,举进士又不第,只好隐逸江湖。白石平生亦非无壮志,《昔游》诗云:"徘徊望神州,沉叹英雄寡。"《永遇乐》:"中原生聚,神京耆老,南望长淮金鼓。"但他亦试进士而不第,漂泊江湖一生。此陆、姜二人相似之一也。龟蒙精于《春秋》,其《甫里先生传》自述:"性野逸无羁检,好读古圣人书,探大籍识大义","贞元中,韩晋公尝著《春秋通例》,刻之于石","而颠倒漫漶翳塞,无一通者,殆将百年,人不敢指斥疵颣,先生恐误疑误后学,乃著书撼而辨之"。龟蒙与皮日休唱和诸五古,动辄数百千言,皆对中国历史文化心诵默念,作全幅体认,乃晚唐诗中皇皇巨制。白石则精于礼乐,曾于庆元三年(1197)"进《大乐议》于朝",时南渡已六七十载,乐典久亡,白石对当时乐制包括乐器乐曲歌辞,提出全面批评与建树之构想,"书奏,诏付太常。"(《宋史·乐志六》)以布衣而对传统文化负有高度责任感,此二人又一相同也。白石对龟蒙认同既深,神理相接,致有"沉思只羡天随子,蓑笠寒江过一生"(《三高祠》诗),及"三生定是陆天随"(《除夜》诗)之语。第四桥边,拟共天随住,亦此意也。第四桥边,其地仍在,天随子,其人往矣。中间下拟共二字,便将仍在之故地与已往之古人与自己粘连起来,泯没了古今时间之界限。真是深情所至,古今相通。《孟子·万章下》：“天下之善士，斯友天下之善士。以友天下之善士为未足，又尚论古之人，……是尚友也。”正是白石之谓也。住之一字亦可玩味，尚友古人数百年，安身立命天地间，意内而言外矣。此句收笔极重。以上写了自然、人生、历史，结笔更写出现时代，笔力无限。“今何许。凭栏怀古，残柳参差舞。”何许二字，语意极活，涵盖极大。何许有何时义，阮籍《咏怀》：“良辰在何许，凝霜沾衣襟。”可证。又有何处义，杜甫《宿青溪》：“我生本飘飘，今复在何许。”可证。还有为何义，万楚《题情人药栏》：“敛眉语芳草，何许太无情。”可证。更有如何义，陆游《桃源忆故人》：“试问岁华何许？芳草连天暮。”可证。“今何许”，笔势无限提升，意蕴无限广大。总而言之，是今世如何之意。析而言之，则兼含今是何世、世运至于何处、为何至此之意。此是囊括宇宙、人生、历史、时代之一大反诘，是充满哲学反思意味及积极入世精神之一大反诘。而其中重点，端在今之一字。凭栏怀古，气象阔大。古与今上下映照成文，补足此当头一大反诘之历史意蕴。应知此地古属吴越，吴越兴亡之殷鉴，曾引起晚唐龟蒙之悲怀：“香径长洲尽棘丛，奢云艳雨只悲风。吴王事事须亡国，未必西施胜六宫。”（《吴宫怀古》）亦不能不引起南宋白石之悲怀：“美人台上昔欢娱，今日空台望五湖。残雪未融青草死，苦无麋鹿过姑苏。”（《除夜》）怀古正是伤今。“今何许？残柳参差舞。”柳本纤弱，哪堪又残，故其舞也参差不齐，然而仍舞。舞之一字执著有力，苍凉之中，无限悲壮。此一自然意象，实为南宋衰世之象征，隐然并有不甘衰灭之意味。而其作为自然意象之本身，则又补足结笔当头一大反诘之自然意蕴。在祖国大诗人之笔下，大自然乃常与祖国分担忧患。结笔之意境，实为南宋国运之写照。返观"数峰清苦"二句,其意蕴正同于结笔,实为结尾之伏笔。在此九年之前,辛稼轩作《摸鱼儿》,结云:"休去倚危栏,斜阳正在烟柳断肠处。"乃是同一意境。白石本词用"舞"字结穴,苍凉之中,无限悲壮。

陈廷焯《白雨斋词话》云:"白石长调之妙,冠绝南宋。短章亦有不可及者,如《点绛唇·丁未冬过吴松作》一阕,通首只写眼前景物,至结处云'今何许,凭栏怀古,残柳参差舞',感时伤事,只用'今何许'三字提唱,'凭栏怀古'下仅以'残柳'五字咏叹了之,无穷哀感,都在虚处,令读者吊古伤今,不能自止,洵推绝调。"此评可谓卓见。此词将身世之感、家国之悲融为一片,乃南宋爱国词中无价瑰宝。而身世家国皆以自然意象出之,自然意象在词中占优势,又将自然、人生、历史(尚友天随与怀古)、时代打成一片。赋家之心,包括宇宙,此之谓也。尤其"今何许"之一大反诘,其意义虽着重于今,但其意味实远远超越之,乃是词人面对自然、人生、历史、时代所提出之一哲学反思。全词意境遂亦提升至于哲理高度。"今何许",真可媲美于《桃花源记》"问今是何世",《登幽州台歌》"前不见古人,后不见来者"。全词种种寄托,皆在虚处,若非了解其中历史文化及词学传统之意蕴,则无从谛知其真谛。此词艺术造诣,高度体现出白石词"清气盘空,如野云孤飞,去留无迹"(戈载《七家词选》)之特色。而声情之配合亦极精妙。上片首句首二字"燕雁"为叠韵,末句三四字"黄昏"为双声,下片同位句同位字"第四"又为叠韵,"参差"又为双声。分毫不爽,天然合度。双声叠韵之复沓,妙用在于为此一尺幅短章增添了声情绵绵无尽之致。

(邓小军)

鹧鸪天

元夕有所梦

肥水东流无尽期，当初不合种相思。梦中未比丹青见，
暗里忽惊山鸟啼。　　春未绿，鬓先丝，人间别久不成
悲。谁教岁岁红莲夜，两处沉吟各自知。

　　这是一首怀念旧日恋人的情词。姜夔青年时代在合肥曾经
有过一段情遇，所恋对象大约是姊妹二人。在长期浪迹江湖中，
他写了一系列深切怀念对方的词篇。宋宁宗庆元三年(1197)元
夕之夜，他做了一个重见往日情人的梦，梦醒后写了这首词。这
一年，上距合肥初遇时已经二十多年了。

　　首句以想象中的肥水起兴，兴中含比。肥水分东、西两支，这
里指东流经合肥入巢湖的一支。明点"肥水"，不但为交代这段情
缘的发生地，兼有表现此时词人沉思遥想之状的作用。映现在词
人脑海中的，固不仅有肥水悠悠向东流的形象，且有与合肥情遇
有关的一系列或温馨或痛苦的往事。"东流无尽期"的肥水，在这
里既像是悠悠流逝的岁月的象征，又像是在漫长岁月中无穷无尽
的相思和别恨的象征，起兴自然而意蕴丰富。正因为这段情缘带
来的是无穷无尽的痛苦思念，所以次句翻怨当初不该种下这段相
思情缘。"种相思"的"种"字用得精妙。相思子是相思树的果实，

故由相思而联想到相思树,又由树引出"种"字。它不但赋予抽象的相思以形象感,而且暗透出它的与时俱增、坚牢不消、在心田中种下刻骨镂心的长恨。"不合"二字,出语峭劲拗折,貌似悔种前缘,实为更有力地表现这种相思的深挚和它对心灵的长期痛苦折磨。

"梦中未比丹青见,暗里忽惊山鸟啼。"三、四两句切题内"有所梦",分写梦中与梦醒。刻骨相思,遂致入梦,但年深岁久,梦中所见伊人的形象也恍惚难辨,觉得还不如丹青图画所显现的更为真切。细味此句,似是作者藏有所爱女子的画像,平日相思时每常展玩,但总嫌不如面对伊人之真切,及至梦见伊人,却又觉得梦中形象不如丹青的鲜明。或觉丹青不如真容,或觉梦中未比丹青,总因未能重见对方所致。下句在语言上与上句对仗,意思则翻进一层,说梦境迷蒙中,忽然听到山鸟的啼鸣声,惊醒幻梦,遂使这"未比丹青见"的形象也消失无踪。如果说,上句是梦中的遗憾,下句便是梦醒后的惆怅。与所思者睽隔时间之长,地域之远,相见只期于梦中,但连这样不甚真切的梦也做不长,其懊丧更可知。上片至此煞住,而"相思""梦见",意脉不断,下片从另一角度再深入来写。

换头"春未绿"切元夕,开春换岁,又过一年,而春郊绿遍之时犹有所待;"鬓先丝"说自己羁旅漂泊,岁月蹉跎,鬓发已如丝般白了,即使芳春可赏,其奈老何! 两句为流水对,语取对照,情抱奇悲,富于象外之致。

接下来"人间别久不成悲"一句,是全词感情的凝聚点,饱含着深刻的人生体验和深沉的悲慨。真正深挚的爱情,总是随着岁月的增积而将记忆的年轮刻得更多更深,但在表面上,这种入骨的相思却并不常表现为热烈的爆发和强烈的外在悲痛,而是像深藏地底的熔岩,在平静甚至是冷漠的外表下潜行着炽热的激流。特别是由于离别年深,年年重复的相思和伤痛已经逐渐使感觉的神经末梢变得有些迟钝和麻木,心田中的悲哀也积累沉淀得太多太重,裹上了一层不易触动的外膜,在这种情况下,就连自己也仿佛意识不到内心深处潜藏的悲哀了。"多情却似总无情",这"不成悲"的表象正更深刻地反映了内心的深哀剧痛。而当作者清楚地意识到这一点时,悲痛的感情不免更进一层。这是久经感情磨难的中年人更加深沉内含、也更富于悲剧色彩的感情状态。在这种以近乎麻木的形式表现出来的刻骨铭心的伤痛面前,青年男女的缠绵悱恻、伤离惜别便不免显得浮浅了。

"谁教岁岁红莲夜,两处沉吟各自知。"红莲夜,指元宵灯节,红莲指灯节的花灯。欧阳修《蓦山溪·元夕》"剪红莲满城开遍",周邦彦《解语花·元宵》"露浥红莲,灯市花相射",均可证。歇拍以两地相思、心心相知作结。"岁岁"回应首句"无尽"。这里特提"红莲夜",似不仅为切题,也不仅由于元宵佳节容易触动团圆的联想,恐怕和往日的情缘有关。古代元宵灯节,士女纵赏,正是青年男女结交定情的良宵,欧阳修的《生查子》(去年元夜时)、辛弃疾的《青玉案·元夕》可以帮助理解这一点。因此岁岁此夕,遂倍加思念,以至"有所梦"了。说"沉吟"而不说"相思",不仅为避复,更因"沉吟"一词带有低头沉思默想的感性形象。"各自知",既是说彼此都知道双方在互相怀念,又是说这种两地相思的况味(无论是温馨甜美的回忆还是长期别离的痛苦)只有彼此心知。两句用"谁教"提起,似问似慨,像是怨恨某种不可知的力量使双方永隔相思,又像是自怨情痴不能泯灭相思。在深沉刻至的"人间别久不成悲"句之后,用语势较缓而涵意特丰的这两句作结,词的韵味显得悠长深厚。

　　情词的传统风格偏于秾丽软媚,这首词却以清刚拗健之笔来写刻骨铭心的深情,别具一种清峭隽永的情韵。全篇除"红莲"一词由于关合爱情而较艳丽外,都是用经过锤炼而自然清劲的语言,可谓洗净铅华。词的内容意境也特别空灵蕴藉,纯粹抒情,丝毫不及这段情缘的具体情事。用笔也多拗折之致,像"当初"句、"梦中"句、"人间"句都是显例。特别是"人间"句,寓深悲于平淡的语气口吻、拗折峭劲的句式句格,更显得含意深永,耐人咀嚼。

(刘学锴)

踏莎行

自沔东来,丁未元日至金陵,江上感梦而作

燕燕轻盈,莺莺娇软。分明又向华胥见。夜长争得薄
情知? 春初早被相思染。　　别后书辞,别时针线。
离魂暗逐郎行远。淮南皓月冷千山,冥冥归去无人管。

　　"肥水东流无尽期,当初不合种相思。"(姜夔《鹧鸪天》)作者
二十多岁时在合肥(宋时属淮南路)结识了某位女郎,后来分手
了,但他对她一直眷念不已。淳熙十四年丁未(1187)元旦,姜夔
从第二故乡汉阳(宋时沔州)东去湖州途中抵金陵时,梦见了远别
的恋人,写下此词。

　　北宋时苏轼听说张先老人买妾,作诗调侃道:"诗人老去莺莺
在,公子归来燕燕忙。"这首词一开始即借"莺莺燕燕"字面称意中
人,从称呼中流露出一种卿卿我我的缠绵情意。这里还有第二重
含义,即比喻其人体态"轻盈"如燕,声音"娇软"如莺。可谓善于
化用。这"燕燕轻盈,莺莺娇软"乃是词人梦中所见的情境。《列
子》载黄帝曾梦游华胥氏之国,故词写好梦云"分明又向华胥见"。
夜有所梦,乃是日有所思的缘故。以下又通过梦中情人的自述,
体贴对方的相思之情。她含情脉脉道:在这迢迢春夜中,"薄情"
人(此为昵称)啊,你又怎能尽知我相思的深重呢? 言下大有"换

我心,为你心,始知相忆深"的意味。

过片写别后睹物思人,旧情难忘。"别后书辞",是指情人寄来的书信,检阅犹新;"别时针线",是指情人为自己所做衣服,尚着在体。二句虽仅写出物件,而不直接言情,然读来皆情至之语。紧接着承上片梦见事,进一层写伊人之情。"离魂暗逐郎行远","郎行"即"郎边",当时熟语,说她甚至连魂魄也脱离躯体,追逐我来到远方。末二句写作者梦醒后深情想象情人魂魄归去的情景:在一片明月光下,淮南千山是如此清冷,她就这样独自归去无人照管。一种惜玉怜香之情,一种深切的负疚之感,洋溢于字里行间,感人至深。

这首词紧扣感梦之主题,以梦见情人开端,又以情人梦魂归去收尾,意境极浑成。词的后半部分,尤见幽绝奇绝。在构思上借鉴了唐传奇《离魂记》,记中倩娘居然能以出窍之灵魂追逐所爱者远游,着想奇妙。在意境与措语上,则又融合了杜诗《梦李白》"魂来枫林青,魂返关塞黑"、《咏怀古迹》"画图省识春风面,环佩空归月夜魂"句意。妙在自然浑融,不着痕迹。王国维说:"白石之词,余所最爱者,亦仅二语,曰'淮南皓月冷千山,冥冥归去无人管'。"(《人间词话》删稿)可见评价之高。　　　　　　(周啸天)

齐天乐

庾郎先自吟《愁赋》，凄凄更闻私语。露湿铜铺，苔侵石井，都是曾听伊处。哀音似诉。正思妇无眠，起寻机杼。曲曲屏山，夜凉独自甚情绪？　　西窗又吹暗雨。为谁频断续，相和砧杵？候馆迎秋，离宫吊月，别有伤心无数。豳诗①漫与。笑篱落呼灯，世间儿女。写入琴丝，一声声更苦。

〔注〕　① 豳诗：《诗经·豳风·七月》："七月在野，八月在宇，九月在户，十月蟋蟀入我床下。"

　　姜夔此词，前有小序云："丙辰岁与张功父会饮张达可之堂，闻屋壁间蟋蟀有声，功父约予同赋，以授歌者。功父先成，辞甚美。予裴回茉莉花间，仰见秋月，顿起幽思，寻亦得此。蟋蟀，中都呼为促织，善斗。好事者或以三二十万钱致一枚，镂象齿为楼观以贮之。"丙辰是宋宁宗庆元二年(1196)，张功父即张镃。他先赋《满庭芳·促织儿》，写景状物"心细如丝发"，曲尽形容之妙；姜夔则另辟蹊径，别创新意，不赋蟋蟀之形，却咏蟋蟀之声。而且用空间的不断转移和人事的广泛触发，层层夹写，步步烘托，写出一种哀怨凄凉的艺术境界。

　　词先从听蟋蟀者写入。"庾郎先自吟愁赋。"庾郎，即庾信，曾作《愁赋》。杜甫诗云:"庾信生平最萧瑟,暮年诗赋动江关。"此处以他为不得志的骚人代表,并无作者自况之意。次句写蟋蟀声,凄切细碎而以"私语"比拟,生动贴切,并带有感情色彩,因而和上句的吟赋声自然融合。"更闻"与"先自"相呼应,将词意推进一层。骚人夜吟,已自不堪其愁,更那堪又听到如窃窃"私语"的蟋蟀悲吟呢!

这蟋蟀声不仅发自书窗下,而且在大门外、井栏边都可以听到。"露湿"三句是空间的展开,目的是藉以触发更广泛的人事。"哀音似诉",承上"私语"而来,这如泣似诉的声声哀鸣,使一位本来就无眠的思妇更加无法入梦了,只有起床以织布来遣愁(蟋蟀一名促织,正与词意符合)。于是蟋蟀声又和机杼声融成一片。"曲曲屏山,夜凉独自甚情绪?"写思妇念远的心情。面对屏风上的远水遥山,不由神驰万里。秋色已深,什么时候才能将亲手织就的冬衣送到远方征人的手中?秋夜露寒,什么时候征人才能回到自己的身边?上句思绪从屏山引出,下句抒情以问叹语出之,两句文笔疏俊,含蓄蕴藉,委婉尽情。

下片首句岭断云连,最得换头妙谛,被后人奉为楷模。岭断,言其空间和人事的更换——由室内而窗外,由织妇而捣衣女。云连,指其着一"又"字承上而做到曲意不断,潜脉暗通。寒夜孤灯,秋风吹雨,那蟋蟀究竟为谁时断时续地凄凄悲吟呢?伴随着它的是远处时隐时显的阵阵捣衣声。

以下"候馆"三句,继续写蟋蟀鸣声的转移,将空间和人事推得更远更广。客馆,可以包举谪臣迁客、士人游子各色人等;离宫,可以涵括不幸的帝王后妃、宫娥彩女。这些不同类型的漂泊者、失意者，每当悲秋对月，听到蟋蟀之声，思前想后，能不"别有伤心"无限吗？

以上极写蟋蟀的声音处处可闻，使人有欲避不能之感。它那凄恻之声像一缕剪不断的愁绪，牵动着无数愁人的心。它似私语，似悲诉，频频断续；它与孤吟声、机杼声、砧杵声交织成一片。仿佛让人听到一组交响乐的鸣奏声。在这样的秋夜里，在作者心中，这就是当时中国大地上最悲凉的音乐啊！"豳诗漫与"，词人说自己受到蟋蟀声的感染而率意为诗了。可是，下面陡接"笑篱落呼灯，世间儿女"两句，写小儿女呼灯捕捉蟋蟀的乐趣，声情骤变，似与整首乐章的主旋律不相协调。然细加品味，正如陈廷焯所说："以无知儿女之乐，反衬出有心人之苦，最为入妙。"（《白雨斋词话》)的确，这是这阕大型交响乐中的一支小小插曲，写得十分简洁，而自有其妙用。作者的艺术匠心在于以乐写苦，所以当这种天真儿女所特具的乐趣被谱入乐章之后，并不与主旋律相悖逆，反倒使原本就无限幽怨凄楚的琴音，变得"一声声更苦"了。

一般咏物词都是对所咏对象模形绘神，而姜夔别开生面，从蟋蟀的哀鸣声中获得灵感，并且从音响和音乐这一角度进行艺术构思，因此，获得了艺术上极大的成功。

(朱德才)

姜　夔

扬州慢

淳熙丙申至日,予过维扬,夜雪初霁,荠麦弥望。入其城,则四顾萧条,寒水自碧。暮色渐起,戍角悲吟。予怀怆然,感慨今昔,因自度此曲,千岩老人以为有黍离之悲也。

淮左名都,竹西佳处,解鞍少驻初程。过春风十里,尽荠麦青青。自胡马窥江去后,废池乔木,犹厌言兵。渐黄昏,清角吹寒,都在空城。　　杜郎俊赏,算而今、重到须惊。纵豆蔻词工,青楼梦好,难赋深情。二十四桥仍在,波心荡、冷月无声。念桥边红药,年年知为谁生!

这首词写于宋孝宗淳熙三年(1176)冬至日,词前的小序对写作时间、地点及写作动因均作了交代。姜夔因路过扬州,目睹了战争洗劫后扬州的萧条景象,抚今追昔,悲叹今日的荒凉,追忆昔日的繁华,发为吟咏,以寄托对扬州昔日繁华的怀念和对今日山河残破的哀思。

这首词在艺术表现上的一个显著特点是写景物带有浓厚的感情色彩,景中含情,化景物为情思。它的写景,不俗不滥,紧紧围绕着一个统一的主题,即为抒发"黍离之悲"服务。词人到达扬州之时,是在金主完颜亮南犯后的十五年。他"解鞍少驻"的扬州,位于淮水之南,是历史上令人神往的"名都","竹西佳处"是从杜牧《题扬州禅智寺》"谁知竹西路,歌吹是扬州"化出。竹西,亭名,在扬州东蜀岗上禅智寺前,风光优美。但经过金兵铁蹄蹂躏之后,如今是满目疮痍了。战争的残痕,到处可见,词人用"以少总多"的手法,只摄取了两个镜头:"过春风十里,尽荠麦青青"和满城的"废池乔木"。这种景物所引起的意绪,就是"犹厌言兵"。清人陈廷焯特别欣赏这段描写,他说:"写兵燹后情景逼真。'犹厌言兵'四字,包括无限伤乱语,他人累千百言,亦无此韵味。"(《白雨斋词话》卷二)这里,作者使用了拟人化的手法,连"废池乔木"都在痛恨金人发动的战争,物犹如此,何况于人!

上片的结尾三句"渐黄昏,清角吹寒,都在空城",却又转换了一个画面,由所见转写所闻,气氛的渲染也更加浓烈。当日落黄昏之时,悠然而起的清角之声,打破了黄昏的沉寂,这是用音响来衬托寂静。"清角吹寒"四字,"寒"字下得很妙,寒意本来是天气给人的触觉感受,但作者不言天寒,而说"吹寒",把角声的凄清与天气联系在一起,把产生寒的自然方面的原因抽去,突出人为的感情色彩,似乎是角声把寒意散布在这座空城里。听觉所闻是清角悲吟,触觉所感是寒气逼人,再联系视觉所见的"荠麦青青"与"废池乔木"这一切交织在一起,一切景物在空间上来说都统一在这座"空城"里,"都在"二字,使一切景物联系在一起,同时化景物为情思,将景中情与情中景融为一体,来突出"黍离之悲"。

用今昔对比的反衬手法来写景抒情,在这阕词中是比较突出的。上片用昔日的"名都"来反衬今日的"空城";以昔日的"春风十里扬州路"来反衬今日的一片荒芜景象——"尽荠麦青青"。下片以昔日的"杜郎俊赏""豆蔻词工""青楼梦好"等风月繁华,来反衬今日的风流云散、对景难排和深情难赋。以昔时"二十四桥明月夜"的乐景,反衬今日"波心荡、冷月无声"的哀景。"波心荡、冷月无声"的艺术描写,是非常精细的特写镜头。"二十四桥仍在",明月夜也仍有,但"玉人吹箫"的风月繁华已荡然无存了。词人用桥下"波心荡"的动,来映衬"冷月无声"的静。"波心荡"是俯视之景,"冷月无声"本来是仰观之景,但映入水中,又成为俯视之景,与桥下荡漾的水波合成一个画面,从这个画境中,似乎可以看到词人低首沉吟的形象。总之,写昔日的繁华,正是为了表现今日之萧条。

善于化用前人的诗境入词,用虚拟的手法,使其波澜起伏,余味不尽,也是这首词的艺术特色之一。《扬州慢》大量化用杜牧的诗句与诗境(有四处之多),又点出杜郎的风流俊赏,把杜牧的诗境,融入自己的词境;但他的追昔,主要怀念的是扬州的风月繁华与风流俊赏,这多少削弱了严肃的爱国主义的主题。

词的下片,较多地使用了虚拟的手法。词人设想:杜牧如果重游扬州,面对今日的萧条,也会感到惊心,即使像杜牧那样才华横溢的诗人,怕也"难赋深情"了。"算而今重到须惊"的"算"字,"纵豆蔻词工"的"纵"字,"念桥边红药"的"念"字,都是虚拟和加强语气的字眼。特别是结束处的虚拟,更耐人寻味。冬至之日,本来不是红芍药花开的季节,但纵使冬去春回,来日红药花开,又有谁来欣赏它呢? 花开依旧,人事已非,花开也不过徒增空城的感伤而已。词情跌宕浓烈,增强了艺术感染力。　　　(刘文忠)

长亭怨慢

予颇喜自制曲,初率意为长短句,然后协以律,故前后阕多不同。桓大司马云:"昔年种柳,依依汉南;今看摇落,凄怆江潭;树犹如此,人何以堪!"此语予深爱之。

渐吹尽、枝头香絮,是处人家,绿深门户。远浦萦回,暮帆零乱向何许?阅人多矣,谁得似长亭树。树若有情时,不会得青青如此!　　日暮,望高城不见,只见乱山无数。韦郎去也,怎忘得玉环分付。第一是早早归来,怕红萼无人为主。算空有并刀,难剪离愁千缕。

　　据夏承焘《姜白石词编年笺校》中《行实考·合肥词事》的考证,姜夔二三十岁时曾游合肥,与歌女姊妹二人相识,情好甚笃,其后屡次来往合肥,数见于词作。光宗绍熙二年(1191),姜夔曾往合肥,旋即离去。《长亭怨慢》词,大约即是时所作,乃离合肥后忆别情侣者也。

　　题序中所谓"桓大司马"指桓温,所引"昔年种柳"以下六句,均出庾信《枯树赋》所引桓温之言。按此词是惜别言情之作,而题序中只言柳树,一则以"合肥巷陌皆种柳"(姜夔《凄凉犯》序),故姜氏合肥情词多借柳起兴,二则是故意"乱以他辞",以掩其孤往之怀(说本夏承焘《合肥词事》)。

　　上半阕是咏柳。开头说,春事已深,柳絮吹尽,到处人家门前柳荫浓绿。这正是合肥巷陌情况。"远浦"二句点出行人乘船离去。"阅人"数句又回到说柳。长亭(古人送别之地)边的柳树经常看到人们送别的情况,离人黯然销魂,而柳则无动于衷,否则它也不会"青青如此"了。暗用李长吉诗"天若有情天亦老"句意,以柳之无情反衬自己惜别的深情。这半阕词用笔不即不离,写合肥,写离去,写惜别,而表面上却都是以柳贯串,借做衬托。

　　下半阕是写自己与情侣离别后的恋慕之情。"日暮"三句写离开合肥后依恋不舍。唐欧阳詹在太原与一妓女相恋,别时赠诗有"高城已不见,况复城中人"之句。"望高城不见"即用此事,正切合临行怀念情侣之意。"韦郎"二句用唐韦皋事。韦皋游江夏,与女子玉箫有情,别时留玉指环,约以少则五载,多则七载来娶。后八载不至,玉箫绝食而死(《云溪友议》卷中《玉箫记》条)。这两句是说,当临别时,自己向情侣表示,怎能像韦皋那样"忘得玉环分付",即是说,自己必将重来的。下边"第一"两句是情侣叮嘱之辞。她还是不放心,要姜夔早早归来("第一"是加重之意),否则"怕红萼无人为主"。因为歌女社会地位低下,是不能掌握自己命运的,其情甚笃,其辞甚哀。"算空有"二句以离愁难剪作结。古代并州(今山西一带)出产好剪刀,故云。这半阕词写自己惜别之情,情侣属望之意,非常凄怆缠绵。陈廷焯评此词云:"哀怨无端,无中生有,海枯石烂之情。"(《词则·大雅集》卷三)可谓知言。

　　姜夔少时学诗取法黄庭坚,后来弃去,自成一家,但是他将江西诗派作诗之艺术手法运用于词中,生新峭折,别创一格。男女相悦,伤离怨别,本是唐宋词中常见的内容,但是姜夔所作的情词则与众不同。他屏除秾丽,着笔淡雅,不多写正面,而借物寄兴(如梅、柳),旁敲侧击,有回环宕折之妙,无粘滞浅露之弊。它不同于温、韦,不同于晏、欧,也不同于小山、淮海,这是极值得玩味的。

（缪　钺）

绮罗香

春 雨

做冷欺花,将烟困柳,千里偷催春暮。尽日冥迷,愁里欲飞还住。惊粉重、蝶宿西园,喜泥润、燕归南浦。最妙它、佳约风流,钿车不到杜陵路。　　沉沉江上望极,还被春潮晚急,难寻官渡。隐约遥峰,和泪谢娘眉妩。临断岸、新绿生时,是落红、带愁流处。记当日、门掩梨花,剪灯深夜语。

在咏物词中,这一首属于着意雕绘的一类,不仅穷形尽相,而且为事物传神。故是以工丽见长,从中见出作者的才思。

这一类咏物作品,既重体物,又重神采,所谓即人即物,即物即人,体物与寄托,混然不可分辨。但这种"寄托",仅为作者一种情思,而这种情思乃作者所处之时代、社会所形成的个人思想总和,若实指某人某事,必不免穿凿附会。

词中之濛濛细雨为适当其时,而闇闇情怀则郁积已久,以此适时之雨,遇此凄迷之情,乃作成此满纸春愁。

春雨欺花困柳,所谓风流罪过,明是怨春,实是惜春情怀。体物而不在形态上落笔,而确认无生物有其思想感情,为南宋咏物词中大量采用的表现手法,这就是所谓传神,这是咏物词最见工力的地方之一。说"冷",说"烟",说"偷催",都使人感到这是春天特有的那种毛毛细雨,也即"沾衣欲湿"的"杏花春雨"。

这种细雨,似暖似冷,如烟如梦,做出许多情思,正如秦观《浣溪沙》:"自在飞花轻似梦,无边丝雨细如愁。"虽各说各的春雨,各具各的神态,却同借春雨,表现出同样的惜春情怀。对仗工而精,用字稳而切。

细雨、春愁,已不知何者为主,何者为次,但即使人的神思远没遥空,而究其实却"句句不离所咏之物"。春雨之冥迷,实同于人之惆怅,轻到欲飞之细雨,竟至欲飞不能而如此依恋缠绵者,都因为这是一片春愁。体物传神,可谓细致入微,穷形尽相了。

彩蝶因春雨而停憩西园,春燕因春雨而得泥归来,也属一般,而蝶惊粉重,燕喜泥润,却把春雨这一"细微"的特征,从侧面表现出来了。

上片的最后一韵,仍是围绕春雨来写。佳约成空,钿车不出,是说春雨对人事的影响,并非作者真有个约会,因雨受阻。这种手法,正如姚铉所说:赋水不当仅言水,而言水之前后左右也。杜陵在长安城南,是唐代郊游胜地之一,这里是借用。

上片写作者在庭院中所见。下片第一韵三句,转为写春雨中的郊野景色。写郊原春雨,唐人韦应物的《滁州西涧》最能追魂摄魄,这里翻用了他的诗意。咏物诗词的用典,除了为自己诗情词情敷彩之外,还要标示这一事物曾经为前人所重,在文学史上早有很高的声价。咏物诗词如果忽略了这一点,那就是美中不足。韦诗:"独怜幽草涧边生,上有黄鹂深树鸣。春潮带雨晚来急,野渡无人舟自横。"江头野渡,暮色凄清,微雨欲垂未垂,远水似尽不尽。一片苍茫寂寥,虽非行人,亦难免魂销。看似描写江天景色,实际上却是为春雨传恨。

"眉妩"两句,写雨中春山,烟雨迷濛,远望处,隐约如佳人眉黛。这里是用卓文君事。《西京杂记》"文君姣好,眉色如望远山",是以山比眉,这里却又反过来用佳人愁眉比喻远山,且又加"和泪"两字,以关合雨中远山。"妩"字韵脚极佳,押韵即当如此押去方好。所谓"我见青山多妩媚"(辛弃疾《贺新郎》),不仅新颖,亦使青山含情。"谢娘"一辞,唐宋诗词家常用语,是对妇女的泛称,这是南朝留下来的习惯。这里的谢娘,不应理解为实指某人。只是因为把雨中远山比作妇女愁眉,为使文理连贯才引出"和泪谢娘"一语,词意只在用雨中春山表现春雨的多种风神,重点仍在春雨。所谓句句刻画,不离所咏之事物。这两句写青山似谢娘之含嚬带愁而愈觉妩媚,都是春雨"做将"出来的。春雨能够做到"山也含情,蝶也凄怨"。

咏物诗词之用典,贵在融化无迹,这就需要作者的刻意锤炼,但用典即使浑化无迹,因是被动,难免死板,不如自铸新词,使之淋漓尽致。下面两句即作者自己熔铸的新语,既流畅,又活泼:"临断岸、新绿生时,是落红、带愁流处。"这是两句极新颖的对偶句,构成极美的意境,极为当时人及后世读者激赏。寒雨凄迷,断岸幽寂,绿水新涨,花落水流红。是春雨景色,亦是春雨情怀、作者情怀。词人使用的方法是在文字上句句不离春雨,在结构上以春愁作为情感主线。写春雨则穷形尽相,写情感则随处点染。下片的"沉沉""和泪""落红""带愁",以及下句的"门掩梨花",都是织成这一片凄清景色和闇闇春愁的因素。

下句"门掩梨花"，语出李重元(一说秦观)作《忆王孙》："萋萋芳草忆王孙，柳外楼高空断魂，杜宇声声不忍闻。欲黄昏，雨打梨花深闭门。"以遥想之辞，缅怀前代风流，遥想诗人于"当日"门掩黄昏，听梨花夜雨时之惆怅况味。至于剪灯事，则出李商隐诗："何当共剪西窗烛，却话巴山夜雨时。"李诗虽是写秋雨，但只剪取其"夜雨剪烛"一层意思，以关合故人之思，使结句渐入浑茫，所以言已尽而意正长。许昂霄评这两句说："如此运用，实处皆虚。"

(孙艺秋)

双双燕

咏　燕

过春社了,度帘幕中间,去年尘冷。差池欲住,试入旧巢相并。还相雕梁藻井,又软语商量不定。飘然快拂花梢,翠尾分开红影。　　芳径,芹泥雨润。爱贴地争飞,竞夸轻俊。红楼归晚,看足柳昏花暝。应自栖香正稳,便忘了、天涯芳信。愁损翠黛双蛾,日日画栏独凭。

　　燕子是人们最喜爱的鸟之一,冬迁南方,春天来了,又从南方北归。如晏殊名句:"无可奈何花落去,似曾相识燕归来。"然古典诗词中全篇咏燕的绝唱,则要首推史达祖的《双双燕》了。

　　这首词对燕子的描写是极为精彩的。通篇不出"燕"字,而句句写燕,极妍尽态,神形毕肖。"过春社了","春社"在春分前后,正是春暖花开的季节,相传燕子这时候由南方北归,词人只点明节候,让读者自然联想到燕子归来了。"度帘幕中间",进一步暗示燕子的回归。"去年尘冷"暗示出是旧燕重归及年来变化。在大自然一派美好春光里,北归的燕子飞入旧家帘幕,红楼华屋、雕梁藻井依旧,所不同的,空屋无人,满目尘封,不免使燕子感到有些冷落凄清。这里发生了什么变化呢?

　　"差池欲住"四句,写双燕欲住而又犹豫的情景。由于燕子离开旧巢有些日子了，"去年尘冷"，仿佛有些变化，所以要先在帘幕之间"穿"来"度"去，仔细看一看似曾相识的环境。燕子毕竟恋旧巢，于是"差池欲住，试入旧巢相并"。因"欲住"而"试入"，还未最后打定主意，所以还把"雕梁藻井"仔细相视一番，又"软语商量不定"。小小情事，写得细腻而曲折，颇有情趣。沈际飞评这几句词说："'欲'字、'试'字、'还'字、'又'字入妙。"（《草堂诗余正集》）妙就妙在这四个虚字一层又一层地把双燕的心理感情变化，惟妙惟肖地传达出来。

"软语商量不定"，形容燕语呢喃，传神入妙。"商量不定"，写出了双燕你一句、我一句，亲昵商量的情状。"软语"，其声音之轻细柔和、温情脉脉可知，把双燕描绘得就像一对充满柔情蜜意的情侣。人们常用燕子双栖，比喻夫妻，这种描写是很切合燕侣的特点的。

果然，"商量"的结果，这对燕侣决定在这里定居下来了。于是，它们"飘然快拂花梢，翠尾分开红影"，在美好的春光中开始了繁忙紧张的新生活。"芳径，芹泥雨润"，紫燕常用芹泥来筑巢，正因为这里风调雨顺，芹泥也特别润湿，真是安家立业的好地方啊，燕子得其所哉，快活极了，双双从天空中直冲下来，贴近地面飞着，你追我赶，好像比赛着谁飞得更轻盈漂亮。广阔丰饶的北方又何止芹泥好呢，这里花啊柳啊，样样都好，风景是看不尽的。燕子陶醉了，到处飞游观光，一直玩到天黑了才飞回来。

"红楼归晚，看足柳昏花暝"，春光多美，生活又多么快乐、自由、美满。傍晚归来，双栖双息，其乐无穷。可是，这一高兴啊，"便忘了、天涯芳信"。在双燕回归前，一位天涯游子曾托它俩给

517

家人捎一封书信回来,它们全给忘记了! 这天外飞来的一笔,完全出人意料。随着这一转折,便出现了红楼思妇倚栏眺望的画面:"愁损翠黛双蛾,日日画栏独凭。"由于双燕的玩忽,害得幽闺独处的佳人日日高楼念远,望穿了秋水!

这结尾两句,似乎离开了通篇所咏的燕子,转而去写红楼思妇了。看似离题,其实不然,这正是词人匠心独到之处。试想词人为什么花了那么多的笔墨,描写燕子徘徊旧巢,欲住还休? 对燕子来说,是有感于"去年尘冷"的新变化,实际上这是暗示人去境清,深闺寂寥的人事变化,只是一直没有道破。到了最后,才通过红楼思妇因双燕"忘了天涯芳信"而"日日画栏独凭",把谜底揭开,给人以无穷回味。

原来词人描写这双双燕,是有意识地放在红楼清冷、思妇伤春的环境中来写的,他是用双双燕子形影不离的美满生活,暗暗与思妇"画栏独凭"的寂寞生活相对照;他又极写双双燕子尽情游赏大自然的美好风光,暗暗与思妇"愁损翠黛双蛾"的命运相对照。显然,作者对燕子那种自由、愉快、美满的生活的描写,是隐含着某种人生的感慨与寄托的。这种写法,一反以写人为主体的常规,而以写燕为主,写人为宾;写红楼思妇的愁苦,只是为了反衬双燕的美满生活。当然,读者自会从燕的幸福想到人的悲剧,不过作者有意留给读者自己去体会罢了。这种写法,因多一层曲折而饶有韵味,因而能更含蓄更深沉地反映人生,煞是别出心裁。

作为一首咏物词,《双双燕》获得了前人最高的评价。王士禛说:"咏物至此,人巧极天工错矣!"(《花草蒙拾》)这首词成功地刻画了燕子的优美形象,把燕子拟人化的同时,描写它们的动态与神情，又处处力求符合燕子的特征，以至于形神俱似的地步，真的把燕子写活了。例如同是写燕子飞翔，就有几种不同姿态。"飘然快拂花梢，翠尾分开红影"，是写燕子在飞行中捕捉昆虫、从花木枝头一掠而过的情状。"飘然"，写出燕子的轻，但又不是在空中自由自在地悠然飞翔，而是在捕食，所以又说"快拂花梢"。正因为燕子飞行轻捷，体型又小，飞起来那翠尾像一把张开的剪刀掠过"花梢"，就好似"分开红影"了。"爱贴地争飞"，是燕子又一种特有的飞翔姿态，天阴欲雨时，燕子飞得很低。由此可见词人对燕子观察何等细致，描写何等精确。词中写燕子衔泥筑巢的习性，写软语呢喃的声音，也无一不肖。"帘幕""雕梁藻井""芳径""芹泥雨润"等等，也都是燕子特有的生活环境。词中用典也都切合燕子。"差池欲住"，"差池"二字本出《诗经·邶风·燕燕》："燕燕于飞，差池其羽。""芹泥雨润"，"芹泥"出杜甫《徐步》诗："芹泥随燕嘴。""便忘了天涯芳信"，则是化用南朝梁江淹《杂体诗·拟李都尉从军》"而我在万里，结发不相见；袖中有短书，愿寄双飞燕"诗意，反从双燕忘了寄书一面来写。

当然，取形不如取神，为燕子传神写照更是高难度的描写艺术，这也是其他咏物词远不可及的地方。如最出色的两句"还相雕梁藻井，又软语商量不定"，酷似双燕向雕梁张望的神态和燕子柔声细语呢喃不休的情调，而又把燕子写得那么富有感情，那么富有人情味，真可说是千古绝笔了！ （高　原）

刘克庄

沁园春

梦孚若

何处相逢？登宝钗楼，访铜雀台。唤厨人斫就，东溟鲸脍；圉人呈罢，西极龙媒。天下英雄，使君与操，余子谁堪共酒杯？车千乘，载燕南赵北，剑客奇才。　　饮酣画鼓如雷，谁信被晨鸡轻唤回。叹年光过尽，功名未立；书生老去，机会方来。使李将军，遇高皇帝，万户侯何足道哉！披衣起，但凄凉感旧，慷慨生哀。

　　这首词借写梦境以怀念朋友，抒发怀才不遇、报国无门的愤懑之情。作者在这里采用虚实结合的表现手法，以"梦境"前后思想感情的变化，拨动着读者的心弦，具有艺术感染力量。

　　方孚若名信孺，是作者的同乡，又是志同道合的朋友。他在韩侂胄伐金失败之后，曾奉命使金，谈判构和条件，驳回金人的苛刻要求，"自春至秋，使金三往返，以口舌折强敌"（《宋史》本传）。金帅以囚或杀相威胁，始终不屈，置生死于度外。仕途中屡遭降免，年仅四十六而卒。这首词写作时间尚难确定。作者另有《梦方孚若》诗二首，作于淳祐三年（1243），可能与此词作于同时，那就是写于方孚若身后二十一年，系悼念之作。

　　词的上片写的是梦境。这是一场意气飞扬的美梦。作者梦见和方孚若相逢之后，一同登临游赏"宝钗楼"和"铜雀台"，吃的是用东海的大鱼切成细片的"鲸脍"，乘的是产自西北地区的最好的骏马"龙媒"。他们就像是刘备、曹操一样的英雄豪杰，在搜罗天下四方的"剑客奇才"，数量之多可用千辆车子装载。作者笔下展现的图景，正是封建社会的志士仁人所追求的理想生活，身居要职，政治上大展宏图，可谓志得意满。

这是作者有意虚构的情景。宝钗楼、铜雀台皆在北土，此时早已沦陷，自然无法登临赏景；长鲸天马代表美食佳骑，并非实物；作者和方孚若在政治上的作为，自然无法同刘备、曹操相提并论。但是，作者的这类描写还是有一定的生活依据。据《宋史》及作者所为墓志铭记载，方孚若为人豪爽，视金帛如粪土，尤好士，所至从者如云。闭户累年，家无担石，而食客常满门。这段描写在虚构之中还可看出一点真实的影子。作者结合实际生活，融化历史题材，虚实相间，而以虚为主，表现出豪迈爽朗的气魄。

词的下片写梦醒之后展示的现实的景象。晨鸡无情地唤醒美梦，使作者不能不面对迷茫惆怅的现实。梦境值得留恋，但实际的境遇却是这样的残酷无情："年光过尽，功名未立；书生老去，机会方来。"这是作者与方孚若共有的无可奈何的叹息，但绝不是绝望的悲鸣。作者还怀有强烈的希望，幻想能像李广那样在国家多事之秋建功立业。刘克庄所处的时代，南宋王朝已濒于日薄西山、奄奄一息的境地。他一生经历了孝宗、光宗、宁宗、理宗、度宗五朝，仕途历尽波折，四次被罢官，因此，怀才不遇之感，黍离哀痛之情，在他的诗词中常有流露。这首词的下片抒发作者的这种真情实感。挚友已作故人，恢复国家统一的事业更难以实现，感旧生哀,一腔凄凉悲愤的感情发泄无遗,伤时忧国的思想就是这样充分地表现出来。下片描写以实为主,跟上片恰成强烈的对比。

作者在表现思想上的矛盾,表达自己一以贯之的爱国感情时,用的不是秉笔直书的手法,却更加巧妙地引用历史故事,做到虚实相彰,使主题思想表达得更加充分,更为深刻。词中写道:"使李将军,遇高皇帝,万户侯何足道哉!"基本上引用《史记·李将军列传》的原文,汉文帝对李广说的话:"惜乎,子不遇时,如令子当高帝时,万户侯岂足道哉!"字句相差不多,只是把《史记》原文稍加点改,用在词中,显得自然妥帖,并赋予这个典故以更新的含意。时局是这样危急,国家正处在多事之秋,正该用李广这样的名将,而现实情况却恰恰相反,根本就没有这种机会,怎能不叫人"凄凉感旧,慷慨生哀"呢?冯煦在《六十一家词选例言》中说:"后村词与放翁、稼轩犹鼎三足,其生丁南渡,拳拳君国,似放翁;志在有为,不欲以词人自域,似稼轩。"这首词较好地体现了作者"拳拳君国"和"志在有为"的思想。

(李国章)

贺新郎

送陈真州子华

北望神州路,试平章、这场公事,怎生分付? 记得太行山百万,曾入宗爷驾驭。今把作握蛇骑虎。君去京东豪杰喜,想投戈下拜真吾父。谈笑里,定齐鲁。　　两淮萧瑟惟狐兔。问当年、祖生去后,有人来否? 多少新亭挥泪客,谁梦中原块土? 算事业须由人做。应笑书生心胆怯,向车中、闭置如新妇。空目送,塞鸿去。

　　刘克庄反对过史弥远、史嵩之等投降派;崇拜辛弃疾,自言对辛弃疾的词,"幼皆成诵",受辛的影响深,成为南宋后期的重要爱国词人。

　　这首送陈子华的词,和一般送别词不同,写法特别。上片开头三句:"北望神州路,试平章、这场公事,怎生分付?"突如其来地提出一个因北望中原而产生的问题,要陈子华共同研究、评论,看应该怎样处理才好。使人感到意外,不知所指何事。起势突兀,引人注目。"记得太行山百万,曾入宗爷驾驭。今把作握蛇骑虎。"接着三句才指出问题的具体内容:就是该怎样对待沦陷区的义军。问题从南、北宋之交说起。熊克《中兴小纪》:"自靖康以来,中原之民不从金者,于太行山相结保聚。"《宋史·宗泽传》说当时的爱国将领宗泽,招抚了义军首领王善、杨进、王再兴、李贵、王大郎等人,"连结河东、河北(按即太行山地区)山水砦忠义民兵,于是陕西、京东西诸路人马,咸愿听泽节制"。他敢于招抚被人视为"寇盗"的义军,有能力"驾驭"他们,依靠他们壮大抗金的力量,所以"声威日著,北方闻其名,对南人言,必曰宗爷爷"。陆游《老学庵笔记》也说:"建炎初,宗汝霖(泽)留守东京,群'盗'降附者百余万,皆谓汝霖曰宗爷爷,愿效死力。"宗泽在政治上、军事上采取正确的立场和措施,在抗敌方面收到了巨大的效果。作者写这首词时,距宗泽的逝世已久,但北方金人统治地区,仍有红袄军、黑旗军等起义。红袄军人马最多,力量最大,首领杨安儿被杀后,李全率领余众归附南宋,接受官号。可惜朝廷当权的是卖国的投降派史弥远等人。他们对义军,不敢依靠,抱的是畏惧、敌视的态度。作者送行的友人陈子华,名铧,侯官人,是作者的福建同乡,曾受学于叶适,富有智谋,在防御金人入犯淮西时立下功勋。他后来镇压过福建的农民起义军;在此之前,他主张积极招抚中原地区的义军。他出知真州(治今江苏仪征),在宋理宗宝庆三年(1227)四月,时李全还未叛降蒙古。宋朝如果能够正确团结、运用义军的力量,抗金是大有可为的。所以作者送陈子华赴江北前线的真州时,要他认真地考虑这个关系国家安危成败的重大问题。这里前二句歌颂宗泽正确对待义军,声威极大;后一句用《魏书·彭城王勰传》的典故,批判把义军看成长蛇难握、猛虎难骑而不敢亲近的昏聩无能的投降派。两种不同的形象,形成鲜明、强烈的对照,笔力遒壮。"君去京东豪杰喜,想投戈下拜真吾父。谈笑里,定齐鲁。"希望陈子华到真州要效法宗泽,效法使义军领袖张用"投戈下拜"、称为"果吾父也"的岳飞,使京东路(指今山东一带)的豪杰欢欣鼓舞,做到谈笑之间,能够收复、安定齐鲁等北方失地。这本来未必是陈子华能够做到的事,但作者却借以抒发自己招纳豪杰、收复河山的热切愿望,并对陈进行勉励,写得酣畅乐观,场景活现,富于豪情壮志。

下片"两淮萧瑟惟狐兔。问当年、祖生去后,有人来否?"面对当时现实:大河南北,国土沦丧,人烟稀少,好像只有狐兔在出入;那里的父老,长久盼望,然而看不到像晋代祖逖那样的志士再来做恢复工作。笔调转入跌宕,感情变为悲愤。"多少新亭挥泪客,谁梦中原块土?"说当时不但丧心麻木、公然卖国的投降派不想念中原,连以流泪新亭的东晋名流自命的士大夫们也没有坚定意志去收复失地。笔调和前三句相同,用南宋统治区域的现实去补充前三句,进一步强化前三句的感情。"算事业须由人做。"指出事在人为,不须颓丧,又转为充满信心的乐观,和上片的思想感情相呼应。单句回斡,陡然而来,戛然而止,如奇峰突起,四无依傍,而夭矫峭拔,特见雄伟,这是词中表现豪迈之气的顶点。下面二句:"应笑书生心胆怯,向车中、闭置如新妇。"用《梁书·曹景宗传》的典故,嘲笑书生气短,言外之意,也是希望陈子华要振作豪气,勇于作为,不过用的是提供反面事例作鉴戒的婉转写法,似自嘲而实勉陈。"空目送,塞鸿去。"以写送别作结。全词正面写送别,只有这两句话;又不直接写送人,而写目送塞鸿北去,仍与北国河山联系在一起。既点题,又围绕全词的中心内容,结得有余味,有力量。

历史上的反动统治者,都是敌视人民的起义力量,勇于对内,怯于对外。刘克庄在《满江红·送宋惠父入江西幕》中,向宋惠父(普)提出,对待江西起义的峒民,要认识到:"便献俘非勇,纳降非怯。帐下健儿休尽锐,草间赤子俱求活。"在这首词中,要陈子华正确对待义军,招抚义军,思想是进步的。他的词,发展了辛弃疾词的散文化、议论化方面的倾向,雄放畅达,极排奡之致,继承辛派的爱国主义词风,又别有自己的风格;但盘郁沉深不如辛。所以扬之者如毛晋《后村别调跋》说:"杨升庵谓其壮语足以立懦,余窃谓其雄力足以排奡云。"抑之者,如张炎《词源》说:"大约直致近俗,效稼轩而不及者。"这首词气势磅礴,一气倾注,是刘词的当行本色;它立意高远,大处落墨,兼有曲折跌宕之致,又非一味为直率者可比。

(陈祥耀)

玉楼春

戏呈林节推乡兄

年年跃马长安市,客舍似家家似寄。青钱换酒日无何,红烛呼卢宵不寐。　　易挑锦妇机中字,难得玉人心下事。男儿西北有神州,莫滴水西桥畔泪!

　　此词是刘克庄为规劝林姓友人而写的一篇佳作。据题语,林是作者同乡,当时任节度推官(安抚司幕职),但名字失载,钱仲联先生《后村词笺注》说可能是林元质的长子林宗焕,因宗焕亦莆田人,又曾在浙西安抚司供职,与题称"乡兄"、词云"跃马长安"者俱合。"戏呈"二字有谐谑之意,用在朋友之间,表现情好亲密。词中所写的林兄意气飞扬而行为放荡,故作者对他进行规讽。

　　上片极力描写林的浪漫和豪迈。"年年跃马长安市,客舍似家家似寄"概言其久客轻家。"长安"借指南宋都城临安(今杭州)。年年跃马于繁华的都市,视客舍(借指酒楼妓馆)如家而家反若寄居之所,可见其情性之放纵。"青钱换酒日无何,红烛呼卢宵不寐"则具言其纵情游乐。二句盖从杜甫《偪侧行赠毕四曜》"速宜相就饮一斗,恰有三百青铜钱"及晏几道《浣溪沙》"户外绿杨春系马,床前红烛夜呼卢"等语化出,"无何"即无事,"呼卢"指赌博。日夜不休地纵酒浪博,又可见其生活之空虚。作者另有

《菩萨蛮·戏林推》词云:"小鬟解事高烧烛,群花围绕搿蒲局。道是五陵儿,风骚满肚皮。　　玉鞭鞭玉马,戏走章台下。笑杀灞桥翁,骑驴风雪中。"也写林节推的狎妓纵博生活,可以互参。如此描写,表面上是对林的豪迈性格的赞赏,实际上则是对林的放荡行为的惋惜。

下片乃和盘托出对林的规箴。"易挑锦妇机中字,难得玉人心下事"二句对举成文,含蓄地批评他迷恋青楼、疏远家室的错误。妻子的情义真实可靠,妓女的心意则虚假难凭。今乃舍妻子易知之真情而取妓女难凭之假意,可见是何等的荒唐了。"锦妇"原指苏蕙,此处借指林妻。《晋书·窦滔妻苏氏传》载:"滔,苻坚时为秦州刺史,被徙流沙。苏氏思之,织锦为回文旋图诗以赠滔,婉转循环以读之,词甚凄惋。""玉人"即容色如玉的美人,指林所迷恋的妓女。结末"男儿西北有神州,莫滴水西桥畔泪"二句熔裁辛弃疾《水调歌头·送施枢密圣与帅江西》"贱子亲再拜:西北有神州"语意,热情而严肃地呼唤林某从偎红倚翠的庸俗趣味中解脱出来,立志为收复中原建立功业。"水西桥"是当时妓女聚居之地,"莫滴水西桥畔泪"即不要同妓女们混在一起,洒抛那种无聊的伤离恨别之泪。如此规箴,辞谐而意甚庄,"旨正而语有致"(《艺概》评后村词语),"足以使懦夫有立志"(《白雨斋词话》评此词语)。

这首词的情感格调非常高。词中表现出一种高翔远翥的气概和爱国忧时的精神,而对于醉生梦死的腐朽生活则极其鄙薄,因而具有惊顽起懦的价值。

　　　　　　　　　　　　　　　　　　　　(罗忠族)

风入松

听风听雨过清明,愁草瘗花铭。楼前绿暗分携路,一丝柳,一寸柔情。料峭春寒中酒,交加晓梦啼莺。　　西园日日扫林亭,依旧赏新晴。黄蜂频扑秋千索,有当时、纤手香凝。惆怅双鸳不到,幽阶一夜苔生。

唐圭璋《唐宋词简释》云"此首西园怀人之作",良是。

西园为词人寓居之地。梦窗词中屡提到西园,如《风入松》咏桂"暮烟疏雨西园路",《莺啼序》咏荷"残蝉度曲,唱彻西园",《浪淘沙》"往事一潸然,莫过西园"。西园在吴地,是梦窗和情人寓居之处,而二人分手也在这里,故词中屡及之。

此词上片情景两融,所造形象意境有独到之处,勿泛泛读过。首二句是伤春,三、四两句即写到伤别,五、六两句则是伤春与伤别的交织交融,形象丰满,意蕴深厚。"听风听雨过清明","清明"点时令,不错,但还应深入形象,探得词意所在。"清明时节雨纷纷",寒食、清明凄冷的禁烟时节,连续刮风下雨,那是更够凄凉的。风雨不写"见"而写"听",值得注意。日夜风雨,摧残鲜花,"林花谢了春红,太匆匆,无奈朝来寒雨晚来风"(李煜《相见欢》),这是说白天。"夜来风雨声,花落知多少"(孟浩然《春晓》),这是说晚上。白天对风雨中落花,不忍见,但不能不听到;晚上则为花无眠、以听风听雨为常。首句四个字就写出了词人在清明节前后,听风听雨,愁风愁雨的惜花伤春情绪,使读者生悽神撼魄之感。"愁草瘗花铭"一句紧承首句而来,五字千锤百炼,意密而情浓。落花满地,应加收拾,遂把它打扫成堆,给以埋葬,这是一层意思;葬花已毕而仍不惬于心,心想应该为它草就一个瘗花铭,庾信有《瘗花铭》,此借用之,这是二层意思;草(此为动词)铭时为花伤心,为花堕泪,愁绪横生,故曰"愁草",这是三层意思。词人为花而悲,为春而伤,情波千叠,都集中反映在此五字中了。"楼前绿暗分携路,一丝柳,一寸柔情",接着写伤别。梦窗和情人分手,就在这里。"暮烟疏雨"的"西园路","感红怨翠"的西园,是词人终生不能忘的地方,所以说"往事一潜然,莫过西园"。这里是抓住依依杨柳来叙写别情。"红稀"自然"绿暗",此二句和首二句仍有内在联系。杨柳是多情的,一枝柳含一寸柔情,万丝柳有千尺柔情,睹此柔丝袅娜的杨柳,能不回想别时,痛伤别后!"料峭春寒中酒,交加晓梦啼莺",二句可对可不对,此用对偶,意象更为密集。春寒病酒,是为春伤,意重惜春,但何尝不包括别情在内?晓莺破梦,是梦中惜别,是伤别,但也何尝不包括伤春在内。"料峭""交加"用得好,病酒往往畏寒,而"料峭"的春寒又复侵袭之,真是"残寒正欺病酒"。"交加",杂多重沓貌,此指梦境,亦指莺声,人迷困在杂沓的梦境之中,莺啼声声,时醒时梦,写出愁梦困扰情况,他笔所不能到。上片是愁风雨,惜年华,伤离别,意象集中精练,而又感人至深,显出梦窗词密中有疏的特色。

下片写清明已过,风雨已止,天气放晴了。但思念已别的情人,何能忘怀!有一种写法,是因深念情人,故不忍再去园中平时二人一同游赏之处了,以免触景生悲,睹物思人。但梦窗却用进一层的写法,那就是写照样(依旧)去游赏林亭。"依旧"者,虽不忍去,而仍不忍不去也。及其去后,见秋千索而思旧日荡秋千之人,但却不正面写,而从侧面写,写黄蜂因索上凝着荡秋千人纤手的香气而频频扑去。黄蜂如此,则人可知矣。这就是前人词话中常说的"不犯本位"(刘熙载《艺概·词曲概》)。谭献云:"此是梦窗极经意词,有五季遗响。'黄蜂'二句,是痴语,是深语。结处见温厚。"(谭评《词辨》)怀人之情至深,故即不能来,还是痴心望着她来。"日日扫林亭",就是虽毫无希望而仍望着她来。离别已久,秋千索上的香气未必能留,但仍写黄蜂的频扑,这是幻境而非实境。陈洵说:"见秋千而思纤手,因蜂扑而念香凝,纯是痴望神理。"(《海绡说词》)这也可说是诗的真实和生活的真实的区别吧?结句"双鸳不到"(双鸳是一双绣有鸳鸯的鞋子),明写其不再来而生出惆怅。而这惆怅之情,仍不抽象地说出,而用形象来表达。"幽阶一夜苔生",语含夸张。庾肩吾《咏长信宫中草》:"全由履迹少,亦欲上阶生。"李白《长干行》:"门前迟行迹,一一生绿苔。"梦窗此句似从上二诗脱化而来。不怨其不来,而只说"苔生",这就是谭献所说的温厚。又当时伊人常来此处时,阶上是不会生出青苔来的,现在人去已久,所以青苔滋生,但不说经时而说"一夜",也见出二人双栖之时,欢爱异常,印象深刻,仿佛如在昨日,故云"一夜苔生",这样的夸张,在事实上并不如此,而在情理上却是真实的,所以说"见温厚"。

(万云骏)

莺啼序

残寒正欺病酒，掩沈香绣户。燕来晚、飞入西城，似说春事迟暮。画船载、清明过却，晴烟冉冉吴宫树。念羁情、游荡随风，化为轻絮。　　十载西湖，傍柳系马，趁娇尘软雾。溯红渐、招入仙溪，锦儿偷寄幽素。倚银屏、春宽梦窄，断红湿、歌纨金缕。暝堤空，轻把斜阳，总还鸥鹭。　　幽兰旋老，杜若还生，水乡尚寄旅。别后访、六桥无信，事往花委，瘗玉埋香，几番风雨。长波妒盼，遥山羞黛，渔灯分影春江宿，记当时、短楫桃根渡。青楼仿佛，临分败壁题诗，泪墨惨淡尘土。　　危亭望极，草色天涯，叹鬓侵半苎。暗点检：离痕欢唾，尚染鲛绡，亸凤迷归，破鸾慵舞。殷勤待写，书中长恨，蓝霞辽海沉过雁，漫相思、弹入哀筝柱。伤心千里江南，怨曲重招，断魂在否？

《莺啼序》是词中最长的调子。梦窗有三首《莺啼序》。此词集中地表现了他的伤春伤别之情，艺术地、形象地概括了屈原《招魂》的“目极千里兮伤春心，魂归来兮哀江南”，曹植《洛神赋》的“人神道殊，长吟永慕”，江淹《别赋》的“春草碧色，春水渌波，送君

南浦,伤如之何"。它在思想、艺术上达到了很高的层次,可说是撷古代辞赋的菁英,熔慨身与慨世于一炉,堪称吴文英的代表作。夏承焘说:"集中怀人诸作,其时夏秋,其地苏州者,殆皆忆苏州遣妾;其时春,其地杭者,则悼杭州亡妾。"(《吴梦窗系年》)对方是妾还是所恋歌妓,尚可商榷,因其中所忆"招入仙溪,偷寄幽素"等似仅是艳遇范围之内的事而已。此词美不胜收,我们先从其抒情结构入手,串讲其大意。陈廷焯评《莺啼序》说:"全体精粹,空绝千古。"(《白雨斋词话》)陈洵评此词也说:"通篇离合变幻,一片凄迷,细绎之,正字字有脉络,然得其门者寡矣。"(《海绡说词》)从篇章结构入手,此词典范性就更突出;故陈廷焯、陈洵的分析,也颇有中肯处。

全词分为四段。

第一段,闲闲叙起,"伤春起,却藏过伤别"(《海绡说词》),这是对的。因为把伤别放在伤春的情境中写,也可说在典型环境中表现典型情绪吧。时值春暮,残寒病酒。"病酒"属人事,"残寒"属天时,"天时人事日相催"(杜甫《小至》)。开头第一句凄紧,已把典型环境中的典型情绪写出,并以此笼罩全篇,笔力遒劲,寄正于闲,寓刚于柔,是梦窗词结构上的特色之一。这时词人闭门不出,但燕子飞来唤我出游,好像说,春天已快过去了。于是"驾言出游,以写我忧"。在湖中看到岸上的行行烟柳,不禁羁思飞扬起来。"念羁情、游荡随风,化为轻絮"两句是警句,不但为了束上生下的需要,也为了抒情造境的需要。试想,伤春伤别,思绪万端,从何写出,现在把羁情融化在茫茫飞絮中,便觉对此苍茫,百感交集,所谓烟水迷离之致,所谓推隐之显,就是指这样一种境界。词的承接处大都在前段之末或后段之前,多数用领字或虚字作转换。周邦彦和吴文英的词,则往往用实句作承转,不大用领字。这就是所谓"潜气内转",非具大气力不可,这是他们和其他词人不同的地方。何谓"潜气"? 就是人的内心深处日积月累而形成的潜意识,它具有深微幽隐而非表达出来不可的情感力量。作者写到这里,便有一片羁情,像轻絮一样随风游荡,随风展开;而下面三段所写内容,便都包含在此三句中了。西方美学理论,对于形象创造有"在特殊中显示一般"和"为一般而寻找特殊"的区别,这也就是歌德和席勒的区别,莎士比亚和席勒的区别。梦窗词擅长于即物托兴,于特殊景物中显示一般的情意,因此能从有限中显示无限,言有尽而意无穷。这是特别适合于诗词的表达的。

第二段便追溯别前情事,写初遇时的欢情。时节在清明,地点在西湖,这在吴词中屡次写到。如《渡江云·西湖清明》:"旧堤分燕尾,桂棹轻鸥,宝勒倚残云。千丝怨碧,渐路入仙坞迷津。肠漫回,隔花时见,背面楚腰身。"地点在西湖的苏堤与白堤交叉之处,故云"旧堤分燕尾"。当时词人舍陆而舟,故云"千丝怨碧""宝勒倚残云",又云"桂棹轻鸥""渐路入仙坞迷津";而在此词中则云"傍柳系马",又云"溯红渐、招入仙溪",也是舍陆而舟,借锦婢传情示意,招入"仙溪"的伊人居处。词人其他词中写此事还有的是。"倚银屏、春宽梦窄,断红湿、歌纨金缕"二句,是写初遇时悲喜交集之状。"春宽梦窄"是说春色无边而欢事无多;"断红湿、歌纨金缕","断红",指红泪,因欢喜感激而泪湿歌扇与金缕衣。"暝堤空,轻把斜阳,总还鸥鹭"三句,也是警句,是进一步写欢情,但含蓄不露,周邦彦写爱情也是如此。这是同样写男女欢情,品格

534

自高。我们不妨将秦观《望海潮》前结"柳下桃蹊,乱分春色到人家"来对比一下,同样写男女欢遇,也是十分含蓄的。这三句用写景寓人事,意谓时间已近黄昏,暮色笼罩的湖堤上,游人尽去,而我幸得在"仙溪"留宿:"斜阳只与黄昏近。"斜阳原是添愁惹恨之物,如今却与我无分。"今夕何夕,见此粲者。"斜阳啊,你还是伴着湖中鸥鹭,一同憩息去吧! 陈洵说:"炼风景入人事,则实处皆空。"这三句既蕴藉而又空灵,意味无穷,足供寻味。

第三段写别后情事。"幽兰旋老"三句突接,跳接,峰断云连。因这里和上片结处,从事实说,还有较大距离。如欢会之后,如何分手;分手之后,其人如何谢世;等等。但这些放在三段中写。此段先写暮春又至,自己依然客处水乡。这既与二段"十载西湖"相应,又唤起了伤春伤别之情。于是从别后重寻旧地时展开一片想象,在头脑中再现初遇、临分等难以忘怀的种种情景。"别后访"四句是逆溯之笔,即一层层地倒叙上去。先是写花谢春空,芳事已付流水,"瘗玉埋香",是写风雨葬花,实也暗示其人已经去世。这也是赋而比也,是写风景而兼写人事,所谓一笔而两面俱到的。于是逆溯上去,追叙初遇。"长波妒盼"至"记当时、短楫桃根渡",这是倒装句,依文法次序应是:"记当时、短楫桃根渡","长波妒盼,遥山羞黛,渔灯分影春江宿"。这几句是写当时艳遇。伊人顾盼生情,多么艳丽,即使是潋滟的春波,也要妒忌她的眼色之美;苍翠的远山也羞比她的蛾眉,而自愧不如。因为这是最难忘的事,所以在重访时思想中又会出现此印象。这几句于第二段为复笔:"短楫桃根渡"即是"溯红渐、招入仙溪,锦儿偷寄幽素";"渔灯分影春江宿",即是"暝堤空,轻把斜阳,总还鸥鹭"。复笔的妙处,在于事件复而意象不复。但那里是实写(虽然也是追叙),而这里是在生离死别的心情下的追写。还有,这里所写,又和第一段无一笔犯复,述事不殊,而形象各别,这是词人在艺术技巧上的非常高明之处。如"暝堤空,轻把斜阳,总还鸥鹭",是写初遇时自幸、欢快的心情,未将伊人的奇丽绝艳写出,而"长波妒盼,遥山羞黛"二句则将此写出了。这是复笔中的补笔。"渔灯分影春江宿",即是"暝堤空,轻把斜阳,总还鸥鹭",但前一句写景,后二句写情,深得情景双融之妙。此段结处写临分,承上几句而是顺叙。第二段未写分手情况,此则为补写。"青楼仿佛"四字,则把渡头短楫桃根、春江留宿,俱一扫而空,仅供今日的凭吊而已。离情永镌脑海,而人天永隔,真是"此恨绵绵无绝期"了。

接着第四段淋漓尽致地写对逝者的凭吊之情。此段感情更为深沉,意境更为开阔。因伊人逝去,已非一日,词人对她的悼念,也已经岁经年。但绵绵长恨,不随伊人的逝去日久、自己的逐渐衰老而有所遗忘。于是词人便在更长的时间中,更为广阔的空间内,极目伤心,长歌当哭,继续抒写他胸中的无限悲痛之情。这里主要是怅望:"危亭望极,草色天涯,叹鬓侵半苎。"是寄恨:"殷勤待写,书中长恨,蓝霞辽海沉过雁。"是凭吊:"伤心千里江南,怨曲重招,断魂在否?"也有睹物思人的回忆:"暗点检:离痕欢唾,尚染鲛绡,亸凤(钗)迷归,破鸾(镜)慵舞。"鸾镜是妇女日常梳洗的镜台,"鸾镜与花枝,此情谁得知?"(温庭筠词)镜台上饰物凤翅已下垂,而鸾已残破,暗示镜破人亡,已无从团聚。陈洵说:"'欢唾'是第二段之欢会,'离痕'是第三段之临分。"这样论词,可谓心细如发。

最后谈谈比兴寄托问题,这也是深入理解、欣赏优秀词篇的关键问题之一。词中的比兴对诗来说有很大的发展。比兴二字可以连读,也可以叫作"兴"。《诗经》中有赋、比、兴,赋与比都容易搞清楚,只有兴比较难明,比较曲折隐蔽。自后屈原《离骚》对兴的运用起了具有本质意义的变化。在《诗经》中,兴有两个特点:一是"先言他物以引起所咏之辞",如"关关雎鸠,在河之洲。窈窕淑女,君子好逑"(《关雎》),以"他物"关雎,兴起所咏之辞"淑女"是君子的好匹配。二是《诗经》的兴有时是单纯起兴,不含比意。而屈原以后文人作品中的兴,没有不含比意的。而且兴到了屈原手里,在形式上发展到更为高级的程度,它即以"他物"包括"所咏之辞"。如以香草比贤人,省去了贤人,把他即包含在香草之中。自此以后,在诗、词、曲中,兴总是含有比意,总是用高级的形式,是赋而比也,故也连称比兴。而《诗经》的那种形式,除民歌外,已经舍弃不用了。

这种比兴手法,在词中得到了很大发展,如此词中写"游荡随风"的柳絮是赋,但也有比,以它比羁旅之情。"瘗玉埋香,几番风雨",是写风雨葬花,是赋;但也比伊人的逝世,她墓上已经宿草离离了。

从比兴传统的历史发展看,词中对伤春伤别的传统,发展得最为充分。所谓伤春,不仅伤春光的消失,而且还伤华年的消逝,甚至伤封建王朝的衰颓。伤别,包括生别与死别,还意味着与京都、君王的暌离。故吴文英此词,也寄寓着家国身世之慨。南宋当吴文英时,内则佞臣弄权(贾似道),外则蒙古入犯,国势已处于风雨飘摇之中。晚唐诗人的作品,往往"以艳情寓慨",唐宋词因之,有更大的发展。"以身世之感,打并入艳情",更为常见。"惟草木之零落兮,恐美人之迟暮"(《离骚》),这种美人香草的优良的比兴传统,至周邦彦、吴文英而极。屈原《招魂》,"入后异彩惊华,缤纷繁会","幽邑瞀乱,觉此身无顿放处"(蒋骥《山带阁注楚辞·余论·招魂》);而曹植《洛神赋》的"无良媒以接欢兮,托微波以通辞",联系他的《美女篇》的"盛年处房室,中夜起长叹",谁能说一赋一诗绝无怀才不遇之恨?沈祥龙《论词随笔》说:"词比兴多于赋。"用伤春伤别的比兴传统来分析唐宋词,才能深入理解其中丰富的意蕴。本文在开头时说,梦窗《莺啼序》集屈原《招魂》、曹植《洛神赋》、江淹《别赋》的大成。如今读至终篇,可以见到词中人去春空、美人迟暮之感,纷至沓来,确含《楚骚》的遗意;而蒿目时艰,风雨如晦,王室式微,身世之慨,君国之忧,也洋溢于字里行间。但这些都不直接说出,而寄托于伤春伤别的形象之中,使此词具有多义性、复叠性、多层次性与朦胧不确定性,而又能从特殊中显示一般,从有限中表现出无限。所以读周邦彦、吴文英的词,不能停留在欣赏它们的名章俊语、缤纷词藻上,而必须掌握其中的比兴深意,否则是会如入宝山空手归的。　　　　　(万云骏)

丑奴儿慢

双清楼

空濛乍敛，波影帘花晴乱；正西子梳妆楼上，镜舞青鸾。润逼风襟，满湖山色入阑干。天虚鸣籁，云多易雨，长带秋寒。　　遥望翠凹，隔江时见，越女低鬟。算堪羡、烟沙白鹭，暮往朝还。歌管重城，醉花春梦半香残。乘风邀月，持杯对影，云海人间。

在南宋，以"销金锅子"著称的西子湖，是不少词客们觞咏流连之地。说来也动听，他们是"互相鼓吹春声于繁华世界，能令后三十年西湖锦绣山水，犹生清响"（郑思肖《玉田词题辞》）。可惜的是大好湖山，就在这回肠荡气的玉箫声里断送了。吴梦窗，就是南宋后期为西湖写出不少词作的一人。

在梦窗所写的西湖词里，这首《丑奴儿慢》要算是较有深刻的思想性并有高度艺术成就的一阕。这里，不仅给西湖作了妍丽的写照，而且也反映了当时多少人们生活在怎样一个醉生梦死的世界里。上片，从雨后风光写起：空濛的雨丝刚才收敛，风片轻吹，荡漾得帘花波影，晴光撩乱。这一画境，已够浓丽。再以西子梳妆楼上，青鸾舞镜作比拟，染成了异样藻彩。西子比西湖的山水，青鸾舞镜比西湖，是比中之比。上面用了浓笔，"润逼风襟"二句，换用淡笔。它不仅把上文所渲染的雨气山光,一语点醒,而且隐然透示披襟倚阑,此中有人。"天虚鸣籁"三句,锤炼入细,写的是阴雨时节,给人以秋寒感觉。下片扩展到隔江远望,以低鬟越女比拟隐约中的隔江山翠。接着把自己所企羡的往还自由的烟沙白鸟,跟沉醉于重城歌管的人们作一对照。在万人如海的王城里,这种人不在少数,词人用"醉花春梦半香残"作嘲讽,当头棒喝,发人深省。于是意想突然飞越,自己要乘风邀月,对影高歌,云海即在人间。词人本身高朗的襟抱,跟醉花春梦者流,又来一个对照。

以"七宝楼台"著称的梦窗词,虽然以严妆丽泽取胜,但像这首词,就不是徒眩珠翠而全无国色之美的。　　　　　（钱仲联）

八声甘州

渺空烟、四远是何年，青天坠长星？幻、苍厓云树，名娃
金屋，残霸宫城。箭径酸风射眼，腻水染花腥。时靸双
鸳响，廊叶秋声。　　宫里吴王沉醉，倩五湖倦客，独
钓醒醒。问苍波无语，华发奈山青。水涵空、阑干高
处，送乱鸦斜日落渔汀。连呼酒，上琴台去，秋与云平。

　　梦窗词人，南宋奇才，一生只曾是幕僚门客，其经纶抱负，一
寄之于词曲，此已可哀；然即以词言，世人亦多以组绣雕镂之工下
视梦窗，不能识其惊才绝艳，更无论其卓荦奇特之气，文人运厄，
往往如斯，能不令人为之长叹！

　　本篇原有小题，曰"陪庾幕诸公游灵岩"。庾幕是指提举常平
仓的官衙中的幕友西宾，词人自家便是幕宾之一员。灵岩山，在
苏州西面，颇多名胜，而以吴王夫差的遗迹最负盛名。

　　此词全篇以一"幻"字为眼目，而借吴越争霸的往事以写其满
眼兴亡、一腔悲慨之感。幻，有数层含义：幻，故奇而不平；幻，故
虚以衬实；幻，故艳而不俗；幻，故悲而能壮。此幻字，在第一韵
后，随即点出。全篇由此字生发，笔如波谲云诡，令人莫测其神
思；复如游龙夭矫，以常情俗致而绳其文采者，瞠目而称怪矣。

　　上来句法，选注家多点断为"渺空烟四远，是何年、青天坠长

星?",此乃拘于现代"语法"观念,而不解吾华汉文音律之故也。词为音乐文学,当时一篇脱手,立付歌坛,故以原谱音律节奏为最要之"句逗",然长调长句中,又有一二处文义断连顿挫之点,原可适与律同,亦不妨小小变通旋斡,而非机械得如同读断"散文""白话"一般。此种例句,俯拾皆是。至于本篇开端启拍之长句,又不止于上述一义,其间妙理,更须措意。盖以世俗之"常识"而推,时、空二间,必待区分,不可混语。故"四远"为"渺空烟"之事,必属上连;而"何年"乃"坠长星"之事,允宜下缀也。殊不知在梦窗词人意念理路中,时之与空,本不须分,可以互喻换写,可以错综交织,如此处梦窗先则纵目空烟杳渺,环望无垠——此"四远"也,空间也,然而却又同时驰想:与如彼之遥远难名的空间相伴者,正是一种荒古难名的时间。此恰如今日天文学上以"光年"计距离,其空距即时距,二者一也,本不可分也。是以目见无边之空,即悟无始之古,——于是乃设问云:此茫茫何处,渺渺何年,不知如何遂出此灵岩?莫非坠自青天之一巨星乎(此正似现代人所谓"巨大的陨石"了)?而由此坠星,遂幻出种种景象与事相;幻者,幻化而生之谓。灵岩山上,乃幻化出苍崖古木,以及云霭烟霞……乃更幻化出美人的"藏娇"之金屋,霸王的盘踞之宫城。主题至此托出,却从容自苍崖云树迤逦而递及之。笔似十分暇豫矣,然而主题一经引出,即便乘势而下,笔笔勾勒,笔笔皴染,亦即笔笔逼进,生出层层"幻"境,现于吾人之目前。

以下便以"采香泾"再展想象的历史之画图:采香泾乃吴王宫女采集香料之处,一水其直如箭,故又名箭泾,泾亦读去声,作"径",形误。宫中脂粉,流出宫外,以致溪流皆为之"腻",语意出自杜牧之《阿房宫赋》:"渭流涨腻,弃脂水也。"此系脱化古人,不足为奇,足以为奇者,箭泾而续之以酸风射眼(用李长吉《金铜仙人辞汉歌》之"东关酸风射眸子"),腻水而系之以染花腥,遂将古史前尘,与目中实境(酸风,秋日凉冷之风也),幻而为一,不知其古耶今耶? 抑古即今,今亦古耶? 感慨系之。"花腥"二字尤奇,盖谓吴宫美女,脂粉成河,流出宫墙,使所浇溉之山花不独染着脂粉之香气,亦且带有人体之"腥"味。下此"腥"者,为复是美? 为复是恶? 诚恐一时难辨。而尔时词人鼻观中所闻,一似此种腥香特有之气味,犹为灵岩花木散发不尽!

再下,又以"响屧廊"之故典增一层皴染。相传吴王筑此廊,令足底木空声彻,西施着木屧行经廊上,辄生妙响。词人身置廊间,妙响已杳,而廊前木叶,酸风吹之,飒飒然别是一番滋味——当日之"双鸳"(美人所着鸳屧),此时之万叶,不知何者为真,何者为幻? 抑真者亦幻,幻者即真耶? 又不禁感慨系之矣!

幻笔无端,幻境丛叠,而上片至此一束。

过片便另换一番笔致,似议论而仍归感慨。其意若曰:吴越争雄,越王勾践为欲复仇,使美人之计,遣范蠡进西施于夫差,夫差惑之,其国遂亡,越仇得复。然而孰为范氏功成的真正原因? 曰:吴王之沉醉是。倘彼能不耽沉醉,范氏焉得功成而遁归五湖,钓游以乐吴之覆亡乎? 故非勾践范蠡之能,实夫差甘愿乐为之地耳! 醒醒(平声如"星"),与"沉醉"对映。——为昏迷不国者下一当头棒喝。良可悲也。

古既往矣,今复何如? 究谁使之? 欲问苍波(五湖一说即太湖),而苍波无语。终谁答之? 水似无情,山又何若? 曰:山亦笑人——山之青永永,人之发斑斑矣。往者不可谏,来者犹可追欤?

543

抑古往今来,山青水苍,人事自不改其覆辙乎?此疑又终莫能释。

望久,望久,沉思,沉思。倚危阑,眺澄景,见沧波巨浸,涵溶碧落,直到归鸦争树,斜照沉汀,一切幻境沉思,悉还现实,不禁憬然悢然,百端交集。"送乱鸦斜日落渔汀",真是好极!此方是一篇之警策,全幅之精神。一"送"字,尤为神笔!然而"送"有何好?学人当自求之,非讲说所能"包办"一切也。

至此,从"五湖"起,写"苍波",写"山青(山者,水之对也)",写"渔汀",写"涵空(空亦水之对也)",笔笔皆在水上萦注,而校勘家竟改"问苍波"为"问苍天",真是颠倒是非,不辨妍媸之至。"天"字与上片开端"青天"犯复,犹自可也,"问天"陈言落套,乃梦窗词笔所最不肯取之大忌,如何点金成铁?"问苍波",何等味厚,何等意永,含咏不尽,岂容窜易为常言套语,甚矣此道之不易言也。

又有一义须明:乱鸦斜日,谓之为写实,是矣;然谓之为比兴,又觉相宜。大抵高手遣辞,皆手法超妙,含义丰盈;"将活龙打做死蛇弄",所失多矣。

一结更归振爽。琴台,亦在灵岩,本地风光。连呼酒,一派豪气如见。秋与云平,更为奇绝。杜牧之曾云南山秋气,两相争高;今梦窗更曰秋与云平,宛如会心相祝!在词人意中,"秋"亦是一"实体",亦可以"移动坐标",亦可以"计量",故云一登琴台最高处,乃觉适才之阑干,不足为高,及更上层楼,直近云霄,而"秋"与云乃在同等"高度"。以今语译之,"云有多高,秋就有多高!"高秋自古为时序之堪舒望眼,亦自古为文士之悲慨难置。旷远高明,又复低回宛转,则此篇之词境,亦奇境也。而世人以组绣雕镂之工视梦窗,梦窗又焉能辩?悲夫!

(周汝昌)

唐多令

何处合成愁？离人心上秋。纵芭蕉不雨也飕飕。都道晚凉天气好；有明月，怕登楼。　　年事梦中休，花空烟水流。燕辞归、客尚淹留。垂柳不萦裙带住，谩长是、系行舟。

　　这首词写羁旅怀人，在梦窗词中写法别致，论者的反响也很特别。抑梦窗者如张炎，偏予推选；而尊梦窗者如陈廷焯，反而加以诋諆，认为是下乘之作。平心而论，此词不事雕琢，自然浑成，在吴词中为别调，自有其可喜之处。

　　就内容而论可分两段，然与词的自然分片不相吻合。

　　从起句到"燕辞归、客尚淹留"为一段，先写羁旅秋思，酿足愁情，为写别情蓄势。起二句先点"愁"字，语带双关。从词情看，这是说造成如许愁恨的，是离人悲秋的缘故。单说秋思是平常的，说离人秋思方可称愁，命意便有出新。从字面看，"愁"字是由"秋心"二字拼合而成，故二句又近于字谜游戏。这种手法，古代歌谣中颇经见，王士禛谓此二句为《子夜》变体，具"滑稽之隽"（《花草蒙拾》），是道着语。盖《子夜歌》如"明灯照空局，悠然未有期（棋）"，借同音字为用；"摛门不安横，无复相关意"，本"关门"之关转作"关心"之关，是多义字别解。此词以"秋心"合成"愁"字，是离合体,皆入谜格,故是"变体"。此处似信手拈来,涉笔成趣,无造作之嫌,且紧扣主题秋思离愁,实不得以"油腔滑调"(陈廷焯《白雨斋词话》卷二)目之。

两句一问一答,开篇即出以唱叹,而且凿空道来,实属倒折之笔。下句"纵芭蕉不雨也飕飕"是说,纵然没有下雨,芭蕉也会因秋风飕飕,发出令人凄然的声音。这分明告诉读者,先时有过雨来。"一夜不眠孤客耳,主人窗外有芭蕉。"(杜牧《雨》)而起首愁生何处的问题,正从蕉雨惹起。所以前二句即由此倒折出来。倒折比较顺说,平添千回百折之感。沈际飞释前三句说:"所以感伤之本,岂在蕉雨? 妙妙。"(《草堂诗余正集》)是颇有领会的。

秋雨晚霁,天凉如水,明月东升,正宜登楼纳凉赏月。"都道晚凉天气好",是人云亦云,而"有明月,怕登楼",才是客子独特的心理写照。"月是故乡明",望月是难免触动乡思离愁的。这三句没有直说愁,却通过客子心口不一的描写把它表现充分了。

秋属岁晚,容易使人联想到晚岁。过片就叹息年光过尽,往事如梦。"花空烟水流"是比喻青春岁月的逝去,又是赋写秋景,兼二义之妙。可见客子是长期漂泊,老大未回。看到燕子辞巢而去,不禁深有感慨。"燕辞归"与"客尚淹留",用曹丕《燕歌行》"群燕辞归雁南翔"与"何为淹留寄他方"句意,两相对照,见得人不如候鸟。以上蕉雨、明月、落花、流水、去燕……无非秋景,而又不是一般的秋景,于中无往而非客愁,这也就是"离人心上秋"的具象化了。

此下为一段,写客中孤寂之叹。"垂柳"是眼中秋景,而又关离别情事,写来承接自然。"萦""系"二字均由柳丝绵长着想,十分形象。"垂柳不萦裙带住"一句写其人已去,"裙带"二字暗示对方的身份和彼此关系;"谩长是、系行舟"二句是自况,言自己不能随去。羁身异乡,又成孤另,本有双重悲愁,何况离去者又是一位情侣呢。由此方见篇首"离人"二字具有更多一重含意,是离乡又逢离别的人啊,其愁也就更其难堪了。伊人已去而自己仍留,必有不得已的理由,却不明说(也无须说),只怨怪柳丝或系或不系,无赖极,却又耐人寻味。"燕辞归、客尚淹留"句与此三句,又形成比兴关系,情景相映成趣。

前段于羁旅秋思渲染较详,蓄势如盘马弯弓。后段写客中怀人直是简洁,发语如弹丸脱手,恰到好处,毫无疵颣,没有作者通常有的堆砌典故、词旨晦涩的缺点。　　　　　　　　(周啸天)

刘辰翁

柳梢青

春 感

铁马蒙毡,银花洒泪,春入愁城。笛里番腔,街头戏鼓,不是歌声。　　那堪独坐青灯,想故国、高台月明。辇下风光,山中岁月,海上心情。

　　这是一首情调沉郁苍凉,抒写亡国之痛和故国之思的优秀词篇。作者刘辰翁,生于公元 1232 年,卒于公元 1297 年,这时南宋亡国已经近二十年了。他是宋代末年一大作家,也是一位富于民族气节的爱国者。理宗景定三年(1262)考进士时,刘辰翁因为廷试对策触犯了当时的权奸贾似道,被列入丙等。恭宗德祐元年(1275),文天祥起兵勤王,刘辰翁参加抗元斗争,以同乡、同门的身份曾经短期参加文天祥的江西幕府。宋亡后曾在外流落多年。晚年隐居于故乡江西庐陵山中,从事著述。这首词据下片"山中岁月"之语,应当是他晚年隐居山中期间的作品。题名"春感",实际上是元宵节有感而作,这从词中"银花""戏鼓""月明"等与元宵节有关的景物可以看出。

　　上片写想象中今年临安元宵灯节的凄凉情景。"铁马蒙毡,银花洒泪,春入愁城。"开头三句写元统治下的临安一片愁苦悲伤的气氛。"铁马",指元军的铁骑;"银花",指元宵的花灯,唐代诗人苏味道《正月十五夜》诗有"火树银花合"之语;"愁城",借指临安。因为天冷,所以战马都蒙上了一层厚厚的毛毡。劈头一句"铁马蒙毡",不仅明点出整个临安已经处于元军铁蹄的蹂躏之下,江南锦绣之地已经蒙上了北方游牧民族的气息,而且渲染出一种阴冷森严,与元宵灯节的喜庆气氛极不协调的氛围。可以说,是开宗明义,揭示出了全篇的时代背景特征。元宵佳节,在承平的年代原是最热闹而且最富歌舞升平气氛的,这"铁马蒙毡"的景象却将种种承平气象一扫而空。由于处在元占领军的压迫欺凌之下,广大人民心情凄惨悒郁,再加上阴冷森严气氛的包围,竟连往常那火树银花不夜天的光明璀璨景象也似乎是"银花洒泪"了。如果说第一句"铁马蒙毡"还只是从客观景象的描绘中透出特定的时代气氛,那么这一句"银花洒泪"便进一步将客观景象主观化、拟人化了,赋予花灯以人在洒泪的形象和感情。这种想象似乎无理,却又入情。它的生活根据是人的洒泪,它的形象依据则正是所谓"蜡泪"了。"银花洒泪"的形象给这座曾经是繁华热闹的城市带来了一种哀伤而肃穆的凭吊气氛。紧接着,又用"春入愁城"对上两句作一形象的概括。"愁城"一词,出于庾信《愁赋》:"攻许愁城终不破。"本指人内心深重的忧愁,这里借指充满哀愁的临安城。自然界的春天不管兴亡,依然来到人间,但它所进入的竟是这样一座"铁马蒙毡,银花洒泪",充满人间哀愁的"愁城"!"春"与"愁",自然与人事的鲜明对照,给人以怵目惊心的强烈感受。

"笛里番腔,街头戏鼓,不是歌声。"这三句接着写想象中临安元宵鼓吹弹唱的情景:横笛中吹奏出来的是带着北方游牧民族情调的"番腔",街头上演出的是异族的鼓吹杂戏,这一片呕哑嘲哳之声在怀有华夏民族感情的人们听来,实在不成其为"歌声"。这几句对元统治者表现了义愤,感情由前面的沉郁苍凉转为激烈高昂,"不是歌声"一句,一笔横扫,尤其激愤直率,可以想见作者之义愤填膺。

"那堪独坐青灯,想故国、高台月明。"过片收束上文并起领下文,用"想故国"三字点醒上片所写都是自己对沦陷了的故都临安的遥想。高台,指故宫。月明,点明元宵。"故国高台月明"化用南唐后主李煜《虞美人》词"故国不堪回首月明中"的意境,表达对故都临安和宋王朝的深沉怀想和无限眷恋。"独坐青灯",指自己独处故乡庐陵山中,面对荧荧如豆的青灯。沦亡了的故国旧都、高台宫殿,如今都笼罩在一片惨淡的明月之下,一切繁华热闹、庄严华丽都已化为无边的空寂悲凉,这本来已经使人不堪禁受;更何况自己又寂寞地深处山中,独坐青灯,以劫后余生之身,想沦亡之故都,不但无力恢复故国,连再见到临安的机会也很难有了,所以说"那堪"。山中荧荧青灯与故国苍凉明月,相互对映,更显出情调的凄清悲凉。这两句文势由上片结尾的陡急转为舒缓,而感情则变得更加沉郁了。

结拍是三个并列的四字句:"辇下风光,山中岁月,海上心情。"辇下,皇帝的车驾之下;"辇下风光",指故都临安的美丽风光。这里用"风光"一词,所指的应是宋亡前临安城元宵节的繁华热闹景象,当然也包括自己在亡国前所亲历的承平年代。"山中岁月",指自己隐居故山寂寞而漫长的岁月。"海上心情",一般都理解为指宋朝一部分士大夫和将领,在临安失守后先后拥立帝昰、帝昺,在福建、广东一带继续进行抗元斗争的情事,以及作者对他们的挂念。但这首词既然作于归隐"山中"的时期,则其时离宋室彻底覆亡已有相当时日,不再存在"海上"的抗元斗争了。吴熊和说:"'海上心情',用苏武在北海矢志守节事。《汉书·苏武传》:'武既至海上,廪食不至,掘野鼠去中实而食之。杖汉节牧羊,卧起操持,节旄尽落。'刘辰翁宋亡后的危心苦志,庶几近之。"这个理解是非常正确,切合词人思想感情的实际和典故的字面及内在涵义的。这三句全为名词性意象的组合,结构相同,看来像是平列的,实际上"山中岁月"是自己身之所在;"辇下风光"是自己心之所系;而"海上心情"则是自己志之所向。归根结底,隐居不仕,在山中度过寂寞而漫长的岁月,以遗民的身份时时怀念着故国旧都的美丽风光,都是他"海上心情"——民族气节的一种表现。因此,以"海上心情"作结,不只是点出了"山中岁月""辇下风光"的实质,而且是对全篇思想感情的一个总收束。这首词也可以说就是抒写词人的"海上心情"的。对于像刘辰翁这样一个知识分子来说,在故国沦亡以后,除了怀念"辇下风光",感叹临安今天的凄凉和自己寂处山中不与元统治者合作以外,还能再有什么行动表示呢? 这种"心情",正表现了这一类知识分子的特点和弱点。

这首词在艺术表现上一个最显著的特点,就是从想象落笔,虚处见意。词的上片,全是身在山中的词人对故都临安今年元宵节凄凉情景的想象,其中虽也写到"铁马""银花""笛里番腔""街头戏鼓",但都不是具体细致的描绘,而是着重于主观感情的显现,像"春入愁城"这样的叙写更完全是虚涵概括之笔。下片则纯

551

从空际盘旋。"想故国、高台月明",只显现出故都的宫殿楼台在一片惨淡月光映照下的暗影,这当中所包蕴的种种故国之思、沧桑之感、兴亡之慨尽在不言之中。结拍三句,对"辇下风光""山中岁月""海上心情"的具体内容同样不着一字,只用抒情唱叹之笔虚点,让读者透过那饱含沧桑今昔情味的语调和内涵丰富的典故想象得之。由于采取这种想象落笔、虚处见意的写法,读来别具一种沉郁苍凉、吞咽悲苦、欲说还休之致。而全词以整齐的四句字为主、两字一顿的句法和节奏,特别是结拍连用三个结构相同的四字句,更加强了这种沉郁苍凉的情致。　　　　(刘学锴)

永遇乐

　　余自乙亥上元诵李易安《永遇乐》,为之涕下。今三年矣,每闻此词,辄不自堪。遂依其声,又托之易安自喻。虽辞情不及,而悲苦过之。

璧月初晴,黛云远淡,春事谁主?禁苑娇寒,湖堤倦暖,前度遽如许!香尘暗陌,华灯明昼,长是懒携手去。谁知道,断烟禁夜,满城似愁风雨!　　宣和旧日,临安南渡,芳景犹自如故。缃帙流离,风鬟三五,能赋词最苦。江南无路,鄜州今夜,此苦又谁知否?空相对,残釭无寐,满村社鼓。

　　此词写作缘起,序中已说得明白。乙亥,为宋恭宗德祐元年(1275);“李易安《永遇乐》”,指李清照咏上元(元宵)节的“落日熔金”一词。三年后,为宋端宗景炎三年(1278),亦即帝昺祥兴元年。这时,临安已在两年前被元军占领,南宋残余政权濒临灭亡。刘辰翁为抒发眷念故国故都的情怀,在旅途中写了这首词。

　　序中已明说此词是“托之易安自喻”。足见刘辰翁写李清照的身世,是用来抒发自身哀感的。

　　“璧月初晴,黛云远淡,春事谁主?”起首用景语点明时间和渲染气氛,而着重在提出“春事谁主”这个主题。“璧月”,南朝宋何偃《月赋》有“满月如璧”句,兼玉璧之洁白、晶莹、圆满等特征,以写元宵之月,极为妥帖传神;月明则云淡,借天之青为云之色,故曰"黛云",炼字亦工。这些都是元宵节时常见的景象,也是春夜里逗人喜爱的事物。但如今谁是这美好春天事物的主人呢? 这样一问,便直截了当地楔入词的主题;也好似词人迫不及待地要吐露心灵的痛楚。

"禁苑娇寒,湖堤倦暖,前度遽如许!"从"禁苑""湖堤"二词看,可察知写的是南宋都城临安;从"前度"(用刘禹锡"前度刘郎今又来"典故)一词看,可判断词人在临安沦陷后还重来过。"娇寒""倦暖",写的都是词人的主观感受;似乎"禁苑""湖堤"在词人都只觉有娇弱、倦乏之感而已。"遽如许"三字,似由词人心底迸出,表示事态的急剧变化已到不可收拾的地步。词人已毋须另费笔墨,其深沉的哀痛便溢乎字里行间了。

写到这里,词人宕开一笔,回忆起都城往昔的繁华:"香尘暗陌(香车扬起的尘土遮暗了道路),华灯明昼,长是懒携手去。"后一句呼应李清照原词。李词云:"来相召,香车宝马,谢他酒朋诗侣。"此处意谓昔日上元之繁华如彼,而己却总是懒于与人携手同游。"谁知道,断烟禁夜,满城似愁风雨!"谁料今日上元,元军宵禁,想游亦不可得矣。"风雨"而加以"愁"字领出,言忧其夕有风雨,尚未即有风雨也;再加"似"字,则竟是本无风雨(从篇首"璧月""黛云"可知),而灯夕却冷落不堪,故非天时之故,实是人事所致。这种今昔之感,进一步加深了主题。

下片承前,又叙起李清照当年情事:"宣和旧日,临安南渡,芳景犹自如故。缃帙(指贵重书籍)流离,风鬟三五,能赋词最苦。"写李清照南渡后,常忆及宣和年间的汴京旧事,每生"风景不殊,正自有山河之异"(《世说新语·言语》)一类的悲慨。她因国破、家亡、夫死而倦于梳妆,哪怕逢元宵节("三五"),也是"风鬟霜鬓,怕见夜间出去",而只能写点倾诉哀愁的词,这岂非最苦么?

以上,刘辰翁一会儿写李清照,一会儿写自己,一会儿又叙起李清照当年。词序中已明言,他是"托之易安自喻",故词中用清照身份、情事、心绪说话处,其实是说自己。此时之刘辰翁,即复生之李清照。"赋词最苦",刘耶?李耶?二而一耳。词的末了,刘辰翁又写到自己:"江南无路,鄜州今夜,此苦又谁知否?空相对,残釭无寐,满村社鼓。"当时,抗元战争仍在江南一带进行,词人家在庐陵(今江西吉安),欲归不得。他怀念家中的亲人,不免像杜甫身陷长安时那样苦吟"今夜鄜州月,闺中只独看"一类诗句。但亲人们能否得知呢?词人无法入睡,只好对着残灯发愁,此时满村传来社祭的鼓声。苏轼《蝶恋花·密州上元》:"击鼓吹箫,却入农桑社。"《周礼·地官·鼓人》:"以灵鼓鼓社祭。"元宵夜之社鼓,盖是农村于新春祈求丰年举行祭神仪式。结末点此一句,感慨良多!

况周颐《蕙风词话》卷二指出:刘辰翁词"风格遒上"似辛弃疾;"情辞跌宕"似元好问;"有时意、笔俱化,纯任天倪",竟能略似苏轼。况周颐自不免称誉太过;但在辛派词人中,刘辰翁确是佼佼者。就说这首词吧,刘辰翁自称"辞情不及"李清照词,"而悲苦过之"。我以为这是实话。但此词融汇了种种纷纭复杂的感情,跨越了长远的时间和宽广的空间,"又托之易安自喻",而能用刚劲的笔锋达意,做到情真、语真,则究非一味粗豪者可比。它在宋词中,仍不失为有力的殿后之作。　　　　　(蔡厚示)

周　密

闻鹊喜

吴山观涛

天水碧，染就一江秋色。鳌戴雪山龙起蛰，快风吹海
立。　　数点烟鬟青滴，一杼霞绡红湿。白鸟明边帆
影直，隔江闻夜笛。

　　喷雪轰雷、排山倒海的浙江大潮，历来是诗人喜欢歌咏的题
材。宋代的潘阆、苏轼、曾觌、辛弃疾等人都有咏潮的词。周密这
首小令，有它自己的特色。吴山在杭州，是春秋时吴国和越国的
分界山，它奇崿危峰，俯临江面。立于山上观看钱塘大潮，其景象
可以想见。

　　词上片写海潮欲来和正来，下片写潮过以后。"天水碧"，是
一种浅青的染色。《宋史·南唐李氏世家》："煜之妓妾尝染碧，经
夕未收，会露下，其色愈鲜明，煜爱之，自是宫中竞收露水染碧以
衣之，谓之天水碧。"首两句说钱塘江的秋水似染成"天水碧"的颜
色，是潮水未来，浪静波平的观感。"鳌戴雪山龙起蛰"两句，接着
写海潮汹涌而来，那咆哮的潮头好像是神龟背负的雪山，又好像
是从梦中惊醒的蛰伏海底的巨龙，还好像是疾速的大风将海水吹
得竖立起来一般。词人接连用了几个形象的比喻，绘声绘色地将
钱江大潮那惊心动魄的场面艺术地再现了出来。与枚乘《七发》

556

中关于观潮一段的描写相比,虽铺采摛文不及,但精练则有过之。下片写潮过风息,江上又是一番景象。"数点"以下三句,分别描写远处、高处的景色。远处的几点青山,虽然笼罩着淡淡的烟霭,却仍然青翠欲滴。天边的一抹红霞,仿佛是刚刚织就的消纱,带着潮水喷激后的湿意;黄昏临近了,白鸥上下翻飞,在白鸟光点的侧畔,帆影矗立,说明鸥鸟逐船而飞。……词人选择了一些典型的景物,织成了一幅五彩缤纷的图景,使人赏心悦目,如临其境。末句"隔江闻夜笛",以静结动,以听觉的描写收束全词的视觉描写。全词纯写景物,到这里才点出景中有人,景中有我,是极有余韵的一笔。隔江而能听到笛声,可见波平风静,万籁俱寂。写闻笛,其实仍是写钱塘江水,从时间上说,全词从白昼写到黄昏,又从黄昏写到夜间;从艺术境界上看,又是从极其喧闹写到极其寂静,将"观涛"前后的全过程作了生动、形象的描绘,读者仿佛观看影视片一样,一个蒙太奇接着另一个蒙太奇,一个特写镜头接着另一个特写镜头。由于词人又是一位画家,故能做到"以画为词"。尤其是"隔江闻夜笛"一句,似收未收,似阖未阖,颇有"余音袅袅,不绝如缕"之感,与唐人的"曲终人不见,江上数峰青"(钱起《湘灵鼓瑟》)同有"言有尽而意无穷"之妙。美学家宗白华称赞词人"能以空虚衬托实景,墨气所射,四表无穷"(《中国艺术意境之诞生》),的确不是溢美之辞。

(萧　鹏)

周　密

一萼红

登蓬莱阁①有感

步深幽。正云黄天淡,雪意未全休。鉴曲寒沙,茂林烟草,俯仰千古悠悠。岁华晚、飘零渐远,谁念我、同载五湖舟? 磴古松斜,崖阴苔老,一片清愁。　　回首天涯归梦,几魂飞西浦,泪洒东州。故国山川,故园心眼,还似王粲登楼。最负他、秦鬟妆镜,好江山、何事此时游! 为唤狂吟老监,共赋消忧。

〔注〕　① 蓬莱阁:原注:阁在绍兴,西浦、东州皆其地。

南宋会稽郡的治所设在绍兴卧龙山下,郡厅的后面有一座蓬莱阁,是五代吴越王钱镠所建,为浙东名胜之一。宋恭帝德祐二年(1276),元军攻占南宋都城临安,周密即离京流亡,这年和次年的冬天都曾到过绍兴,本词应是第二年从剡川回会稽游览蓬莱阁时所作。词中借登临怀古,曲折含蓄地抒发其故国故乡之思,寄慨遥深,向被推为《草窗词》的压卷之作。

上阕以写景为主,景中寓情。首句"步深幽",只三字便概括了进山登阁的过程。山路盘曲幽深,一步一折,渐入佳胜,给人以身历其境的感受。二、三句以"正"字领起,交代登阁当天的气候。

冬云凝重,天色昏黄;雪,欲下未下。阴沉沉的天气和作者抑郁而沉重的心情正相一致。"鉴曲"三句,写登阁所见。鉴曲即鉴湖,唐代诗人贺知章告老时曾获赐鉴湖剡川之一曲,从此徜徉湖上。茂林指兰亭,东晋名士王羲之等曾雅集于此,曲水流觞,赋诗咏怀,《兰亭集序》中有"茂林修竹"之语。鉴湖和兰亭都是历史上的胜地,而今极目所望,却是湖面萧瑟,沙寒水浅;兰亭破败,烟重草衰。词人抚今追昔,不胜感慨,因而有"俯仰千古悠悠"的嗟叹。以上六句都是借环境氛围来烘托人物心理。接下去"岁华晚"三句,由缅怀古迹转而抒发身世飘零的感触。时令已近年底,回顾年来踪迹,深有岁月蹉跎、漂泊无依的忧伤,而此番登临,又是孤身一人,尤感寂寞。"同载五湖舟"用春秋时越国大夫范蠡功成身退与西施泛舟五湖的故事,意思是说自己也和范蠡一样隐遁避世,四处漂泊,然而无人做伴,更加凄凉。"磴古"以下,再从抒情转入写景。磴是山中石坂。三句意为:古老的石级旁倚生着歪歪斜斜的老松,山崖的背阳处布满着斑驳陆离的青苔,景物如此凄清,怎不令人悲从中来,欷歔慨叹!结句"一片清愁",正是对此情此景的高度概括。

　　下阕以抒情为主,情中见景,而词境又有拓展。

　　换头用"回首"逆起,追怀流亡岁月中对故乡故都的刻骨思念。"几",几番、多次,极言其频繁。"魂飞西浦,泪洒东州"两句,情感深切而发语警挺。西浦、东州都是绍兴地名。周密祖籍济南,长期寓居吴兴,故视此一带为第二故乡。在江山易主、国土沦亡的岁月中,词人日夜思念故国故土,梦魂多次飞回故乡,泪水洒遍越中山川。今日登阁北望,颇像王粲登楼,只觉故国山川、故乡园林已非畴昔,不禁忧慨百端。以上六句,极写望归心切,而又深叹家国沦亡。由此逼出"最负他、秦鬟妆镜,好江山、何事此时游"二句点题的话,集中抒发了国破家亡的巨大创痛。"秦鬟",指美如髻鬟的秦望山。"妆镜",指清如明镜的鉴湖水。这里采用艳丽的词语极写山川的美丽,意在反衬亡国的惨痛。江山如此娇美,为什么偏在她惨遭蹂躏之后才来游赏呢?词人痛心疾首,悲愤填膺,以至山容水态,无不染上深深的哀愁。词情发展至此,达到高潮,结末二句,却又笔头一转,轻轻远拓开去。"狂吟老监"指贺知章,他曾任秘书监,又自号"四明狂客"。词人要召唤他一起来题咏消忧,表面意思是自我排遣,其实正说明忧思之难以消解。"共赋消忧"与上阕结尾处的"一片清愁"相应,都有"意在言外"的韵致,使沉痛之情在含茹吞咽之中又转深了一层。

这首词题为"登蓬莱阁有感",词人的感受是通过登阁所见景物曲曲传达出来的。在故国沦亡、陵迁谷变的情况下,词人独登古阁,思绪万千。时值隆冬,天色阴沉,沙寒草衰,雪意未销,这是用环境气氛的凄清来烘托他悲凉的心境。鉴曲秀美,兰亭风流,然而"俯仰之间,已为陈迹"(《兰亭集序》),这是借古今的更替寓兴衰存亡的慨叹。岁华已晚,飘零念远,透露出流亡者孤寂无依的身世之感;而深山幽景更增添词人无穷的愁思。词的上阕无一字涉及国土沦亡,但无处不渗透遗民的哀痛。下阕改用直抒胸臆的手法。"回首"三句,似欲打开感情的闸门一任奔泻,以倾吐心头郁积的哀伤,然而,至"还似王粲登楼"句一顿,至"好江山、何事此时游"又一顿,这样一顿再顿,使奔泻的感情转为沉痛的反思,妙在"才欲说破,便自咽住",吞吐咽噎,回环往复,构成了本词情思哀婉和沉郁顿挫的风格特征,所谓"亡国之音哀以思",正是如此。草窗词素以意象缜密著称,本词则密中间疏,稍觉空阔,清人周济赞其"愈益佳妙"。综观全词,写景空远,抒情婉曲,结构细密,引事用典十分贴切,充分体现出作者深厚的词学功底和创作才力。

(蒋哲伦)

酹江月

乾坤能大,算蛟龙、元不是池中物。风雨牢愁无着处,那更寒虫四壁。横槊题诗,登楼作赋,万事空中雪。江流如此,方来还有英杰。　　堪笑一叶飘零,重来淮水,正凉风新发。镜里朱颜都变尽,只有丹心难灭。去去龙沙,江山回首,一线青如发。故人应念,杜鹃枝上残月。

这是一首异乎寻常的和词。作者是我国历史上杰出的抗金英雄文天祥。宋祥兴元年(1278)十二月,文天祥在五坡岭(今广东海丰县北)为叛徒出卖而被俘。次年四月,被押送燕京。与文天祥同时被押北行的是他的同乡好友邓光荐(即邓剡)。二人"共患难者数月",一路上时相唱和。抵金陵(今江苏南京)后,邓光荐因病留寓天庆观就医。临别之时,邓光荐作《念奴娇·驿中言别》(水天空阔)词送文天祥,对国族的不幸,表示极大的愤慨,对文天祥的爱国壮举,表示热忱的赞慕。文天祥写了这首词酬答邓光荐。两词同用苏东坡"赤壁怀古"词韵。这不是一般的唱和之作,而是赤心报国的强者之歌,既有巨大的政治鼓动性,又有很强的艺术感染力。

词一起笔,就显得声势不凡:作者身陷囚笼,而壮志不折,雄心犹在,深信在如此辽阔的祖国,英勇的人们决不会永久沉默,一旦风云际会,必将光复河山。"乾坤能大","能",同恁,如许、这样之意。"算蛟龙、元不是池中物",语本于《三国志·吴书·周瑜传》:"恐蛟龙得云雨,终非池中物也。"除写自己而外,还暗寓对友人的期待,希望他早脱牢笼,再干一番事业。"风雨"二句,既实笔直写眼前景象,烘托囚徒的凄苦生活,又虚笔抒发沉痛情怀,民族浩劫,生灵涂炭,所到之处皆已江山易手,长夜难寐,寒虫四鸣,愁肠百结。"横槊题诗"三句,进一步以历史典故写自己定乱扶衰、整顿乾坤的不凡抱负。苏轼《前赤壁赋》中说曹操破荆州、下江陵时"酾酒临江,横槊赋诗,固一世之雄也"。汉末王粲避难荆州时,曾作《登楼赋》寄托乡关之思和乱离之感。文天祥连以这两个典故自况,颇有寓意。前一典是壮辞,表现了曹操英勇豪迈的气概;后一典是悲语,吐露了王粲雄图难展的苦闷。作者联而用之,加以"万事空中雪"一句,表示事业、壮心都已归失败,充分抒发了自己为挽救国族屡起屡踣历尽艰辛的无限感慨。"江流如此",承上启下,喻指抗敌复国事业像江河流水奔腾不息,必定后继有人。"方来还有英杰",与首韵相呼应,也是对邓光荐原作中"铜雀春情,金人秋泪,此恨凭谁雪?堂堂剑气,斗牛空认奇杰"诸句的有力回答。

从叙写的层次看,这首词的上片侧重于对经历的回顾,肯定与敌人的斗争;下片则主要写对未来的展望,表明坚持不屈的心迹。宋德祐二年(1276)在国家危急关头,文天祥毅然出使元营,痛斥敌帅伯颜,被拘至镇江,伺机脱逃,"日与北骑相出没于长淮间",以惊人的毅力历经"层见错出"的艰难险阻,始得南归。这次被俘北行，又抵金陵一带，故有"重来淮水"云云(淮水指秦淮河)。"镜里朱颜都变尽，只有丹心难灭。"这是全词的中心。与作者《过零丁洋》诗中"人生自古谁无死，留取丹心照汗青"，是同样光照千古的名句。文天祥到燕京后，元朝廷威逼利诱，百般劝降，"虽示以骨肉而不顾，许以官职而不从，南冠而囚，坐未尝面北。留梦炎说之，被其唾骂。瀛国公往说之，一见北面拜号，乞回圣驾"。平章阿合马来，也碰了一鼻子灰，默然而去(邓光荐《文丞相传》)。敌方也为之"相顾动色，称为丈夫"。只有这种坚定不移的报国赤诚，才能写出这样肝胆照人的词句来！词的最后几句再次向故国故友表白，即使以身殉国，他的魂魄也会变成杜鹃飞回南方，为南宋的灭亡作泣血的哀啼。作者同时期写的《金陵驿》诗中，也有相同的表示："从今别却江南日，化作啼鹃带血归。"

文天祥这首词虽是和作，但比邓词大有提高。通篇直抒胸臆，不假雕饰，慷慨激昂，苍凉悲壮，给人以深刻的印象，是词史上富有生命力的艺术品。南宋末年，由于蒙古贵族军事集团南犯和镇压，词坛萧索沉寂，不是低沉隐晦的哀叹，就是消极绝望的悲歌。而文天祥的词却如黑夜中的惊雷闪电，不仅表现了他"镜里朱颜都变尽，只有丹心难灭"的英雄气概，而且抒发了在当时极为可贵的乐观主义的豪情："江流如此，方来还有英杰。"用词来抒发这样的气概和豪情，正是遥接了辛派爱国壮词的遗风，闪烁着宋词的最后的光辉。

(陆　坚)

唐多令

雨过水明霞,潮回岸带沙。叶声寒,飞透窗纱。堪恨西
风吹世换,更吹我,落天涯。　　寂寞古豪华,乌衣日
又斜。说兴亡,燕入谁家? 惟有南来无数雁,和明月,
宿芦花。

　　在现存邓剡的十几首词中,真正称得上佳构的才两三首;而
这首词,无论就思想内容或语言形式方面说,都堪称为其中第一。

　　此词是宋亡后邓剡被俘、过建康(今江苏南京)时所写。他借
景抒情,吊古伤今;既倾吐了深心里的亡国之痛,又诉说了乱离中
人民之苦。

　　"雨过水明霞,潮回岸带沙。叶声寒,飞透窗纱。"黄昏雨过,
彩霞映照得水面格外明亮;潮退后,江岸边留下了几许沙痕。落
叶声声,飞快地透过窗纱,使词人感到寒冷,意识到时令已由夏入
秋了。词人就这样用轻迅的笔触,勾勒出一幅凄凉的黄昏秋江
图。词人于兵败被掳之后,面对着此情此景,哪能不倍加伤感呢?
似这般"寓情于景"的手法,既增添了作品的含蓄蕴藉,又拓展了
读者的审美空间。诚可谓一举两得。

　　"堪恨西风吹世换,更吹我,落天涯。"在这里,"西风"既作为
一种自然物的实写,又作为一种社会物的象征。象征什么呢? 刘

永济《唐五代两宋词简析》说:"似指贾似道辈促成宋之亡也。"我看不像。对宋亡来说,贾似道的专权误国只是一个内因,非如西风以外力侵袭可比。在当时,促成宋亡和使时世变换的外部势力只能是蒙古统治集团。邓剡于宋亡后不肯仕元,他把蒙古统治集团比做强横的西风,那是很自然的。时移世换,庇身无所,词人把自己比做被西风吹落天涯的枯叶,也很恰切。北朝的乐府民歌《紫骝马歌辞》云:"高高山上树,风吹叶落去。一去数千里,何当还故处?"这首民歌反映了当时人民在战乱中被迫流亡的情景。它用风吹落叶比喻流落飘荡的情状,形象鲜明,悲愤深沉。邓剡应是从这首民歌中受到启迪。"天涯"一词,极言其远,以托出词人欲归不能的哀怨。它为下片寂寞的心境作了垫笔。

"寂寞古豪华,乌衣日又斜。说兴亡,燕入谁家?"南京,自古以来被称为豪华之地,南宋王朝一直倚它为屏藩重镇;如今萧条了,难免使词人生寂寞、衰歇之感。他想起唐代诗豪刘禹锡咏"乌衣巷口夕阳斜"的诗句,更深为南宋王朝的覆亡慨叹。刘永济说:"燕入谁家,似指投降之辈。刘诗本言'旧时王谢堂前燕,飞入寻常百姓家';此云'燕入谁家',则非入百姓家而是飞入新朝也。虽不曾明言而意亦显然。"(《唐五代两宋词简析》)我以为刘永济说得颇有道理。果如是,则此词带有几分嘲讽意味,不只是一味悲慨而已。

渐次,词人又把眼光移向空阔的水、天之间。他仰观俯察,终于发现:"惟有南来无数雁,和明月,宿芦花。"寥寥几笔,便绘就另一幅凄清的寒汀芦雁图。刘永济认为南来雁指"南下避兵者",我以为可信。词人置群雁于虽凄清而洁白的明月、芦花中,正表明他对乱离中的人民怀着无限同情。他们嗷嗷待哺,满汀遍野,不计其数。词人似乎在问:新朝的统治者们,你们真能关心他们么?

上片,我们已指出它是"寓情于景";下片,我们不妨说它是"以喻见意"。词人通过燕、雁等比喻物,清晰地呈现出他已被浓缩了的主体感受。

全词感情沉郁,风格清奇,能给欣赏者以精神的陶冶和审美的怡悦。 (蔡厚示)

王沂孙

眉妩

新月

渐新痕悬柳，淡彩穿花，依约破初暝。便有团圆意，深深拜，相逢谁在香径。画眉未稳。料素娥、犹带离恨。最堪爱、一曲银钩小，宝帘挂秋冷。　　千古盈亏休问。叹慢磨玉斧①，难补金镜。太液池犹在，凄凉处、何人重赋清景。故山夜永。试待他、窥户端正。看云外山河，还老尽、桂花影。

〔注〕　① 玉斧:唐段成式《酉阳杂俎·天咫》载:太和中有郑生及王秀才游嵩山,见一人,问所自来。"其人笑曰:'君知月乃七宝合成乎? 月势如丸,其影,日烁其凸处也。常有八万二千户修之,予即一数。'因开襆,有斤凿数事。……言已不见。"

　　唐人有拜新月之俗,宋人亦有对新月置宴之举,而临宴题咏新月,乃是南宋文士的风雅习尚。国破之后,新月依旧,习俗相仍,然江山易主,故每于人月相对之时,自然勾起词人的兴亡之感。

　　首三句由"渐"字领起,精细入微地刻画初升的新月,着意烘托一种清新轻柔的优美氛围。新月纤细,在词人眼里,如佳人一抹淡淡的眉痕,悬于柳梢之上。月下杨柳摇曳,柳上眉痕依依,看似纯粹景语,却因"新痕"的拟人刻画,而含无限情致。随着新月渐升，月色轻笼花丛，这月色是如此轻淡飘柔，仿佛无力笼花，若有若无地穿流于花间。依约如梦地升腾在暮霭里，仿佛分破了初罩大地的暮霭。三句充满新意地写出新月的独特韵致。对如此清新美妙之新月，自然生出团聚的祈望。拜新月的习俗，意在把新月作为团圆之始，盼望新月渐满渐圆，作为人事团圆之兆。"深深拜"三字，极写此时对这种"团圆意"的殷切期望。却又因当年一同赏月之人未归，词人不免顿生"相逢谁在香径"的怅惘，于是这因见新月而生的欣喜和殷切的团聚祈望，一瞬间蒙上了淡淡的哀愁，新月也因之染上凄清的色彩。这一句是全词的一个转折。由憧憬变为怅惘，不觉以离人之眼观月。纤纤新月此时在词人看来，好像尚未画好的美人蛾眉，想是月中嫦娥黯然伤离恹恹懒妆之故，借嫦娥之态托出"碧海青天夜夜心"的自伤孤独之情。"画眉未稳"与上之"新痕"遥应，与下之"素娥""离恨"紧扣，在拟人化了的象征意象中既概括了新月的形色特征，又由月及人，于象外之象中虚托出词人委婉曲折的情愫。"最堪爱"三句，以合为转，由月中嫦娥的象外兴感折回新月。夜空无垠，秋气清寒，天如帘幕，月如银钩，仿佛高挂宝帘。高远冥漠的秋空，越发衬出新月的纤小，使词人生出无限怜爱之情，表现了纤弱个体间的亲切认同。秋空之"冷"，新月之"小"，是词人画龙点睛之笔，它使词人对新月的怜爱之情，具有一种幽渺的意蕴，即在怜爱中寓含了纤弱的个体与冷漠的宇宙相对时所产生的充满悲悯虚无意味的怅触之情，为下阕全力抒写新月引起的慨叹作铺垫。

过片将笔一纵，从大处落墨，以"千古"二字振起，语意苍凉激楚。"千古盈亏休问"一语括尽月亮与人世亘古以来盈亏往复的变化规律。由这种超越一切具象而领悟到支配无限时间永恒规律的宇宙感,回观一切人世的英雄业绩、沧桑之变,自然充满了生命短促,世事无常,兴亡盛衰不容人问的悲哀。继之的"叹慢磨玉斧,难补金镜",反用玉斧修月之事,表现出极为沉痛的回天无力复国无望的绝望和哀叹。"休问""慢磨玉斧"(慢同谩,徒劳之意)、"难补金镜"的决绝之语,所表达的感情之所以如此怆痛人心,就因为它表达了词人、表达了人类无法把握支配人世和宇宙变化规律的惶惑和深永悲哀。在这些宏阔的自然意象里,涵括着一种融历史透视和宇宙透视为一体的时间忧患意识。应该说,时间忧患意识本身,正是社会现实忧患富于哲理意味的表达,是现实忧患向人生和宇宙意识的升华。因此,词人在这里虽一语未着现实的宗社沉沦之事,却能使人体味到深广的现实内容和强烈的悲剧意味。

在强大的、不容人置问的永恒规律面前,词人和人类渴望把握必然的意愿,只能更多地展示为在无尽时间过程中对变化无常的人世盛衰的深永哀伤。"太液池"以下至结句,便是词人借所历的宗社沉沦,今昔巨变,对这种深永哀伤的具体描绘。

"太液池犹在"四句,总括历朝宋帝于池边赏月的盛事清景。陈师道《后山诗话》载:宋太祖夜幸后池,对新月置酒,召学士卢多逊作应制诗:"太液池边看月时,好风吹动万年枝。谁家玉匣开新镜,露出清光些子儿。"周密《武林旧事》卷七载:淳熙九年中秋,宋高宗和孝宗于后苑大池赏月,侍宴官曾觌献《壶中天慢》,词有"云海尘清,山河影满,桂冷吹香雪。何劳玉斧,金瓯千古无缺"句以歌颂升平。王沂孙此词中的"叹慢磨玉斧,难补金镜。太液池犹在,凄凉处、何人重赋清景",似由此感发,置今昔盛衰于尺幅之间,在强烈的对比中,反托今日物是人非不尽凄凉的情景。继之的"故山夜永",以实写虚,既由"夜永"托出残月黯淡之景,又象征这种深切的亡国之哀,将像这漫漫长夜一样,永久无尽地煎熬着亡国遗民的心灵。至此,已将词人的亡国哀伤写到极致。随后的"试待他、窥户端正",却又奇峰另起,见出沉郁顿挫之姿。"窥户端正"应上"团圆意"。设想他日月圆之时,故国残破山河在圆月映照之下,"还老尽、桂花影"的情景。新月尽管会再圆,而故国山河正如人一样不复青春之颜,衰颓老去,永无复旧之期。"桂花影",传说月中有桂树,用以喻投射在大地上的月光。设想中的圆月与残山剩水相对的悲怆情景,具有强烈的今昔之慨和悲剧力量。月亮自是盈亏有恒,而词人借此缺月还圆之意慨叹大地山河不能恢复旧时清影,其执著缠绵地痛悼故国之情,千载之下,仍使人低回不已。

这首词的抒情结构形式,也很有特色。赏月观月、因月感怀,是贯穿全篇的线索。诗人往往以现今对月的现实体验,牵引出对往昔的追忆。他在此遵循的是心理时间的逻辑。循着作者因新月而生的今昔纵横的意识情感流动轨迹,作者把新月的不同情态,以及与月亮相系的典事人情,作为寄寓和变化的外在形体,从而使起伏曲折的情感,得到有形的固定和外化。故这首词的结构特点是:以由今而昔的反逆式结构为主,又配置了纵横交错的关系,多侧面、多层次、动状地展示了词人的感情,使之堪称"古今绝构"。

(王筱芸)

蒋　捷

一剪梅

舟过吴江

一片春愁待酒浇。江上舟摇,楼上帘招。秋娘渡与泰娘桥①,风又飘飘,雨又萧萧。　　何日归家洗客袍?银字笙调,心字香烧。流光容易把人抛,红了樱桃,绿了芭蕉。

〔注〕　① 渡:《全宋词》作"度";桥:作娇。兹从龙榆生《唐宋名家词选》。

　　这首词写作者乘船漂泊途中倦游思归的心情。词题"舟过吴江"表明,他当时正乘船经过濒临太湖东岸的吴江县。首句"一片春愁待酒浇",揭出了"春愁"这个主题,并点出了时序。"一片",形容他愁闷连绵不断。"待酒浇",又从急需宽解表现了他愁绪之浓。唐韦庄《置酒不得》诗"满面春愁消不得",不就是由于无酒浇愁以至春愁难消么! 那么,词人的愁绪究竟在什么样的景况下产生的? 产生了哪些愁绪? 往下的描写就回答了这两个问题。

　　"江上舟摇,楼上帘招。秋娘渡与泰娘桥,风又飘飘,雨又萧萧",上片这五句,用跳动的白描笔墨,具体描绘了"舟过吴江"的情景。这"江",就是流经吴江县的吴淞江,即吴江。一个"摇"字,刻画出他的船正逐浪起伏地向前划动,带出了乘舟的主人公的动荡漂泊之感。一个"招"字,描写出江岸边酒楼上悬挂的酒招子

(酒帘)正在迎风飘摆、招徕顾客,也透露了他的视线为酒楼所吸引并希望借酒浇愁的心理。这两句都着笔于景物的动态。句中特别点出了吴江的两个引人注目的地名,表现他的船已经驶过了秋娘渡和泰娘桥,以突出一个"过"字。这个渡口和桥都是用唐代著名歌女的名字命名的,船经此处,很容易使人产生联想。作者偏偏挑出这两个地名,这里难道没有透露出他触景生情,急欲思归和闺中人团聚吗?漂泊思归,偏偏又逢上恼人的天气。作者用"飘飘""萧萧"描绘了风吹雨急,并连用两个"又"字,表示出他对这"不解人意"的风雨的恼意。

上片以白描写景,景中带情;下片正面写情,情中有景。"何日归家洗客袍?银字笙调,心字香烧",三句想象归家后的温暖生活,表现了他思归的急切。"何日归家"四字,一直管着后面的三件事:洗客袍、调笙和烧香。"客袍"是旅途穿的衣服。"洗客袍"意味着至少暂时结束了客游的劳顿生活;调笙,调弄起镶有银字的笙,烧香,点燃起熏炉里心字形的香。不用说,这三件事都是他的闺中人做的。这意味着他有美眷的陪伴,可以享受舒适的家庭生活的温暖。"银字"和"心字"这两个装饰性的用语,又给他所向往的家庭生活,增添了美好、和谐的意味。

倦游思归,是他的"春愁"的第一层含义,与此相关联,还有第二层含义,那就是对年华流逝的感叹。后者表现在结尾三句。句中舍弃了陈旧的套语,采用了拟人而又形象的语句"流光容易把人抛",突出时光流逝之快。特别是,作者还创造性地利用樱桃和芭蕉这两种植物的颜色变化,更具体地显示出时光的奔驰。李煜虽曾用"樱桃落尽春归去"揭示春去夏来的时令变化,而蒋捷则是

573

从不同的角度,抓住夏初樱桃成熟时颜色变红,芭蕉叶子由浅绿变为深绿这一特征,从视觉上对"时光容易把人抛"加以补充,把看不见的时光流逝转化为可以捉摸的形象。"红"和"绿"在这里都作使动词用,再各加一个"了"字,从动态中展示了颜色的变化。当然,这里作者并不光是在写景,而且是在抒情,抒发对年华消逝的慨叹。这第二层春愁,实际上是第一层春愁的深化。这种"转眼间又春去夏来"的感叹,包含了他对久客的叹息,包含了他思归的急迫心情,也包含着光阴似水的人生感喟。

《一剪梅》这个词牌,有叶六平韵和逐句叶韵两种写法。作者采用了逐句叶韵的格式,读起来更加铿锵悦耳。他还充分发挥了这种格式中四组排比句式的特点,加强了作品的表现力和节奏感。这都使它更像一支悠扬动听的思归曲,增添了它的余音绕梁之美。

(范之麟)

虞美人

听　雨

少年听雨歌楼上,红烛昏罗帐。壮年听雨客舟中,江阔
云低断雁叫西风。　　而今听雨僧庐下,鬓已星星也。
悲欢离合总无情,一任阶前点滴到天明。

　　这首词,层次清楚,脉络分明。分上、下片看,上片是感怀已
逝的岁月,下片是慨叹目前的境况。从通篇看,它按时间顺序,由
少年写到壮年,再写到老年,写了三个不同时期的不同环境、不同
生活和不同心情,而以"听雨"作为一条贯串始终的线索。

　　蒋捷生当宋、元易代之际,大约在宋度宗咸淳十年(1274)成
进士,而几年以后宋朝就亡了。他的一生是在战乱年代中颠沛流
离、饱经忧患的一生。这首词正是他的忧患余生的自述。他还写
了一首《贺新郎·兵后寓吴》词如下:

　　　　深阁帘垂绣。记家人、软语灯边,笑涡红透。万叠
　　城头哀怨角,吹落霜花满袖。影厮伴、东奔西走。望断
　　乡关知何处,羡寒鸦、到着黄昏后。一点点,归杨柳。

　　　　相看只有山如旧。叹浮云、本是无心,也成苍狗。明
　　日枯荷包冷饭,又过前头小阜。趁未发、且尝村酒。醉

虞美人

> 探枵囊毛锥在,问邻翁、要写《牛经》否。翁不应,但
> 摇手。

词中所写情事,可以与这首《听雨》词互相印证。两首词,可能都写于宋亡以后。不妨想象:作者执笔写词时,抚今思昔,百感茫茫,伤时感事,万念潮生,其身世之哀和亡国之恨是纷至沓来、涌集心头的。这里,有个人一生的离合悲欢,又有整个世局的风云变幻。要把这一切写进词中,不是一件轻而易举的事。比较而言:《兵后寓吴》词选用的是长调,还有铺叙回旋余地;这首《听雨》词所用的词牌《虞美人》,只有五十六个字,却竟然容纳了这么长的时间跨度和这么大的人事起伏,其概括本领是极其高明的。

其高明之处在于:作者没有用抽象的叙述来进行概括,而是从自己漫长的一生和曲折的经历中,截取了三幅富有暗示性和象征性的画面,通过它们,形象地概括了从少到老在环境、生活、心情各方面所发生的巨大变化。

作者首先选择了一幅歌楼上听雨的画面。画中展现的只是一时一地的片断场景,但却启人想象,耐人寻味,具有很大的艺术容量,使读者从一滴水尝知大海的滋味,从红烛映照、罗帐低垂这样一个光与色的组合中产生青春与欢乐的联想,从而想见身在其中的人,并进而推知他的"少年不知愁滋味"的情怀。但是,从作者一生看,这个阶段是短暂的,好景是不长的。如果把整首词作为一卷连属的画,那么,这一画面只居衬托地位。它是对后面的画面起反衬作用的。俗语说:"若要甜,加点盐。"有了这样一个显示青春与欢乐的画面,才使后面的画面更显得凄凉、萧索。

这后面紧接着出现的是一个客舟中听雨的画面。从取景角度看，前一幅摄取的是楼内近景；这一幅摄取的是舟外远景。它是从客舟中望出去的一幅水天辽阔、风急云低的江上秋雨图，而一只风雨中失群孤飞的大雁，正是作为作者自己的影子出现的。他进入壮年后，失去了"软语灯边、笑涡红透"的家庭温暖，在兵荒马乱、"万叠城头哀怨角"的大环境中，所过的是"东奔西走"、漂泊四方的生活，怀抱的是"望断乡关"、踽踽凉凉的心情。但他没有直接抒写那些痛苦的遭遇和感受，只展示了这样一幅江雨图，而他的一腔旅恨、万种离愁却都已包孕其中了。不过，就全词而言，这还不是作者要展示的主要画面，也只是起陪衬作用的。

在谋篇行文方面，这首词是从旧日之我写到今日之我，在时间上是顺叙下来的；但它的写作触发点却应当是从今日之我想到旧日之我，在时间上是逆推上去的。词中居主要地位的应当是今我，而非旧我。因此，继以上两幅一起反衬作用、一起陪衬作用的画面后，词人接着又让读者看到一幅显示他的当前处境的自我画像。画中没有景物的烘染，只有一个白发老人独自在僧庐下倾听着夜雨。这样一个极其单调的画面，正表现出画中人处境的极端孤寂和心境的极端萧索。他在尝遍悲欢离合的滋味，又经历江山易主的巨大变故后，不但埋葬了少年的欢乐，也埋葬了壮年的愁恨，一切皆空，万念俱灰，此时此地再听到点点滴滴的雨声，虽然感到雨声的无情，而自己却已木然无动于衷了。词的结尾，就以"悲欢离合总无情，一任阶前点滴到天明"这样两句无可奈何的话，总结了他"听雨"的一生。

温庭筠有一首《更漏子》词，下半首也写听雨："梧桐树，三更雨,不道离情正苦。一叶叶,一声声,空阶滴到明。"万俟咏也有一首以雨为题的《长相思》:"一声声,一更更。窗外芭蕉窗里灯,此时无限情。 梦难成,恨难平。不道愁人不喜听,空阶滴到明。"乍看之下,两词所写,都与这首《虞美人》词的结尾两句有相似之处。但温词和万俟词的辞意比较浅露,词中人也只是为离情所苦而已;蒋捷的这首词,则内容包涵较广,感情蕴藏较深。这首词写他一生的遭遇,最后写到寄居僧庐、鬓发星星,已经写到了痛苦的顶点,而结尾两句更越过这一顶点,展现了一个新的感情境界。温词和万俟词的"空阶滴到明"句,只作了客观的叙述,而蒋捷在这五个字前加上"一任"两个字,就表达了听雨人的心情。这种心情,看似冷漠,近乎决绝,但并不是痛苦的解脱,却是痛苦的深化。这两个字,在感情上有千斤分量,而其中蕴含的味外之味是在终篇处留待读者仔细咀嚼的。

(陈邦炎)

解连环

孤 雁

楚江空晚。怅离群万里,恍然惊散。自顾影、欲下寒塘,正沙净草枯,水平天远。写不成书,只寄得、相思一点。料因循误了,残毡拥雪,故人心眼。　　谁怜旅愁荏苒。谩长门夜悄,锦筝弹怨。想伴侣、犹宿芦花,也曾念春前,去程应转。暮雨相呼,怕蓦地、玉关重见。未羞他、双燕归来,画帘半卷。

　　张炎以咏物词为最精到。邓牧说他的《南浦》咏春水一首为"绝唱今古,人以'张春水'目之",但从咏物词的技法、风格和寄意来说,却不如这一首咏孤雁的《解连环》更有代表性。孔齐《至正直记》曰:"张叔夏孤雁词,有云'写不成书,只寄得、相思一点',人皆称之曰'张孤雁'。"这首《解连环》咏物的技法最为出色,对孤雁的刻画,可以说是穷形尽相,作者的家国之痛和身世之感尽蕴含在对孤雁这一形象的描绘中。

　　词作一开始,作者困顿惆怅的情怀,便伴孤雁一起飞来。明写孤雁,暗写自身。楚江,与楚天的意思相同,指湖南。因衡阳有回雁峰,又雁多经潇湘,至衡阳不再南飞,潇湘、衡阳皆楚地,故用以切雁飞宿之处。头三句写长天无际,离群万里。不只写雁,且点明"孤"字。"怅"字、"恍然"字、"惊"字,再加首句的"楚江"与"晚"字,写出了孤雁之遭际,使人分明意识到了作者的凄怆情怀。张炎生当南宋末年,国势垂危,作为一个词人,对于时局无能为力,不胜忧愤,所以借用咏物词体,以寄托一腔幽怨。

"自顾影"一韵,意在顾影,所谓"顾影自怜",也有深自珍惜之意。以其惊魂恍然,故徘徊欲下,而目光所到之处,唯见枯草平沙,依然一片寂寥。南宋诗词家的这种寂寥情怀,几乎是共同的,谢枋得有诗:"十年无梦得还家,独立青峰野水涯。天地寂寥山雨歇,几生修得到梅花?"(《武夷山中》)虽然诗是抒情,词是咏物,但他们感情的音响却同样都是那一缕家国的哀思。飞自孤飞,落也孤宿。写孤雁踌躇不决的心境,说它徘徊顾影,只是为了进一步突出它的孤独。

"写不成书",用《汉书》所载苏武事,后人诗词中常以雁为传书使者。雁飞有序,呈一字形,或人字形,因孤雁排不成字,所以说"只寄得、相思一点",用典别出心裁。这种相思之苦与家国之苦,在朦胧之际,已无从分辨。

为了不致使读者误会这是一首说相思的情诗,作者在下文又延伸了苏武"雁足传书"之说。这一韵的三句,不但是为雁立传,而且在"咏雁"这层朦胧的面纱下面,可以依稀看到作者思想面貌的完整轮廓。字面上是说孤雁因循,误了寄书,因而也误了残毡拥雪的苏武托雁寄书的心事。"残毡拥雪",苏武出使匈奴被扣留,不肯降,被置大窖中,不与饮食,"武卧啮雪,与旃(毡)毛并咽之,数日不死"(《汉书》本传),是一个不屈的爱国者的形象。而作者以孤雁自比,其"故人"当亦是苏武一类人。联系作者所处的时

580

代,南北隔绝,北方"故人"的心事不能达于南方,我们只领会作者意之所指也就够了。

过片的"旅愁",照应前文的"离群万里"。"荏苒",辗转或迁延的意思。这一句说:有谁怜念这因时序的迁延流转而与日俱增的孤独的旅愁呢?下面两句,又追加了这层意思。说长门夜悄与锦筝弹怨,不止是用汉武帝陈皇后失宠后孤宿长门宫故事,还兼用杜牧《早雁》诗意:"金河秋半虏弦开,云外惊飞四散哀。仙掌月明孤影过,长门灯暗数声来。须知胡骑纷纷在,岂逐春风一一回?莫厌潇湘少人处,水多菰米岸莓苔。"杜牧目睹战乱使百姓流离的情景,以诗寄托他的同情,这与南宋"胡骑纷纷",人民流离的情况大致相同,所以这里化用杜牧诗意是很贴切的。前文拎出残毡拥雪的"故人",这里又拎出"长门灯暗"的宫廷,用一个漫字,把长门、锦筝两个典故组织到一起,用来渲染孤雁的哀怨。锦筝弹怨,用钱起《归雁》诗意:"潇湘何事等闲回?水碧沙明两岸苔。二十五弦弹夜月,不胜清怨却飞来。"这种用他人诗情为己作傅彩的办法,在宋人咏物诗中最为常见。一方面借增词情,一方面为所咏之物生色。但这里长门的夜悄,锦筝的清怨,除用典之外,还另有用心。

"犹宿芦花"是孤雁对远方伴侣的想念,从这里开始全是想象之辞。首先想的是那么多伙伴,是否大家依然相守在芦花丛里?其次想的是伙伴们"也曾念"春天到来之前,应该回北方去了。回北方,也许大家还能相见。下面是一个缥缈的幸福设想,这个设想支持孤雁,使它能够忍受长期的孤苦。玉关春雨,北地黄昏,一声惊呼之中,将怎样和旅伴们重见呢?这里用了唐人崔涂《孤雁》

581

"暮雨相呼失,寒塘欲下迟"诗意,"怕"字含意深微。长期的期待与渴望,一旦相见期近,唯恐至时又不能相见,反怕春期之骤至。但若能相见,虽荒野寒沙,也无愧于寄身画栋珠帘、不识愁苦的双双紫燕了。

这里的"去程""玉关",都是耐人咀嚼的字面,其中有人,呼之欲出。寄意所归,正在语言之外。

《解连环·孤雁》是南宋咏物词中的名篇之一。这首词具有比较完备的咏物词的特征与技法,构思精巧,体物细腻,既能寄意深微,又能穷形尽相。这些地方均能见到南宋咏物词的特征,也可概见张炎咏物词深厚的艺术功力。 (孙艺秋)

人月圆

南朝千古伤心事,犹唱后庭花。旧时王谢,堂前燕子,飞向谁家? 恍然一梦,仙肌胜雪,宫髻堆鸦。江州司马,青衫泪湿,同是天涯。

在北宋覆亡前后,有一批著名才子如宇文虚中、吴激等,以宋臣而留仕于金,风雪穷边,故国万里,内心是很矛盾和痛苦的。

据刘祁《归潜志》记载,有一次宇文虚中与吴激在张侍御家会宴,发现一佐酒歌姬原是宋朝宗室女子,曾嫁与宋徽宗生母陈皇后娘家的人,如今却流落北方沦为歌妓了。宴会诸公感慨唏嘘,皆作乐章一阕。宇文首赋《念奴娇》,次及吴激,作上面这首《人月圆》。宇文《念奴娇》是这样写的:

　　疏眉秀目,看来依旧是,宣和妆束。飞步盈盈姿媚巧,举世知非凡俗。宋室宗姬,秦王幼女,曾嫁钦慈族。干戈浩荡,事随天地翻覆。　　一笑邂逅相逢,劝人满饮,旋旋吹横竹。流落天涯俱是客,何必平生相熟。旧日黄华,如今憔悴,付与杯中醁。兴亡休问,为伊且尽船玉。

宇文这首词据事直书,把这位女子的妆束、丰采、出身遭遇,都写得很具体。又写宴会上邂逅相逢,见她吹笛劝酒,周旋于宾客之间,不胜今昔之慨。通篇用的全是纪实之笔。再来看吴激这首《人月圆》则完全另是一副笔墨,几乎通篇都是化用唐人诗句,空灵蕴藉,唱叹有情。杜牧《泊秦淮》诗云:"商女不知亡国恨,隔江犹唱后庭花。"《人月圆》头两句即用小杜诗意,以南朝指北宋,谓北宋之灭亡已成千古伤心事了,今遇故宋皇家女子犹唱旧时歌曲,令人感慨系之。接着"旧时王谢"三句,化用刘禹锡《乌衣巷》诗:"旧时王谢堂前燕,飞入寻常百姓家。"刘禹锡用今昔燕子的变化,暗示南朝王谢世家的衰败。吴激则借用"飞入寻常百姓家"的"王谢燕"的形象,比喻这位皇家女子的沦落,感叹北宋王朝的倾覆。皇宫倒塌了,覆巢之下,燕子又能"飞向谁家?"这一问,含有多少辛酸的眼泪,词人不忍直说她如今沦落到何等地步,然而上面"犹唱后庭花"一句已经暗暗透露她的"商女"身份了。

吴激这首词虽笔致空灵,但也必须有一两句实写,才不致使人扑朔迷离。因此,过片几句推出前面暗示的"商女"形象:"仙肌胜雪,宫髻堆鸦。"她肌肤是那样的晶莹洁白,她的发髻乌黑光溜,犹是旧时宫中式样。这两句描写,不只是单纯写这位歌姬之美,而是从她的容颜梳妆,勾起了词人对北宋故国旧事的回忆与怀念。所以词人抚今追昔,有"恍然一梦"之感!

昔日皇家女子,今朝市井歌妓,这个对比太强烈了,不禁触发了词人故国之深悲,身世之同感。吴激想自己如今羁身北国,"十年风雪老穷边"(刘迎《题吴激诗集后》),自己和这位歌女不"同是天涯沦落人"么? 这自然使他想起当年白居易浔阳江头遇琵琶女的情景,想起白居易的悲叹:"同是天涯沦落人,相逢何必曾相识。……座中泣下谁最多,江州司马青衫湿。"(《琵琶行》)吴激在《人月圆》结尾三句便融合白诗意境,把自己和眼前这位歌姬,比为白居易之与琵琶女了。

将吴激《人月圆》与宇文虚中《念奴娇》比较,高下立见。宇文词说自己与这位"举世知非凡俗"的歌女,"流落天涯俱是客","兴亡休问,为伊且尽船玉(即酒杯)",直说其事,直抒其情,自是索然寡味。而吴激则巧妙地将"犹唱后庭花""王谢堂前燕""同是天涯沦落人"诸诗句的意境,剪裁缀辑,融化一体,准确地暗示出所要写的事,并使之恰如其分地表现自己的思想感情。看去虽用古人句,而能以故为新,思致含蓄甚远,不露圭角,浑然天成。相传当时身为文坛盟主的宇文虚中,本视吴激为后进。自《人月圆》一出,刮目相看,自愧不如,从此对他推崇备至。

北宋中叶以后,填词渐趋工巧,隐括唐人诗句填词,蔚为风气。贺铸、周邦彦、吴文英都擅长此道。吴激这首词运用古人诗句,浑然天成,如自其口出,能以人巧与天工相吻合,也是一首成功的隐括体。

(高　原)

蔡松年

念奴娇

还都后,诸公见追和赤壁词,用韵者凡六人,亦复重赋。

离骚痛饮,笑人生佳处,能消何物。夷甫当年成底事,空想岩岩玉壁。五亩苍烟,一丘寒碧,岁晚忧风雪。西州扶病,至今悲感前杰。　　我梦卜筑萧闲,觉来岩桂,十里幽香发。岿隗胸中冰与炭,一酌春风都灭。胜日神交,悠然得意,遗恨无毫发。古今同致,永和徒记年月。

　　这首词的上片,间接表达了词人对现实的不满和对官场的厌倦,为下片抒发隐居避世的生活志趣作铺垫。开头三句,说人生最得意事,无如饮酒读《离骚》。"痛"字,"笑"字,相排而出,奠定了激越旷放的基本情调。夷甫是东晋名士王衍的字。顾恺之《夷甫画赞》称"夷甫天形瓌特,识者以为岩岩清峙,壁立千仞"。王衍清雅有才气,而随时俯仰,唯谈老庄为事。后为石勒所杀。死前顾而言曰:"呜呼,吾曹虽不如古人,向若不祖尚浮虚,戮力以匡天下,犹可不至今日。""西州扶病",用谢安故事。谢安为东晋名臣,文才武略兼备,尝有天下之志。淝水大捷后命将挥师北进,一度收复河南失地。然终因位高招忌,被迫出镇广陵,不问朝政。西州在今南京市区西南面,为晋扬州刺史治所。太元十年,谢安扶

病舆入西州门,不久病逝。词中称引这两个历史人物,表现了作者矛盾的心理情绪。他对王衍的回避现实祖尚浮虚有所不满,对谢安的赍志以殁深表同情和怨愤。但是谢安所以不能施展才识,乃时势所限,朝廷中的倾轧排挤,使他不得不激流勇退。作者徘徊在出世与入世、积极与消极的边缘,他选择的正是他所不满的人生道路。饮酒读《离骚》,是消化内心块垒的手段,而隐居避世,则是作者引领以望的平安归宿。"五亩苍烟,一丘寒碧",盖指词人所经营的镇阳别业。"五亩""一丘",皆借指退隐之所。白居易《池上篇》诗序略云于洛阳履道里西北隅营宅为退老之地,诗云:"十亩之宅,五亩之园,有水一池,有竹千竿。勿谓土狭,勿谓地偏;足以容膝,足以息肩。……"故苏轼《司马君实独乐园》诗"中有五亩园,花竹秀而野",又《六年正月二十日……》诗"五亩渐成终老计",都用此典。松年《水调歌头·送陈咏之归镇阳》,有"共约经营五亩,卧看西山烟雨"之句,同此。"一丘"用《汉书·叙传》:"渔钓于一壑,则万物不奸其志;栖迟于一丘,则天下不易其乐。""苍烟""寒碧",总写别业园林山水草木之秀润。"岁晚忧风雪"是有感于现实的忧患意识。这既是现实的折映,又有历史的借鉴。这种对家山的怀想,置于两个历史人物的中间,仿佛是压抑不住的潜意识,也正反映了他徘徊歧路的精神状态。

　　下片正面抒写归隐之志和超脱之乐。换头借梦生发,一苇飞渡,由京都到镇阳别墅,也等于由现实到理想。镇阳别墅有萧闲堂,作者因自号萧闲老人。桂花飘香,酒浇垒块,知己相聚,清谈赋诗,人生如此,可谓毫发无遗恨。(杜甫《敬赠郑谏议十韵》:"毫发无遗恨。")这是作者所勾画的暮年行乐图。韩愈《听颖师弹琴》

587

诗"无以冰炭置我肠",廖莹中注引郭象《庄子注》:"喜惧战于胸中,固已结冰炭于五藏矣。"这两句词说胸中杂有相矛盾的喜惧之情,不平之气,遇酒("春风"谓酒。黄庭坚《次韵杨君全送酒》:"杯面春风绕鼻香。")都归于消灭,无喜亦无忧。结句回到诸公相聚唱和的背景上来。胜日神交,古今同致,王羲之《兰亭集序》又何必记"永和九年,岁在癸丑"呢!

这首词上下两片,情绪相逆相生。上片悲慨今古,郁怒清深;下片矫首遐观,入于旷达自适之境。其实胸中垒块并未浇灭,不过用理智的醉意暂时驱遣,强令忘却,故旷达中时露悲凉。

词的前、中、后三处,提及三个东晋名士,虽非咏史,却得园林借景之妙。明人计成《园冶》谓,"园林妙于因借",诗词用典之妙,与此相通。蔡松年虽然官运通达,毕竟是南人北来者,于现实是非不得不有所规避。"至今悲感前杰"一句,不仅是对谢安的赍志以殁表示痛惜,亦有吊古伤今古今同愁的悲慨。词中并不直接褒贬现实,而"隔篱呼取",寓主意于客位,提示而不露圭角。

张宗橚《词林纪事》引范文白语曰:"此公乐府中最得意者。"蔡松年词品,有两大源头,一是他在词中反复道及的"东晋奇韵",二是东坡乐府的清旷词风。这首词用韵追和苏轼,用典取诸东晋,联系整个《明秀集》来看,不是偶然的。这首词的音调清雄顿挫,有敲金戛玉之声。"五亩苍烟,一丘寒碧","觉来岩桂,十里幽香发",净洗铅粉,别作高寒境。况周颐《蕙风词话》谓"全词清劲能树骨",这首词不仅可以视为蔡松年的代表作,置诸《中州乐府》,也是很有代表性的。

(张仲谋)

刘　著

鹧鸪天

雪照山城玉指寒，一声羌管怨楼间。江南几度梅花发，
人在天涯鬓已斑。　　星点点，月团团。倒流河汉入
杯盘。翰林风月三千首，寄与吴姬忍泪看。

　　这首词从"寄与吴姬"的字面看，当是作者客居北地时的怀人
之作。上片状别离滋味，下片抒思念情怀。写得情真意挚，清丽
绵密而又自然健朗，笔墨别具一格。

　　"雪照山城玉指寒，一声羌管怨楼间。"起拍，追怀往日那次难
忘的离别场面。山城雪照，一个严寒的冬日。山城指南方某地，
作者与所爱者分携之处。"悲莫悲兮生别离"，离筵别管充满了悲
凉的气氛。玉指寒，既点冬令，又兼示离人心上的凄清寒意。羌
管，即笛，吹梅笛怨，也许是她在小楼上奏起的一曲《梅花落》吧。
羌管悠悠，离愁满目。这两句自"细雨梦回鸡塞远，小楼吹彻玉笙
寒"化出，而景情切合，缠绵哀感，深得脱胎换骨之妙。这一别，黯
然销魂，情难自禁；从此后，相思两地，再见何年。下面的"江南几
度梅花发"，接得如行云流水，自然无迹。由笛怨声声到梅花几
度，暗示着江南的梅花开了又落，落了又开，情天恨海，逝者如斯。
无情的岁月早经染白了主人公的青青双鬓。追忆别时，恍如昨
日。整个上片，读来已觉回肠荡气。

下片,由当年写到此夕,感情进一步深化。天涯霜月又今宵。茫茫百感,袭上心头,除了诗和酒,世上还有什么能寄托自己的思恋,消遣自己的愁怀! 换头先说饮酒。一片深愁待酒浇。苍茫无际的天野,有星光作伴,月色相陪,还是开怀痛饮,不管一切吧。这几句大有"尽吸西江,细斟北斗,万象为宾客"的气势,"倒流河汉",等于说吸尽银河;更巧妙的是暗中融化了李长吉"酒酣喝月使倒行"(《秦王饮酒》)的意境,痛饮淋漓,忘乎所以,恨不得令银河倒流,让辰光倒转,把自己的一腔郁闷,驱除个干净。兴会不可谓不酣畅了。然而,酒入愁肠,化作的毕竟是相思泪啊! 紧接着,一气呵成的,就是放笔疾书,不可遏止地倾诉,无所顾忌地抒怀,要将那无穷的往事、别后的相思,要将那尘满面、鬓如霜的感慨,要将那但愿人长久、千里共婵娟的祝愿,一齐泻向笔端。可这些,又岂是有限的篇章、区区的言语所能表达,他只好借助于欧公《赠王安石》的成句,动用一下"翰林风月三千首"了。而竟夕呜咽、愁情满纸的诗篇,寄与伊人,将又会带给她多少新的悲哀呢?"忍泪看",正是没法忍泪,唯有断肠。作者仿佛已感到了她的心弦颤动,看到了她的泪眼模糊。设身处地,体贴入微,心息之相通,一至于此。

魂逐飞蓬,心灵感荡,"非陈诗何以展其义,非长歌何以骋其情"! 而在一首短章小令之中,用词代简,以歌当哭,包含了如许丰富的感情容量,传达了如许深微的心理活动,长短句的语言艺术功能也可算得发挥尽致了。

陈廷焯《词则》说这首《鹧鸪天》"风流酸楚",似嫌泛泛;况周颐《蕙风词话》论金词云"金源人词伉爽清疏,自成格调",则较能说出金代的词风特色。刘著虽是汉人，而由宋仕金，久居北国，笔墨间塞北风沙之气已渐融入了江南金粉之思，仅从这首小词看，也是悱恻缠绵、感激豪宕，兼而有之。在当时确乎能自成格调，对后来也遥开满族词人纳兰性德的先声(纳兰词的"万帐穹庐人醉，星影摇摇欲坠"等作，近于此种风调)。可惜的是，沧海遗珠，我们只能从《中州乐府》中读到刘著唯一的这篇词作。　　(顾复生)

刘　迎

乌夜啼

离恨远萦杨柳，梦魂长绕梨花。青衫记得章台①月，归路玉鞭斜。　　翠镜啼痕印袖，红墙醉墨笼纱②。相逢不尽平生事，春思入琵琶。

〔注〕　① 章台：本为战国时秦国宫名。汉代在此台下有章台街，张敞曾走马过此街。唐人许尧佐有《章台柳传》，后人便以章台为歌妓聚居之处。　② 醉墨笼纱：此用"碧纱笼"故事。唐代王播少孤贫，寄居扬州惠昭寺木兰院，为诸僧所不礼。后播贵，重游旧地，见昔日在寺壁上所题诗句已被僧用碧纱盖其上。见《唐摭言》卷七。

　　这首词从内容来看，并不新奇：上片描写作者对于一位歌妓的怀念和对于往昔冶游生活的回忆，下片描写那位歌妓在他走后的不忘旧情以及两人重聚时的百感交集，表达了这对恋人之间的绵绵深情。然而在读它时，却并不觉得有陈旧烂熟之感，反觉得"很美"，这是什么原因呢？细心的读者便会发现：第一，它得力于意象之美和色彩之丽；第二，它得力于句式的整齐和语势的流贯。

　　先说前一点。"离恨远萦杨柳，梦魂长绕梨花"，这本是写作者对于那位歌妓的怀念。然而它却并不直接点明"歌妓"的字面，而是别致地改用"杨柳""梨花"这两个形象优美、比喻巧妙的意象来取代，这就给读者带来了丰富的美感。柳者，"留"也。古人常用折柳来赠别。而且"人言柳叶似愁眉，更有愁肠似柳丝"（白居易《杨柳枝》）、"苏小门前柳万条，毵毵金线拂平桥"（温庭筠《杨柳枝》），那依依袅袅的柳枝形象，一以使人牵惹起撩乱不禁的离愁别绪，二以使人联想到那歌妓娉娉婷婷的细腰，所以放在"离恨远萦"之后以代指歌妓，就收到了一箭双雕之功。"梨花"句亦同：白居易曾以"梨花一枝春带雨"（《长恨歌》）来形容杨玉环流泪的美容，李重元又以"欲黄昏，雨打梨花深闭门"之句来描写"萋萋芳草忆王孙"（《忆王孙》）的缠绵情思。所以把"梨花"放在"梦魂长绕"之后，也显得十分哀艳。加上"萦"与"绕"（前面还冠以"远"与"长"的形容）这两个动词用得得当，就使我们感到词人的一勾离魂仿佛始终长绕在那位如花如柳的倩娘身边而不肯须臾别去！再说下两句"青衫记得章台月，归路玉鞭斜"，这是追忆他当初"走马章台"的冶游生活。他在这里，用了一个"青衫"（唐时九品小官之服饰）与"玉鞭"相对举，再把这二者置之于红楼（章台街自然多的是红楼翠馆）夜月的环境之下，既显示了自己的风流倜傥，又赋予了这种冶游生活以"诗"的美感。色泽的美丽，意境之清雅，不能不使人为之赞叹。更如下片首两句"翠镜啼痕印袖，红墙醉墨笼纱"，本是写他旧地重游的闻见：那位歌妓在他走后念念不忘旧情，终日啼泣，竟至在对镜梳妆时把啼痕抹到了衣袖之上；还小心翼翼地用碧纱把词人分别时醉题在墙上的诗句（墨迹）盖好。但由于用了"翠镜""红墙"这样色彩鲜妍的字面，再用了"啼痕印袖""醉墨笼纱"这些既香艳旖旎、又带书卷气的字句，就使它显得格外凄婉醇厚。所以，比较起某些俗靡的艳词来，这首词可谓是写得"好色而不淫"，深得"艳而不靡"之妙。而这，又是与它善于选择优美文雅的意象和择用色彩妍丽的字句分不开的。换句话说，此词中所表达的思想内容，虽仍不过是一般的男女恋情，然而由于作者精心地择取了一些美丽精致的词藻,加以"裹织"(此亦即《花间集序》所谓"织绡泉底""裁花剪叶"的功夫),这便使它焕发出特异的艳美色泽来。

次说第二点。此词一共八句而每两句构成一层。"离恨远萦杨柳,梦魂长绕梨花"与"翠镜啼痕印袖,红墙醉墨笼纱"四句,用的是对仗句法,很觉整齐工致。而"青衫记得章台月,归路玉鞭斜"与"相逢不尽平生事,春思入琵琶"四句,则用的是字数不等的长短参互句式,读后深觉有流走贯注之妙。比如"青衫"两句中用了"记得"这样一个动词,就把往事用回忆的手法倒叙出来,而仍显得文气连贯。"相逢不尽平生事,春思入琵琶"两句则写两人重聚,百感交集,悲喜难言,于是那女子便把满腔情思统统注入她所弹奏的琵琶声去,让那"弦弦掩抑声声思"的琵琶语去"说尽心中无限事"。这在词情内容上既有所发展(写别后重逢时的畅谈衷曲),即在语势上也显得有"由整而散"的变化感。所以总观全词,四句对仗句在读者心中形成了"整齐"的印象,另外四句参差不齐的句子则又留给人以"流贯"的印象。两者叠合,便产生了舒徐抑扬、顿挫流转的美感。特别是末尾以琵琶声作结,更使人如有碎若明珠走玉盘的奇妙音响回旋耳畔,生出不尽之联想于言外。

最后应该提到的是,作者刘迎,是一位金国的作者。照理来讲,金国词风颇多"深裘大马"的伉爽之气。然而此词却绝似宋朝的婉约词作,这或许正如贺裳《皱水轩词筌》所说的那样,是"才人之见殆无分于南北(按:金在宋之北也)也"。

(杨海明)

月上海棠

傲霜枝袅团珠蕾。冷香霏、烟雨晚秋意。萧散绕东篱，尚仿佛、见山清气。西风外，梦到斜川栗里①。　　断霞鱼尾明秋水，带三两飞鸿点烟际。疏林飒秋声，似知人、倦游无味。家何处？落日西山紫翠。

〔注〕　①斜川栗里：斜川是陶潜曾游之地，在今江西星子、都昌二县间；栗里是陶潜经行之地，在今江西九江市西南。当其故里柴桑与庐山之半途。《宋书》本传载："潜尝往庐山，(王)弘令潜故人庞通之赍酒具于半道要之。"

　　党怀英是金代中期的文坛领袖，诗文书法俱享盛名，词作亦颇臻妙境。此词是他的一篇名作。写作时地虽无记载，但据其中"梦到斜川栗里"和"倦游无味"等语，很可能作于金世宗(完颜雍)大定十五年(1175)前后任汝阴(今安徽阜阳)县令时。因为金朝虽重视县令的地位和作用，获此职者颇有前程，但军国赋役苛繁，有司督责严急，像作者这样有点清高思想的文人，在任期间必然有劳神于簿书尘务之感，也难免兴"折腰向乡里小儿"(萧统《陶渊明传》语)之叹。此时远慕陶令风流，思欲辞官归隐，自是情理中事。而在此以前则尚处卑微，似不当以陶潜自况；在此以后则渐居清显，又不至以陶潜自况了。

　　上片以景语起："傲霜枝袅团珠蕾。冷香霏、烟雨晚秋意。"十五个字画出一幅清新淡雅的菊丛烟雨图。"傲霜枝"指菊,本于苏轼《赠刘景文》诗"菊残犹有傲霜枝"。青枝绿叶间缀着一颗颗带雨珠的花蕾,秋风吹来,花枝轻轻摇摆,把幽冷的芳香散发到轻烟微雨中,使晚秋风光更富有诗意了。二句虽写景,然景外有人,景从人的眼中看出,"晚秋意"三字便是他对此一景物观感的概括。至"萧散绕东篱,尚仿佛、见山清气"二句,正在赏菊的作者于是乎出现。陶潜《饮酒二十首》之五"采菊东篱下,悠然见南山。山气日夕佳,飞鸟相与还",与《归鸟》诗"日夕气清,悠然其怀",并是词语所本。情境俱合,故有意承用陶诗语言情味以写之,"仿佛"二字,即自表有似陶潜当日"悠然"自得的心怀。而写山气清佳,也借陶诗暗中点出此时正当"日夕",为下文说"落日"预作伏笔。开篇至此,由赏菊而及于爱菊之陶潜,流露了对这位高人的追慕之意。"西风外,梦到斜川栗里",继续抒写慕陶之情,但意蕴更加深入一层,在此黄花畔,西风里,梦想也能如陶潜在"归休"之后,"与二三邻曲,同游斜川"。栗里是连类而及。"西风外"之"外"字有多义。今人王锳《诗词曲语辞例释》"外"字条云:"外,方位词,在诗词中运用极为灵活,可以表示内中、边畔、上、下等方位。"所举"内中"义诸例中,尤以《百花亭》杂剧第一折之"杨柳映,杏花遮,东风外,酒旗斜",与此词"西风外"最近,可以参证。

过片又回到写景。"断霞鱼尾明秋水,带三两飞鸿点烟际",乃由烟雨转写晚晴,用苏轼《游金山寺》诗"断霞半空鱼尾赤"语意,影写秋江晚景。片片晚霞被残阳染成鱼尾一样绯红的亮色,把一江秋水照得分外澄明,天边霏微的烟霭中隐隐移动着三两点飞鸿的影子。造境高远,写象清丽,微露苍茫之感,掩映思归情绪。"疏林飒秋声，似知人、倦游无味"，则暗用《世说新语·识鉴》所记西晋张翰故实。张翰为齐王东曹掾，在洛阳见秋风起，因思吴中菰菜、莼羹、鲈鱼脍，曰："人生贵得适意尔，何能羁宦数千里以要名爵！"遂命驾便归。作者另有《黄弥守画吴江新霁图》诗云"借问张季鹰，西风几时还"，也借秋风起以寓思归之兴，此则明用。历来诗词用此事者甚多。此词中写作疏林发出飒飒秋声以示秋风吹起，且此"秋声"又似知人倦宦思归，则是作者的变化增益，语婉曲而味深永，显示了词体的长处。"倦游"同于辛弃疾《霜天晓角》所说的"宦游吾倦矣"，"无味"取"鸡肋"之喻。四字平浅而蕴积实深，从胸臆间流出。结尾承倦游思归意，而苦于薄宦羁身，实未能归，遂有"家何处"一问，似转得突兀而实自然；兼以"落日西山紫翠"句，深得唐崔颢《黄鹤楼》诗"日暮乡关何处是，烟波江上使人愁"的神理。

这首词在艺术表现上是很成功的。情景浑融，意象丰美。起笔、过片、结束皆景语，中间用情语连接，由景入情，因情出景，情景交映，词中有画。正如况周颐《蕙风词话》卷三评此词后段所云："融情景中，旨淡而远，迁倪(元代水墨山水画家倪云林)画笔，庶几似之。"同卷又论党氏词风，屡以"疏秀""松秀""潇洒疏俊"等称之，可谓允当。

（罗忠族）

朝中措

襄阳^①古道灞陵桥,诗兴与秋高。千古风流人物,一时多少雄豪。　　霜清玉塞,云飞陇首,风落江皋。梦到凤凰台上,山围故国周遭。

〔注〕　① 襄阳:疑咸阳之音讹。

　　完颜璹是个"酷爱东坡老"(《自题写真》)的颇具才华的词人。为词劲健凝重,委婉多致。本词则追昔伤今,寄寓了他对国家前途的深切忧思。

　　词的首句,以灞陵古道起兴,俨然有大气包举之势。李白《忆秦娥》词称:"年年柳色,灞陵伤别","咸阳古道音尘绝。音尘绝,西风残照,汉家陵阙"。本句虽是由此化用而来,但所表达的感情色彩却迥然有别。灞陵桥,即霸桥。《三辅黄图》载:"霸桥在长安东,跨水作桥。汉人送客至此桥,折柳赠别。"作者采此地名入词,当然无意于写离愁别绪。而是因为,在历史上,这一带曾发生过无数次争城夺池的斗争,涌现出许多叱咤风云的英雄人物。建都于咸阳的秦始皇,"挥剑决浮云","大略驾雄才",完成了统一大业,被许为盖世英杰。"按剑清八极,归酣歌《大风》"的汉高祖刘邦,曾朱旗遥指,回定三秦,战败刚猛勇烈的楚霸王项羽,削平军阀势力,建立了汉王朝,定都长安。另外,如汉初功臣萧何、张良、韩信，汉武帝时抵御匈奴、屡立奇功的名将卫青、霍去病，射虎南山的飞将军李广，文武兼具、才气横溢的唐太宗李世民，唐朝开国功臣李靖、李勣、魏徵……他们在这里，都留下了许多可歌可泣的事迹。词人缅怀英雄业绩，联想到金朝国势日衰，无人能只手撑天，扭转时局，自然兴起无限感慨，不禁诗兴大发，寄意挥毫。"千古风流人物，一时多少雄豪"，虽沿用苏轼《念奴娇·赤壁怀古》词句，但却如由肺腑中流出，有一泻千里之势，极为豪迈雄放，抒发了他深切追念前代英豪的真挚情感。同时，也流露出他对金朝前途的忧虑。他的极高的赋诗兴致，是起之有因的。

继而，词人又以"玉塞""陇首""江皋"诸名目入词。这三句是写秋景，缘"秋高"意而来，但也可能寓有词人的"秋怀"。玉塞，即玉门关，又称玉关。"云飞陇首"两句，出南朝梁柳恽《捣衣诗》"亭皋木叶下，陇首秋云飞"。词人虽贵为王孙，却为朝廷防忌，如入缧绁，行动不得自专（见刘祁《归潜志》），且生活困窘，"客至，贫不能具酒肴"（《金史》本传）。这三幅不同地域的画面上，正融进了他抑郁、冷凄、酸楚、愤懑等各种复杂的情感，是他积郁已久的难言之隐的曲折表露。末尾几句，则化用李白《登金陵凤凰台》以及刘禹锡《石头城》"山围故国周遭在，潮打空城寂寞回"诗句，寓有强烈的伤时之感，表明了词人对故都燕京的深沉追念。此类情感，在其诗作中亦屡见，如"悠然望西北，暮色起悲凉"（《城西》）、"纵使风光都似旧，北人见了也思家"（《梁园》）均是。以目下的冷落、悲凉，"凤去台空"，与往日的雄豪辈出、事业兴旺相对照，更反衬出词人的焦灼、悲苦心理，具有很强的艺术感染力。

一般的感今追昔之作，往往胶结于一时一地一物，而本作不然。笔势跳荡,纵横多变,忽东忽西,忽南忽北,借助于地域景物的转换,来透露其蕴含于内心的感情潮水的跌宕起伏,"凡身世之感,君国之忧,隐然蕴于其内,斯寄托遥深,非沾沾焉咏一物矣"(沈祥龙《论词随笔》)。词人尽管忧念国事,但由于政治环境的险恶,一腔心事不能径直道出,只能婉曲地透露其幽怀,故多感怆伤痛之语。其用典使事亦以意贯串,浑化无痕,意深而笔曲,耐人寻味。

(赵兴勤)

水龙吟

短衣匹马清秋，惯曾射虎南山下。西风白水，石鲸鳞甲，山川图画。千古神州，一时胜事，宾僚儒雅。快长堤万弩，平冈千骑，波涛卷，鱼龙夜。　　落日孤城鼓角，笑归来、长围初罢。风云惨淡，貔貅得意，旌旗闲暇。万里天河，更须一洗，中原兵马。看辒辌呜咽，咸阳道左，拜西还驾。

　　这是一首气势磅礴的猎词。作者王渥是金著名文士，曾出使宋朝，应对敏捷，有"中州豪士"之称。可惜其词流传下来的仅此一首。词题下原注云："从商帅国器猎，同裕之赋。"商帅国器，是金镇守商州的完颜斜烈(字国器)。商州，治所在今陕西商县。"同裕之赋"者，此时元好问亦参与同猎，有《水龙吟·从商帅国器猎于南阳同仲泽鼎玉赋此》一词，"仲泽"即王渥之字。词人描述了跟随商帅的一次大规模射猎，并藉此赞颂金朝强大的武装力量，抒写自己的豪情和理想。

　　全词从出猎到归途，完整地表现了射猎的全过程，着意描写了盛大壮阔的围猎场面和威武雄壮的军容。开端两句入手擒题，先以李广射虎之典赞颂商帅是射猎老手。接下来连续六个四字句，极写围猎的盛大壮观场面。"西风白水，石鲸鳞甲"是环境衬托。据说昆明池中有石刻鲸鱼,每至雷雨,鱼常鸣吼,鬐尾皆动(见《西京杂记》)。这幅肃杀的秋景,既点出出猎时节(古人秋天出猎),同时也给出猎增添了雄奇的气氛。"千古神州",显出久远的时间力度;"一时胜事",体现当日壮举的盛大规模。"千古"与"一时"对举,力赞此举乃千古胜事,加上从猎者都是中州文雅之士,这样大规模的官方出猎,自当激发从猎者的豪壮情怀。以上几句,猎队尚未出发,仅环境、人物、气氛的描写已见出赫赫威风、虎虎生气。接下来具体描绘千军万马势如卷席的猎队奔腾驰骋的雄伟气势。以"快"字统领,在迅疾的速度中包孕了强悍的力量。"长堤万弩"用吴越王钱镠射潮之典,显示射猎的壮阔气象。据说钱镠曾筑捍海塘,怒潮湍急,乃命水犀军架强弩五百以射潮(见《北梦琐言》)。"平冈千骑"化用苏轼《江城子·密州出猎》"千骑卷平冈"句,也是显示壮阔的气象。再以汹涌的波涛比喻席卷茫茫秋原的庞大猎阵,写得笔力雄健,气象恢宏。读此,似有千军万马奔腾眼底。下片写归途,着力描写队伍的威武和从容。"落日孤城鼓角",渲染出苍凉激壮的环境气氛。夕阳的金辉映衬着荒原孤城,鼓角声声回荡在黄昏的郊野上。词人描绘的背景,显示着古朴苍劲的美,和满载而归的猎队交织成一幅壮丽的图画。以下"风云惨淡"三句以重墨点染归猎队伍,造语舒缓自然、从容不迫。"貔貅得意"侧重写队伍的英英豪气,"旌旗闲暇"则表现出经过紧张激烈的围猎后轻松舒适的神情。寥寥数字,把从猎者此刻的心理感受刻画得细致入微。这种豪迈的自我欣赏,正是词人对中原武装力量充满自信的赞美。因此,词人自然发出了"万里天河,更须一洗,中原兵马"的豪言壮语。据说武王伐纣时,天降大雨,武王认为"天洗兵也"(见刘向《说苑》)。这里,借武王之典,一吐由射猎激发的宏大理想。古时官方射猎带有练兵的性质,词人王渥又久居军中,幻想凭借强大的武力建功立业,所以他的勃勃雄心正是抑制不住的感情流露。结尾三句赞颂商帅。是说商帅异日必能建不世之功,得胜荣归,入朝之日,必能受到盛大欢迎。咸阳,秦京,这里代指金都。

纵观全词,上片如疾风狂澜,迅猛奔腾;下片如安然退潮,闲暇自得。而全篇以豪迈奔放的激情一气贯通,体现了雄阔壮美的风格。和苏轼脍炙人口的《江城子·密州出猎》比较,两首都写大规模出猎,且同属抒写豪气一类的词,然所表现的情感基调却有所不同。苏轼以狂放不羁的气质抒发自己老来愈坚的建功热望和爱国激情,但由于词人的身世际遇,在狂放的豪气中隐隐透露出苍凉的情怀。而王渥此词却体现了一个春风得意的词人正欲大展宏图的豪迈激情。故苏词下片以抒情为主,笔力集中于表现自我狂态;而此词几乎全篇描写射猎场面和阵容,笔端始终没有离开整个猎队。全词虽不及苏词以淋漓酣畅的笔墨,尽情抒写胸中抱负,但由气势博大的射猎自然激发的"一洗中原兵马"的理想,也使全词雄壮豪迈的基调有了坚实的基础和更高的境界,读来给人以激情荡漾的美的享受。

(李家欣)

张中孚

蓦山溪

山河百二^①，自古关中好。壮岁喜功名，拥征鞍、雕裘绣帽。时移事改，萍梗落江湖，听楚语，厌蛮歌，往事知多少？　　苍颜白发，故里欣重到。老马省曾行^②，也频嘶、冷烟残照。终南山色，不改旧时青^③；长安道，一回来，须信一回老。

〔注〕　①山河百二：《史记·高祖本纪》："秦，形胜之国，带河山之险，悬隔千里，持戟百万，秦得百二焉。"此用以形容山川形势的险固。　②老马省曾行：《韩非子·说林上》："管仲、隰朋从于桓公而伐孤竹，春往冬反，迷惑失道。管仲曰：'老马之智可用也。'乃放老马而随之，遂得道。"后人概括为成语"老马识途"。　③"终南"二句：刘禹锡《初至长安时自外郡再授郎官》诗："左迁凡二纪，重见帝城春。老大归朝客，平安出岭人。每行经旧处，却想似前身。不改南山色，其余事事新。"

张中孚，字信甫，先世自安定徙居张义堡（属镇戎军，治所在今宁夏固原）。其父仕宋至太师，封庆国公。中孚以父荫补承节郎，在宋累官知镇戎军兼安抚使。金太宗天会九年（1131）降金。由于他一生历事宋、金和伪齐刘豫，所以史家对他大加讥评，说他和其弟中彦"虽有小惠足称，然以宋大臣之子，父战没于金，若金若齐，义皆不共戴天之仇。金以地与齐则甘心臣齐，以地归宋则忍耻臣宋，金取其地则又比肩臣金，若趋市然，唯利所在"（见《金史》本传）。然而，对于自己的生活经历，张中孚未必就那么心甘情愿和心安理得。从这首词中，或多或少可以看出他在回忆往事时的辛酸之情。

上半阕是对自己人生旅程的追述。他少壮之时，喜好功名，貂裘绣帽，跃马横戈，诚然是一位意气风发、奋力进取的伟丈夫。但是随着"时移事改"，作者昔日的激情逐渐消失殆尽。他仿佛浮萍断梗，随水漂浮，身不由己。在上半阕的后几句中，从沦落江湖的"萍梗"这一形象上，从"往事知多少"(本李后主《虞美人》词句)这一言简意赅的深沉喟叹中，可以体会到作者对自己后半生的遗憾和悔恨。

下半阕抒发自己重返故里时的心情和感受。伤时叹老，本是文人词客的常见心理。但这篇作品中流露的迟暮之感却又颇不同于他人。暮年回乡，应该是欣喜的，故里的一草一木，都是那么熟悉，那么亲切。然而作者于此地出生成长，于此地仕宋守土，又于此地举军降金。经过后半生的折腾，此番回乡，景物依稀似旧，而人已老大，情怀亦不似旧时了。故接着写老马虽识途，但见到眼前"冷烟残照"的景况，也为之不安而嘶鸣。这里借马而说自己，转入自述归家时心境的不堪。末韵五句连用两典。"终南山色，不改旧时青"，括用刘禹锡诗意以寄感慨。刘诗"不改南山色"是陪笔，"其余事事新"才是主意，慨叹贬离长安二十三年之后重来，朝中又换了一批新贵。此词借说山色依旧而自己却日趋老大，不只生理上的、更是心理上的"老"。"长安道"以下数句，用白居易《长安道》诗"君不见：外州客，长安道；一回来，一回老"原句，加以"须信"二字，承认前人所说的话深得吾心。句中充满了对人事世情变化的复杂感情，借他人言语，说自己心情，可谓不写之写，又尽而无尽。

这首词在艺术技巧上有它的独特之处。首先，它在构思上采取了山回溪转、曲尽其意的手法。词一开头，先说自己"壮岁喜功名"时的行为，接着笔锋一转，叙述自己如萍梗之落江湖后的经历，然后用"往事知多少"这一感叹结束对往事的回忆，转入对暮年回乡之时的描写。如果说上半阕中还只是在时事上跌宕起伏，那么在下半阕中，他则要作思想感情上的腾挪摇曳了。下半阕先说自己重返故里，为之欢欣。按一般作法，全词完全可以在一片欢快气氛中结束。然而出乎意料，在最后几句，作者笔锋突然一转，用"长安道，一回来，须信一回老"的伤感作结。正由于这种构思上的曲折多变，全词就给人一种峰峦层出之感。作者不同的经历和不同的感受之所以能在一首中等长度的词中基本得到体现，也正是凭借了这种山回溪转的构思。其次，况周颐《蕙风词话》卷三说：这首词"以清遒之笔，写慨慷之怀。冷烟残照，老马频嘶，何其情之一往而深也。昔人评诗，有云刚健含婀娜，余于此词亦云"。我们说，此词不仅刚健之中含婀娜，而且这种手法的运用，又恰到好处地与作者本人的经历和心境相结合。当追述少年经历时，作者的笔触是刚健的，而一旦叙写老年的感受，则又略带阴柔。正因为此词以清遒之笔写慷慨之怀，于刚健之中亦含婀娜，故在尊崇苏轼豪放风格的金代词作中，读来别有一番韵致。

(徐少舟)

水调歌头

赋三门津

黄河九天上，人鬼瞰重关。长风怒卷高浪，飞洒日光寒。峻似吕梁千仞，壮似钱塘八月，直下洗尘寰。万象入横溃，依旧一峰闲。　　仰危巢，双鹄过，杳难攀。人间此险何用，万古秘神奸。不用燃犀下照，未必伏灵强射，有力障狂澜。唤取骑鲸客，挝鼓过银山。

在这首词中，词人以如椽巨笔，写天地奇观。起句高唱而入，有"黄河落天走东海"之气势。接着，词人泼洒浓墨，信手绘出一幅幅壮人情怀的景物：黄河激浪，三门险关，中流砥柱。这幅幅壮景，交替出现，层次井然。画面的设置也由远及近，由大到小，有远景的摄取，也有特写镜头的推现，突出了画面的主体，烘托出景物的立体感、空间感和环境气氛。

黄河是中华民族的象征，它在历代文人墨客的笔下，呈现出千姿百态。李白的"黄河之水天上来，奔流到海不复回"诗句，更成为千古传诵的绝唱。这类题材，虽然古来文人多所拈及，但是，词人却在古人写黄河诗作的基础上翻出新意，确乎不易。词人先以"长风怒卷高浪，飞洒日光寒"，粗线条地勾勒出黄河怒涛翻卷、浪花飞溅的逼人气势，继而，又以"峻似吕梁千仞，壮似钱塘八月"

几句,具体地、形象地描绘出黄河浪峰高卷、奔腾汹涌的雄姿。《庄子·达生》:"孔子观于吕梁,悬水三十仞,流沫四十里。"吕梁所在地诸说不一,总之是河水落差甚大处,势如瀑布者。词中用千仞吕梁和八月钱塘江潮,写黄河水浪之高险、壮阔,可谓形神俱备,创造出前人多未涉足的佳境。

三门津是黄河中十分险要的地段,河面分人门、鬼门、神门,水流湍急,仅人门可以通船。砥柱即黄河急流中的砥柱山,在黄河咆哮奔涌、天地万物都被冲决的奇险画面中,只有它"依旧一峰闲",这就烘托了词人借以抒情的景物主体,活画出砥柱山傲视风浪、昂然挺立的伟姿,也映衬出词人神采飞扬、勇于征服困难的阔大胸襟和非凡抱负。

"仰危巢"三句,反用苏轼《后赤壁赋》"攀栖鹘之危巢"句意,是上片景物描写的承接。鸟儿在山的高处做窝,悠悠飞动的双鹘从山旁穿过。高峻的砥柱山,望之而令人生畏,更何谈登攀?"人间此险何用"之问,下句作了回答,是"万古秘神奸"。"神奸"一词出于《左传·宣公三年》。传说夏禹将百物的形象铸于鼎上,"使民知神、奸",就是辨识神物和恶物的模样。秘,闭也。说这奇险的砥柱之下,是远古以来用以禁闭神异怪物的地方。李公佐《古岳渎经》还记有夏禹锁禁淮涡水神无支祁于龟山脚下的传说。因此词人设想三门津水下会潜藏着很多有本领的怪物。接着说不用像东晋温峤在牛渚矶那样"燃犀下照",窥探怪异,若惹怒了它们,掀起狂波巨澜,纵然是善射的佽飞的强弓劲弩也未必抵挡得住。(春秋时楚国勇士佽飞曾仗剑入江刺杀两蛟,西汉时的射士因以此勇力之人命名。)这里并参用苏轼《八月十五日看潮》诗"安得夫差水犀手,三千强弩射潮低"句意。以上多方面、多手法地把黄河三门津的险恶形势写足,然后结以极占身份的两句:"唤取骑鲸客,挝鼓过银山。"三门津纵是如此惊险,他要唤取像李白(骑鲸客)那样的志同道合的高士,击鼓穿过浪峰,压平千顷怒涛。表现了词人不可抑勒的昂扬奋发、积极向上的进取精神。

　　本词谋篇布局,上下回应,环环相扣,转折跌宕,曲尽情致。前数句极力写黄河之险:河水自上游而来,犹如从天上泻下。一个"瞰"字,不仅赋予黄河以人格化,而且也回应了首句的"黄河九天上"。"直下洗尘寰",不仅是"峻似吕梁千仞,壮似钱塘八月"的进一步描述,也与首句意义相牵,用词非常准确,字字俱含深意。词人以浓墨铺写黄河之"怒",更反衬、烘托了砥柱之闲,一动一静,相映生趣,展示了词人立志有所作为的不凡怀抱。写景抒情,浑然一体,不露筋骨,可谓"舒写胸臆,发挥景物,境皆独得,意自天成"(叶燮《原诗》卷三"外篇"上)。以奇横之笔势,写雄阔之壮景,抒博大之情怀,况周颐称本词"崎崛排奡"(《蕙风词话》卷三),可谓得其神理。

　　　　　　　　　　　　　　　　　　　　　　(赵兴勤)

元好问

摸鱼儿

问世间、情是何物,直教生死相许? 天南地北双飞客,老翅几回寒暑。欢乐趣,离别苦,就中更有痴儿女。君应有语,渺万里层云,千山暮雪,只影向谁去?　　横汾路,寂寞当年箫鼓,荒烟依旧平楚。招魂①楚些何嗟及,山鬼②暗啼风雨。天也妒,未信与,莺儿燕子俱黄土。千秋万古,为留待骚人,狂歌痛饮,来访雁丘处。

〔注〕　① 招魂:《楚辞·招魂》序:"宋玉哀屈原忠而斥弃,愁懑山泽,魂魄放佚,厥命将落,故作《招魂》欲以复其精神。"　② 山鬼:《楚辞·九歌》篇名,有"东风飘兮神灵雨"之句。

　　这是一首咏物词。作者驰骋着丰富的想象,运用拟人等艺术手法,紧紧围绕"情"字,对大雁殉情的故事展开了深入细致的描绘,塑造了一个忠于爱情的大雁的艺术形象,谱写了一曲凄恻动人的恋情悲歌,寄托了作者对殉情者的哀思。

　　情因景而生,词为情而作。作者在词前小序中说:"太和五年乙丑岁,赴试并州,道逢捕雁者云:'今旦获一雁,杀之矣。其脱网者悲鸣不能去,竟自投于地而死。'予因买得之,葬之汾水之上,累石为识,号曰雁丘。时同行者多为赋诗,予亦有《雁丘词》。"这就是说,雁殉情而死的事,强烈地拨动了作者心灵的琴弦,使其挥笔写下了这首充满激情的词。

　　这首词的主旨是赞美雁情坚贞专一。词的开头三句，陡然发问，奇思妙想，破空而来。作者本要咏雁，却从"世间"落笔，以人拟雁，赋予雁情以超越自然的意义，想象极为新奇。"情是何物"，这似乎是一个尽人皆知的问题，事实上许多人只是从形骸上看待男女之爱，并不懂得什么是"至情"，作者劈头提出这个问题，显然是要唤起世人对"至情"的关注，为下文写雁的殉情预作张本；同时也是为了点出"情"字，并用它贯穿全词。古人认为，情至极处，"生者可以死，死者可以生"。"生死相许"，是互爱着的双方可以生死与共。情是何物而至于以生死相许！这是因大雁殉情一事引起的普遍的感叹，同时也是对"至情"的力量的讴歌。在"生死相许"之前加上"直教"二字，便补足了"情"这个"物"的魔力之大。这样开篇，中心突出，气健神旺，犹如盘马弯弓，为下文写雁之殉情蓄足了笔势。

　　接着，作者便凭借着丰富的联想和想象，对雁的生活、雁的心理活动和鸿雁殉情的原因，层层深入地展开描写。"天南地北"二句写雁的生活。大雁秋天南下越冬而春天北归，双宿双飞，这本来是一种自然现象，而作者却称它为"双飞客"，赋予它们的生活以人格化理想化的色彩。"天南地北"，从空间落笔，"几回寒暑"，从时间着墨，用高度的艺术概括，写出了大雁的相依为命，一往情深。其实，雁的殉情绝不是简单的"深情"二字所能概括得了的，故作者接下去又用抒情的笔调描绘雁的痴情，指出它们在长期的共同生活中，既有团聚的欢乐，也有离别的酸辛，但没有任何力量能把它们分开。"痴儿女"三字，使用拟人的手法，表现了这

611

对"双飞客"的心心相印与感情的深挚专一。然后写孤雁的心理活动。君,指殉情的大雁。当"网罗惊破双栖梦"之后,作者认为孤雁心中必然会产生生与死、殉情与偷生的矛盾。而且它肯定是想自己虽然获得了一线生机,但情侣业已亡逝,自己形孤影单,前途渺茫,即便能苟活下去,还有什么意义呢?于是痛下决心,追旧侣于九泉之下,"自投于地而死"了。"万里""千山",写征途之遥远,"层云""暮雪",渲染征途之艰险,用烘托的手法,揭示了大雁心灵的轨迹,交代了它殉情的原因,动人心弦。在这里,作者调动了形象描写、心理刻画和抒情议论多种艺术手段,塑造了大雁的形象,再现了一个完整的内心世界,一条奔涌的思想和感情的流程,用具体事实坐实了"情"字。

过片以后,作者又借助对自然景物的描绘,衬托出大雁殉情之后的凄苦。在作者笔下,在孤雁长眠的地方,当年汉武帝渡汾河祀汾阴的时候,箫鼓喧天,棹歌四起,是何等热闹;而今平林漠漠,荒烟如织,箫鼓声绝,一派萧条冷落的景色。古与今,人与雁,形成了鲜明对比,更加使人感到鸿雁殉情后的凄苦与孤寂。但是,雁死不能复生,招魂无济于事,山鬼也枉自悲啼,死者已矣,而人也就无可奈何了。说景即是说情。在这里,作者把写景同抒情融为一体,用凄凉的景物衬托孤雁的悲苦生活,增强了作品的悲剧气氛,表达了作者对殉情大雁的强烈而真挚的哀悼与惋惜。

词的最后,写作者对殉情大雁的礼赞。作者认为,孤雁之死,其感情价值之高,上天也应生妒;虽不能说"重于泰山",但也不会与莺儿、燕子之死一样同归黄土而了事。它的美名将永世长存,万古长青。"千秋万古",从正面歌颂;"莺燕黄土",从反面衬托。

相反相成,从不同方面共同阐明了大雁殉情的不朽的社会价值。

心有灵犀一点通。雁之殉情事实上就是无数青年男女为追求幸福美满的爱情、婚姻和家庭生活而不惜献出青春甚至生命的投影,而作者对雁之殉情的赞美,就是他对无数青年男女坚贞专一爱情的歌颂,也是对他们爱情遭受梗阻、破坏的叹息。

总之,这首词围绕开头两句发问,一层一层地写出了一段动人的情事,用事实回答了什么是"至情"。全词情节虽然并不复杂,而行文却腾挪多变,有大雁生前的欢乐,也有死后的凄苦,前后照应,上下勾连,寓缠绵之情于豪宕之中,寄人生哲理于淡语之外,清丽淳朴,温婉蕴藉,具有很高的艺术价值。　　(薛祥生)

摸鱼儿

泰和中，大名民家小儿女，有以私情不如意赴水者，官为踪迹之，无见也。其后踏藕者得二尸水中，衣服仍可验，其事乃白。是岁此陂荷花开，无不并蒂者。沁水梁国用，时为录事判官，为李用章内翰言如此。此曲以乐府《双蕖怨》命篇。"咀五色之灵芝，香生九窍；咽三危①之瑞露，春动七情"，韩偓《香奁集》中自序语。

问莲根、有丝多少，莲心知为谁苦？双花脉脉娇相向，只是旧家儿女。天已许。甚不教、白头生死鸳鸯浦？夕阳无语。算谢客烟中，湘妃江上，未是断肠处。

香奁梦，好在灵芝瑞露。人间俯仰今古。海枯石烂情缘在，幽恨不埋黄土。相思树②，流年度，无端又被西风误。兰舟少住。怕载酒重来，红衣半落，狼藉卧风雨。

〔注〕 ① 三危：一作"三清"。四部丛刊本《香奁集》序作"三危"。三危，神话中的仙山，见《山海经·西山》。 ② 相思树：《搜神记》卷十一：宋康王舍人韩凭娶妻何氏，美。康王夺之。凭自杀，妻投台而死。里人埋之，二冢相对，一夕之间便有大梓木生于二冢之端，旬日而大盈抱，屈体相就，根交于下，枝错于上。有鸳鸯雌雄各一，恒栖树上，交颈悲鸣，音声感人。宋人哀之，遂号其木曰"相思树"。

　　这首《双蕖词》是《雁丘词》的姊妹篇，都是驰名千古的佳作。《雁丘词》是写雁的殉情，悲雁即是悲人；而这首《双蕖词》却是直笔写人,写民间青年男女殉情的悲剧。作者在词序中以同情的笔调详细交代了这个悲剧产生的时间、地点、人物以及故事的始末,哀艳动人。这首词,则是就这个悲剧故事抒发作者自己的感受,向为争取爱情自由而牺牲的青年男女表同情,从而表现了作者某些进步的思想观点。

词的上片,写并蒂莲的形象,并揭示这形象的底蕴,表达作者同情与痛惜的心情。词以"问"字起句,一个"问"字,领起"莲根""莲心"两句。"丝"谐"思",男女双双殉情,沉于荷花塘,化身为并蒂莲,莲根(藕)之"丝",自然就是他们的爱情之思;而"莲心",亦即人心,他们生不得结为伉俪,被迫而死,其冤其苦,可想而知。一"丝"一"苦",是两句的核心,而且贯串全词。劈头以领字发问,表现了词人不可按捺的激动情绪,笔势一如连弩。在词中,起句用领字,多是用以写回忆题材或铺叙眼前景物,抒发感慨,而以领字发问,却不太常见。这种起句,多是在词人对所咏的对象深有感触,情绪激动,要议论,要质问,酝酿再三,至不可按捺时,冲口而出,其发问的内容,往往是作者思考的核心问题,这一出口,便如水决长堤,一发而不可收。作者的《雁丘词》也是这种起句法。"双花脉脉娇相向"以拟人的笔法写花,更是以拟物的笔法写人,仅此一笔,就写出了"双花"亦即这对"痴儿女"相互依恋的形象与情态。然后用"只是"一句,明确点出了这"双花"原来就是那"大名(今属河北)民家小儿女"。元好问词中用"旧家"一词不少,都是"从前的""原来的"的意思。以上几句,字里行间都流露着作者对这民家儿女的同情。"天已许"两句,作者的感情进一步激烈,指出这对痴情儿女,在人间不能结合,而死后却能化作并蒂莲,他们生死不渝的爱情已得到"天"的同情与首肯。那么,这样的一对青年,为什么不让他们白头偕老?! 这一问,笔锋猛转,作者的思想升华到一个新的高度,闪出了向整个封建礼教抗争的火花。从而表现了他的进步的妇女观、婚姻观。"鸳鸯浦"非实指,而是虚构的一个充满爱情和欢乐的场所,词人是希望这对青年能"白头生死"于这样的环境里。作者写的是爱情,用"鸳鸯"字样,也自然有一种映衬的作用。作者的质问,未能得到什么回答,唯见"夕阳无语"而已。"夕阳"句,有着浓厚的感情渲染,看来,"夕阳"也在沉思,也在悲痛,而作者的感情也随之转入深沉,以至于"断肠"了。"谢客"三句,就是在表达这种"断肠"的感情。"谢客"即南朝宋谢灵运,灵运小字"客儿",时人因称"谢客"。他曾作过《伤己赋》,所写皆伤感之境,伤感之情,其中有"播芬烟而不熏,张明镜而不照,歌白华而绝曲,奏蒲生之促调"诸语,"谢客烟中",或指此。"湘妃",指传说中的娥皇、女英,舜的二妃,舜南巡,死于苍梧之野,二妃寻而不得,遂死于湘水。凡此,本来都是至伤至悲之境,但词人却说,这些都"未是断肠处",显然,"断肠处"就是这民家儿女殉情的荷花塘了,这里曾沉下殉情者的肉体,而眼下正开着他们魂魄化成的并蒂莲花。这三句引古喻今,而又抑古扬今,意在着力表现作者痛心疾首的悲伤情绪。

下片过片引唐韩偓《香奁集》自序语,用神话般的灵芝、瑞露映衬这对青年爱情的圣洁。这样的爱情,却似梦般很快消失了。"俯仰之间,已为陈迹",这是大可叹惜的。但是,"海枯石烂情缘在",他们的爱情是不灭的,他们的"幽恨",也是"黄土"所掩埋不掉的。两句盛赞其爱情的坚贞永固。元好问是金元间的赫赫大儒，能对这民家儿女的"私情"，唱这样的赞歌，作出这样的评价，实在是难能可贵！这里再次表现了他进步的爱情观、婚姻观。"相思树"三句，仍属借古喻今，以古代的韩凭夫妇比拟眼前的民家儿女，把韩凭夫妇的冤魂化成的"相思树"，比拟眼前的并蒂莲。"相思树"是古代爱情悲剧的象征，而随着时光的流逝，到现在"又被西风误"者，则是指这对青年，他们被"误"，以至于死，罪在那充满杀气的"西风"。"西风"显然是当时封建势力、封建礼教的代名词。"无端"二字用得极好，它既确切地表现了作者的正义立场，同时用以归罪"西风"，鞭挞"西风"，胜似千乘之师。"兰舟"以下四句，抒写作者对并蒂莲凭吊与珍惜的感情。这几句的笔势，似在收束全词，但却收而不束，反给全词再泛一层涟漪。要"兰舟少住"，意在凭吊。由于前面对并蒂莲着墨甚多，故结处乃兴凭吊之意。作者料到，若不及时尽情凭吊，那么，以后再来的时候，恐怕就要"红衣半落"，甚至于"狼藉卧风雨"了。"红衣"指荷花。一个"怕"字，极见词人感情，他对这青年男女用生命结成的并蒂莲十分珍惜，因而生怕其凋零。同情之心，珍爱之意，情真意切，掬之可出。一对青年，死而化莲，已属不幸，若再被风雨欺凌，狼藉池塘，岂非更悲！这自然是词人根据当时社会形势所作出的预料：美好事物将再次被恶势力摧毁！显然，这一预料给全词更增添了悲剧气氛，作者写爱情悲剧的使命，也就此完成了。

通过以上的分析解剖，我们可以看到，这首词的突出特点是以情见胜，富有一种纯情之美。全词句句有情，在以凄婉愤懑为主要特征的基调下，又能时作变化，或同情，或痛惜，或珍爱，或抗争，以至于愤然高呼，种种感情错杂其间，从而形成了一种起伏多变的感情潮。作者为了把他的感情表达得淋漓尽致,在写作上,他运用了议论、抒情、写景、叙事等多种笔法,交互错杂,熔于一炉,且借典用事,皆有助于感情的表达。值得注意的是,在现存元好问三百七十多首词中,爱情词所占比例很小很小。但一经涉笔,便臻绝唱,而且所写多是悲剧,除这里的《双蕖词》《雁丘词》外,还有《江梅引》(墙头红杏粉光匀)、《小重山》(酒冷灯青夜不眠)等。在他的这些词中,大多充满着悲壮贞刚之气,与其他一些惯写柔靡爱情的词人绝不同调。元好问之所以这样,盖与其所处的特定时代有关,这些词很可能都暗寓着一种殉国之思或故国乔木之痛,并非泛泛敷衍故事。

关于这首词的写作年代,词序中有"沁水梁国用,时为录事判官,为李用章内翰言如此"云云。梁国用,未详;李用章即李俊民。看来作者能写这首词,其故事素材当取于李俊民,盖由李氏转述而来。而元好问之认识李俊民,盖在贞祐丙子(1216)之后不久。据李俊民《庄靖先生遗集·一字百题》诗序,俊民于贞祐乙亥(1215)秋七月南迁,侨居于河南福昌县"厅事之东斋"。次年丙子,遗山避兵南渡,寓于福昌县之三乡镇(见《遗山集·故物谱》)。两人相识,盖在此时。俊民为之转述双蕖故事,遗山因有是作,上距"泰和"(1201—1208)中,已十余年了。其时,金国危在旦夕,以此,益知词中寄意遥深,非徒用事炼句敷衍故事而已。

(邱鸣皋　秋如春)

鹧鸪天

只近浮名不近情，且看不饮更何成。三杯渐觉纷华远①，一斗都浇块磊平。　　醒复醉，醉还醒。灵均憔悴可怜生。《离骚》读杀浑无味，好个诗家阮步兵！

〔注〕①远：他本作"近"，张石洲阳泉山庄刻何义门校本《遗山新乐府》作"远"，姑从之。

　　这是一首借酒浇愁感慨激愤的小词，盖作于金源灭亡前后。当时，元好问作为金源孤臣孽子，鼎镬余生，栖迟零落，满腹悲愤，无以自吐，不得不借酒浇愁，在醉乡中求得片刻排解。这首词就是在这种背景和心境下产生的。

　　词的上片四句，表述了两层意思。前二句以议论起笔，为一层，是说只近浮名而不饮酒，也未必有其成就。"浮名"即虚名，多指功名荣禄。陶潜《饮酒》诗云："道丧向千载，人人惜其情。有酒不肯饮，但顾世间名。"古人有以酒败德（名）之说，故屡有酒禁、酒诫。但饮酒者却反是而立论，以酒为贤愚之同好，人之常情（即此词所说的"情"）；他们一方面排斥"浮名"，另一方面更极力颂扬酒德、酒功。故刘伶"以酒为名"（详《晋书·刘伶传》），李白甚至说"古来圣贤皆寂寞，唯有饮者留其名"（《将进酒》）。而对于不饮酒者，则以不饮而无成相讥，如孔融说"屈原不铺糟醊醨，取困于楚"

(《与曹操论酒禁书》)，北宋朱翼中《北山酒经》亦说屈原"高自标持，分别黑白，且不足以全身远害，犹以为唯我独醒"，因而有人以沉湎于酒来"反骚人之独醒"（皇甫湜《醉赋》）。元好问以此二句总结了前人饮与不饮的争论，表明了自己的态度，亦隐含对于屈原的批评，从而为下文打好了思想基础。元好问在金亡前后，忧国忧民，悲愤填膺，既无力挽狂澜于既倒，乃尽弃"浮名"①，沉湎于醉乡。其《饮酒》诗说："去古日已远，百伪无一真。独余醉乡地，中有羲皇淳。圣教难为功，乃见酒力神。"《后饮酒》诗又说："酒中有胜地，名流所同归。人若不解饮，俗病从何医?"因而称酒为"天生至神物"。此词上片第二层意思，便是对酒的功效的赞颂："三杯渐觉纷华远，一斗都浇块磊平。""纷华"，指世俗红尘。词人说，三杯之后，便觉远离尘世。然后再用"一斗"句递进一层，加强表现酒的作用和自己对酒的需要。"块磊"，指郁结于胸中的悲愤、愁闷。《世说新语》说："阮籍胸中磊块，故须以酒浇之。""斗"是古代一种特大的酒杯，或称"羹斗"。词人说，用这种特大的酒杯盛酒，全部"浇"入胸中，才能使胸中的郁愤平复，也就是说，在大醉之后，才能暂时忘忧，而求得解脱。这两句，兼用陶潜《连雨独饮》诗"试酌百情远，重觞忽忘天"、《饮酒》诗"泛此忘忧物，远我遗世情"和贾至《对酒曲》"一酌千忧散，三杯万事空"等句意。过片醉醒两句，紧承"块磊"句意而作渲染，酒味更烈，悲愤更重。苏轼(一说王仲父)有"醉醒醒醉"一曲(调名《醉落魄》)，认为醉醒"犹胜醒醒，惹得闲憔悴"，白居易劝酒诗更有"心中醉时胜醒时"句，此皆元词所本。词人就是要在这种"醒复醉，醉还醒"即不断浇着酒的情况下，像阮籍那样连日连月地大醉如泥，才能在那个世上生存。"灵均"以下三句，将屈阮对比，就醉与醒、饮与不饮立意，悯屈原之憔悴而赞阮籍之沉醉，从而将满腹悲愤，更转深一层。"灵均"即屈原；"憔悴""可怜"（"可怜生"即可怜，"生"是语助词），暗扣上片"且看"句意。《楚辞·渔父》说，"屈原既放，游于江潭，行吟泽畔，颜色憔悴，形容枯槁"。但屈原却不去饮酒，仍是"众人皆醉我独醒"。以其独醒，悲愤太深，以致憔悴可怜，如朱翼中《北山酒经》所说，"饥饿其身，焦劳其思，……泽客现可怜之色"。这里词人对屈原显然也是同情的，但对其虽独醒而无成，反而落得憔悴可怜，则略有薄责意。因而对其《离骚》，尽管"读杀"，也总觉得全然（浑）无味了。"浑无味"，并非真的指斥《离骚》无味，而是因其太清醒，太悲愤，在词人极其悲痛的情况下，这样的作品读来只能引起更大的悲愤；而词人的目的，不是借《离骚》以寄悲愤，而是要从悲愤中解脱出来，这个目的，是"读杀"《离骚》也不能达到的。"何以解忧？唯有杜康！"所以只有像阮步兵（阮籍）那样去饮酒了。以"好个诗家"独赞阮籍，显然，词人在屈阮对比亦即醒醉对比之中，决然选中了后者，词人也走了阮籍的道路。

在元好问的词中，写酒者约在大半以上，写出了许多关于酒的名句，如"慷慨一尊酒，胸次若为平"（《水调歌头》），"人间更有伤心处，奈得刘伶醉后何？"（《鹧鸪天》），"举手谢浮世，我是饮中仙"（《水调歌头》）等等。但写得最好的，还是这首《鹧鸪天》。词人把深重的大悲巨痛，寄托于酒，欲借助于酒的神力，"御魑魅于烟岚，转炎荒为净土"（《北山酒经》李保序语）；他要像阮籍那样，酣放自肆，托于曲蘖以逃世网。全词短短九句，全就名与酒、醒与醉立意，纵笔抒写，颇见层次。顾浮名而不饮酒为一层，远纷华而

621

浇块磊为一层,悯灵均而赞阮籍为一层,且层层对比,而又层层转进,词人的悲愤亦随之愈转愈深。至诵读再三,乃知词人之痛,俱在酒中,而酒即词人之痛,非写酒无以见其痛,因知全词措意构思,皆根于一个"酒"字。　　　　　　　　　　　　(邱鸣皋)

〔注〕　① 浮名:元词中斥"浮名"者凡十数见,如"抛却浮名恰到闲"(《鹧鸪天》)、"得来无用是虚名"(《浣溪沙》)、"身外虚名一羽轻"(《鹧鸪天》)、"身外虚名将底用,古来已错今尤错"(《满江红》)等,而绝无羡慕浮名者。

江城子

阶前流水玉鸣渠。爱吾庐，惬幽居。屋上青山，山鸟喜相呼。少日功名空自许，今老矣，欲何如。　　闲来活计未全疏。月边渔，雨边锄。花底风来，吹乱读残书。谁唤九原摩诘起，凭画作、倦游图。

　　这首词的主旨是写隐居之乐。段成己金末曾中进士，官至宜阳主簿。不久金亡，与兄克己隐居龙门山。词的上片写居室周围的环境，下片写自己的日常生活。"闲"字是一篇之眼。景闲，人闲，心闲。阶前溪水溅玉，屋后山鸟相呼，万物无心任性，陶陶然，熙熙然，是之谓景闲。词人月下垂纶，雨中锄地，看山听鸟，栽花读书，是之谓人闲。既不须奔竞仕途，劳形案牍，也不须防人倾轧，终日焦虑，是之谓心闲。有此三闲，何乐不为？故词中曰"爱吾庐，惬幽居"，这里的"爱""惬"，不仅表现了作者欢悦的情绪，而且表明了作者的志趣；不仅是爱自己的居室环境，更是对自己行为的充分肯定，顾盼自喜。然而，从"少日功名空自许，今老矣，欲何如"这几句看，其中又隐藏着辛酸味，有一种"万不得已"的心情。他在一首《木兰花》中，对此表露得更为明白："莼鲈江上秋风早，四海狂澜惊既倒。明知不是入时人，闭户十年成却扫。"由于时移世变，又不甘奉事新朝，他只能闭户隐居，以"闲"自乐了。功

623

名事自是免谈,何况"老矣"! 这种心情,在他的作品中多次表达,如《行香子·书舍偶成》说:"眼底浮荣,身外虚名,尽输他、时辈峥嵘。得偷闲处,且适闲情。"他乐隐爱闲的背景,大体上就是这样。而写"闲情",这一篇又是比较集中的。

假如全篇只写一个"闲"字,亦未免浮浅。作者不说这是一篇"闲居赋",却称之为"倦游图"。"倦"与"闲"相对而又相伴。"倦"是对世事而言,"闲"是指归隐之乐。词中主要笔墨是写"闲",但上、下两片结尾透露"倦"意。"倦"是思"闲"的促进剂。有了"倦"字相映照,这个"闲"字就有了丰富深刻的思想内涵。其中包含着对干戈扰攘的逃避,对功名利禄的否定,也包含着安贫乐道、淡泊自守的人格理想。这是作者对半生经验痛苦反思的结果,也和中国文化传统的积淀有关。结句谓欲起摩诘于九原,将自己的生活画作"倦游图",当然想到过王维是个山水画大名家,但更主要的是因为王维也曾隐居于蓝田辋川,与作者为同调,句中含有"微斯人,吾谁与归"的意思。作者另有《醒心亭》诗,略云:"窗前流水玉泠泠,窗下高人酒半醒。……说似功名场上客,倦游时节一来听。"可与此词互参。拟议中的"图"何以以"倦游"为名,由此诗而更觉清楚了。

词中所写情景,看上去非常单纯,实际处处隐含着对比:少日志在功名,今日乐在归隐;人世之纷乱,与自然之和谐,等等。不仅今与昨是对立的,眼前的和谐之中也潜伏着内心的冲突。以陶渊明之旷达,中夜不眠时尚不免作"日月掷人去,有志不获骋"(《杂诗十二首》之二)的慨叹;词人在自得自赏之余,想起少年时的志向,因世变而中止,止水般的心里也不免荡起感伤的微澜。

不然的话,对目前生活既爱且喜,还提那少日之事做什么? 只是这个生活的大弯儿无法转回去,作者乃注目于眼下的自适,以维持内心的平衡。但是这种种对立,依然表现了作者复杂的心态,构成了作品内在的张力,比那种情感单纯的一边倒的作品,更具有思想的深度。 (张仲谋)

图书在版编目(CIP)数据

历代名词鉴赏. 宋词/ 上海辞书出版社文学鉴赏辞
典编纂中心编. —上海: 上海辞书出版社, 2018.8 (2019.4 重印)
　ISBN 978－7－5326－5146－7

　Ⅰ.①历…　Ⅱ.①上…　Ⅲ.①宋词—鉴赏　Ⅳ.
①I207.23

　　中国版本图书馆 CIP 数据核字 (2018) 第 141813 号

历代名词鉴赏 · 宋词

上海辞书出版社文学鉴赏辞典编纂中心编

责任编辑　吴艳萍
装帧设计　姜　明

出版发行　上海世纪出版集团
　　　　　　上海辞书出版社(www.cishu.com.cn)
地　　址　上海市陕西北路 457 号(邮编 200040)
印　　刷　上海盛通时代印刷有限公司
开　　本　787×1092 毫米　1/32
印　　张　20.125
字　　数　418 000
版　　次　2018 年 8 月第 1 版　2019 年 4 月第 2 次印刷
书　　号　ISBN 978－7－5326－5146－7/ Ⅰ·398
定　　价　78.00 元

本书如有质量问题,请与承印厂联系。电话:021－61453770